KB099404

달과 소녀

Der Mond
und das
Mädchen

DER MOND UND DAS MÄDCHEN by Martin Mosebach
© Carl Hanser Verlag München Wien 2007
All rights reserved.
Korean translation copyright ©2010 by Changbi Publishers Inc.
Korean translation edition is published by arrangement with Carl
Hanser Verlag through MOMO Agency, Seoul

이 책의 한국어 판권은 모모 에이전시를 통해
저작권사와 독점 계약한 (주)창비에 있습니다.
저작권법에 의해 보호를 받는 저작물이므로 무단 전재와 복제를 금합니다.

달과 소녀

Der Mond und das Mädchen

마르틴 모제바흐

장편소설 · 홍성광 옮김

차례

1

집을 구하러 다니는 사람은 실제로 자기 삶의 미래를 결정할 것이라 믿어도 되는 기이한 순간들 중 하나와 맞닥뜨리게 된다. 사실 거주라는 단어는 여러가지 의미로 해석할 수 있긴 하지만, 우리의 전체적인 삶은 이 '거주'에 포함되어 있기 때문이다. 며칠 전에 결혼을 하고, 아직은 낯선 도시인 프랑크푸르트의 거리를 자전거로 돌아다닌 그 젊은이는 자기 아내와 함께 살 첫번째 집을 바라보았다. '내 아내'라는 단어가 아직은 그의 입술에서 매끄럽게 흘러나오지 않았다. '내 아내'—그것은 오히려 귀부인이란 뜻이 아닐까? 그가 결혼해 '내 아내'가 된 그 소녀는 지금 그녀에게 속한 모든 것, 즉 아이다운 마음, 나비처럼 우아한 모습, 요정 같은 발랄함을 잃어버리게 될지도 모른다. 이는 그의 생각이 아니고, 그는 시적인 표현을 좋아하는 편은 아니었지만 이 소녀를 생각하면 유리처럼 깨지기 쉬운 여린 성격, 유리처럼 맑고 은방울이 굴러가는 것 같은 청아한 목소리, 머리카락이 그의 눈앞에 아른거렸다. 그보다 훨씬 어리진 않았지만, 그녀는 서리와 거친 바람에 노출되지 않고 온기와 이슬만 닿은 가운데 조기 수확한 질 좋은 채소처럼 위험을 막아주는 시민성이란 특별구역에서 보호를 받으며 성장했다.

결혼 초기의 이 몇주는 그런 정돈된 상황에서 살던 모습과는 약간 달라 보였다. 수많은 하객이 젊은 부부에게 축하인사를 했다. 신랑은 그들 대부분을 전혀 알지 못했고, 결혼식 사진을 들여다볼 때도 그 점은 마찬가지였다. 아무나 와서 그에게 인사를 했을 수도 있는데, 신랑은 언젠가 자신의 결혼식에서 그 얼굴을 보았다고 기꺼이 생각할지도 모른다. 하지만 이러한 '현대식 결혼'을 한 뒤에 그는 유감스럽게도 의례적으로 하는 흔한 신혼여행을 떠나지 않았다. 그럴 수가 없는 입장이었다. 대학 졸업 후 처음으로 일자리를 잡아서 그 일을 미룰 수가 없었던 것이다. 하지만 예전에 신혼여행에서 치르던 일을 으레 그렇듯이 이미 오래 전에 치렀기 때문에 신혼여행을 못 가는 것에 대해 심각하게 생각할 필요는 없었다. 진짜 신혼여행을 가기 전에 그들은 이미 세 번이나 약식으로 신혼여행을 다녀온 셈이었다. 그의 장모가 말했듯이 감상에 젖어 있을 시간이 아니었다. 그녀 옆에서는 감상적인 마음뿐만 아니라 전체적인 감정의 동요도 보이기 힘들었다.

　그의 장모는 감정의 동요 이상으로 모든 힘든 일을 더욱 혐오했다. 그러나 맡길 수 있는 일은 모두 보조자들에게 맡겼다 하더라도 결혼식 자체가 무엇보다 엄청나게 힘든 일이라는 것은 의심의 여지가 없었다. 그런데 결혼식 피로연이 있은 지 채 며칠도 되지 않아 그녀는 딸을 데리고 남쪽으로 여행을 갔다. 장모는 다른 사람들 사이에 있을 때 아는 사람 없이 외톨이가 되는 것을 좋아하지 않기 때문이었다. 낯선 환경에 너무 쉽게 끌려들어가지 않기 위해 그녀는 언제나 자신의 영향권 내에 있는 누군가를 함께 데려가야 했다. 사위는 원칙적으로 이 여행에 동의했다. 그는 소녀가 무언가 기분좋은 체험을 하는 것을 늘 기뻐했고, 혼자 지내며 집을 구하는 일은 그리 어려운 일이 아니었다. 즉 우선 프랑크푸르트의 어떤 하숙집에 들어가서, 일을 마친 후의 저녁이나 주말에 둘이 살 집을 금방 얻을 수 있을 것이다. 그녀가 돌아오면 그는 그녀를 깜짝 놀라게 해주려 했는데, 이는 근사한 생각이었다. 그들은 결혼선물을 실은 트럭을 함부르크에서 프랑크푸르트로 오게 해서, 포장을 뜯고 정리하기 시작할 것이다.

　지금 혼자 있으면서 곰곰 생각해보면 그가 장모의 바람을 전혀 의심하지 않고, 이것저것 따지지 않고 준수해야 했다는 사실만이 그를 약간 놀라게 했다. 이러한 신혼 초에 새로운 장소에서 막 결혼한 아내의 도움이 필요할는지 그는 조금도 고려하지 않았다. 이나가 자기 어머니의 계획을 그에게 이야기할 때 행복한 표정을 짓지는 않았지만, 그녀의 지시를 거부한다는 건 있을 수 없는 일이었으므로, 그는 사실상 어쩔 수 없는 일이라 여겨 그리 유감스럽게 생각하지는 않았다. 그렇게 딸을 여행에 데려가는 것이 처음은 아니었지만, 그들이 결혼하지 않았다면 그의 마음은 좀더 홀가분했을 것이다. 그녀가 어머니에게 그토록 친밀하게 매달리는 것이 그녀의 아이다운 성격에는 어울렸다. 장모는 과부였고, 그러니 딸을 더욱 보살피는 것이 당연하지 않겠는가? 이 부인이 딸을 돌봐줄 다른 누군가를 전혀 필요로 하지 않는다는 인상을 그가 받지 않았으면 좋으련만.

폰 클라인 부인은 몸매가 딸처럼 그리 가냘프지 않았다. 부인의 귀여운 얼굴은 나이에 맞게 변한 모습이거나, 또는 딸의 얼굴에 담긴 면모가 드러나는 것이 아니라, 약간 넓었다. 물론 피부에는 나이가 든 후에도 여전히 감동적이게도 사랑스러운 아이 같은 모습을 보여주는 부드럽고 섬세한 결이 남아 있었다. 힘들이지 않고 느릿느릿 움직이는 그녀는 상상할 수 있는 가장 아름다운 장모였다. 결혼식 때 장모는 장미색 옷을 입었는데 그것은 그녀에게 그럭저럭 잘 어울렸다. 수많은 멍청한 사람들이 그렇듯이 대체로 여자들은 어머니와 딸이 자매처럼 보인다고 듣기 좋게 상투적으로 말했다. 그러나 폰 클라인 부인은 그런 말을 들으면 무표정한 얼굴로 "하지만 난 그렇게 보이기를 바라지 않아요"라고 했다.

그는 결혼식 피로연을 끝낸 후 친척들과 호텔 로비에 앉아 있는 장모와 보기 흉하게 생긴 키 작은 이딸리아인 미용사를 보았다. 장모가 부르는데도 그 미용사는 계속 쭈뼛거리며 다가오다 세 번이나 거듭 다그침을 받았다. 절망적인 상태에 빠진 그 남자는 겉으로라도 미안한 기색을 보이지 않는 그녀의 번득이는 눈초리를 받고는 사리에 맞지 않게 이례적으로 그녀에게 특혜를 베풀어야 했고, 그 바람에 다른 숙녀들의 차례를 계속 바꿔야 했다.

'장모는 다른 사람들의 동의 따위는 전혀 아랑곳하지 않아.' 그 젊은이는 생각했다. '게다가 다른 사람들을 거의 신경 쓰지 않아.' 마치 투구를 쓰고 오후 시간을 보낸 것처럼 저녁식사를 할 때도 투구 모양의 그녀의 머리 스타일은 흠잡을 데가 없었다. 냉정한 태도는 완전한 정의와 무언가 상통하는 점이 있다. 그런 태도는 심지어 강한 힘으로 나타날 수 있고, 무엇보다 다른 사람들의 분노를 누그러뜨리기도 한다. 그럼에도 그러는 사이에 젊은이에게 약간 원망스러운 마음이 생겼다. 그가 자신의 새 일자리에 대해 자랑스럽게 이야기를 하자 폰 클라인 부인은 이렇게 말했다. "프랑크푸르트는 끔찍한 도시야." 이런 기쁜 소식을 듣고서 장모가 사위에게 해줄 말이 고작 그것뿐이란 말인가?

이나는 자기 어머니 말에 귀를 기울이다가, 어머니가 그가 있는 쪽을 바라보자 빙그레 미소를 지었다. 그런 일도 있어야 했다. 이나는 함께 새로 시작하는 일에 기쁨을 느끼고 확신을 얻어야 했다. 그녀도 프랑크푸르트에서 당장 일거리를 얻을 수 있을지는 일단 중요하지 않았다. 사람들은 일이 있는 도시에서 산다. 그런데 대체 뭐가 끔찍한 도시란 말인가? 그가 지금 자전거를 타고 사무실로 가고 있는 이 도시는 확실히 그렇지 않았다.

그는 자신의 새 명함에 씌어 있듯 부지배인의 유니폼인 검정색 줄무늬 양복을 입었지만 넥타이는 상의 주머니에 찔러넣고 있었다. 그의 사무실이 있는 시원한 유리성을 나서면 찌는 듯한 더위가 몰려오기 때문이었다. 이제 겨우 6월이지만, 이나한테서 들은 바에 따르면 프랑크푸르트는 이미 지중해보다 더 더웠다. 그녀는 구름 긴 하늘에 대해 이야기했고, 나뽈리 만의 으스스한 저녁 냉기에 대해 말했다. 반면에 프랑크푸르트에는 담청색 하늘이 펼쳐져 있고 저녁 무렵이면 색이 더 부드러워지긴 했지만 그래도 금방 희미해지지는 않았다.

도심 바깥의 거리는 텅 비어 있었다. 자전거를 타고 가는 것은 피부를 어루만져주는, 포화 상태의 공기 속을 미끄러지며 지나가는 것이었다. 그가 슬쩍 지나가며 맡는 자동차 배기가스도 공기에 진한 냄새를 배게 해주었다. 흡사 솜털처럼 부드러우면서도 묵직한 그 무엇이 바로 이 도시의 공기에 담겨 있다. 델리나 멕시코씨티의 일몰 광경을 직접 본 사람이면 누구나 알고 있듯이, 공기 중의 많은 먼지와 더러운 것들은 비길 데 없는 아름다움을 빛에 부여해준다. 그곳에서는 매연에 투과된 태양이 엄청나게 커 보이고, 그 순수한 천체 속에서 미지의 붉은 금빛은 화려함을 발산한다. 그런 장관을 보여주기에는 물론 프랑크푸르트의 공기는 충분히 더럽지 않았지만, 집이며 앞뜰이 소시민적인 저녁의 평화, 실제로 교회 종소리가 은은하게 울려퍼지기도 하는 퇴근 후의 조용함을 발산할 때면 이국적인 빛의 기적도 그립지 않았다. 여기 어딘가 가까운 곳에 교회가 있는 것처럼 종소리가 큰데도 음향은 아주 맑다. 많은 창들의 롤 블라인드는 낮동안에 태양을 차단하기 위해 내려져 있었다. 그런데 이제 뜨거운 열기 때문에 창을 닫아놓아 부족했던 빛을 다시 방 안에 들여놓기 위해 롤 블라인드를 끌어올리느라 사방에서 나지막하게 덜커덩거리는 소리가 났다. 그가 별 생각 없이 돌아다닌 거리들은 한 백년 전쯤에 지어졌을 것이다. 3층이나 기껏해야 4층짜리인 임대주택들은 마인 강의 붉은 사암(砂巖)으로 다양하게 이루어져 적어도 문기둥, 지하층과 창틀은 붉었는데, 성벽이나 교회에서 보이는 음산한 느낌을 주는 이 사암은 독일적이고 시골 같은 분위기를 자아냈다. 그런데 지금 그 돌들은 은은한 빛을 받아 안에서부터 빛을 발하고 있었다.

 "여기서 사는 게 어떨까?" 그 젊은이는 스스로에게 물어보며, 커다란 거울 앞에 아름다운 등이 빛나고 있는 식당을 들여다보았다. 식당 옆에는 또다른 방이 붙어 있었다. 그리고 뒤쪽 창을 통해 방 안으로 녹색을 띤 빛이 들어오는 것이 보였다. 안돼, 1층은 절대 안 되겠어라고 그는 생각했다. 이나가 무서워해서 1층에서는 창문을 열어놓고 잠을 자지 못할 거야. 하지만 약간 더 밝은 2층에도 누군가 들어올 수는 있었다. 요란하게 치장한 조그만 2층 발코니에는 두꺼운 바로끄식 난간이 있었다. 여기 사는 사람들이 그렇듯이 그녀도 이 난간에 회양목이 든 테라코타(유약을 칠하지 않고 구운 점토 토기—옮긴이)를 놓아둘지도 몰라. 이곳에 줄지어 늘어선 집들은 인테리어 취향을 거리 쪽으로 내보이기 위해, 은밀한 내부 생활이 두꺼운 벽 너머 바깥쪽으로 드러나도록 장식되어 있었다. 움직이지 않는 집들은 여름 저녁의 온기 속에서 숨쉬고 있었고, 부딪치거나 공기를 불어넣으면 조용히 울리며 소리를 내는 악기처럼 커다란 울림통이 되었다.

젊은이는 삶으로 가득 찬 거리의 말없는 아름다움에 사로잡혀, 이 도시에 이나와 자신이 살 적당한 집이 숨어 있을까 하는 의심이나 걱정은 다 잊어버렸다. 그는 아직 불이 켜진 집은 별로 없지만 사람이 살고 있는 게 분명한 이 모든 집들을 자기 마음대로 선택할 수 있을 것 같은 생각이 들었다. 집 안에서 창문을 열고 롤 블라인드를 올리고 있는 사람들이 그가 한 곳을 고를 때까지 거기 살고 있는 것처럼 자기를 속이고 있다는 생각이 들었다. 그는 어떤 집을 구하려고 하는지 스스로에게 묻지도 않고 자전거에서 내려 열린 철제 정원 문을 통과해, 육중한 현관문 옆으로 그보다 작지만 역시 단철 격자로 막힌 문 옆에서 뒷계단을 지나 뜰로 나 있는 통로를 따라갔다.

그곳에 무성한 잎으로 뜰 전체를 푸른빛에 잠기게 하는 거대한 밤나무가 서 있었다. 나무는 지붕 위까지 우뚝 솟아 있다. 좁은 뜰에 녹색 기둥이나 녹색의 폭포처럼 보이는 밤나무가 야자나무처럼 크게 자라 있어서 뜰에는 마치 자연의 기적이 일어난 것 같았다. 바로 얼마 전에 아이들이 이 집에서 뛰어논 것처럼 나무뿌리들 사이에는 통과 작은 삽이 든 모래상자가 있었다. 아이들이 고산지대에서 유년시절을 보내기 전에 그 나무의 평화로운 위대함을 느끼며 놀고 자라는 가운데 어린시절을 체험할 수 있지 않을까?

사실 그 젊은이가 벌써 아이들 생각을 한 것은 아니었다. 오히려 그는 지금까지 이런 생각을 멀리해왔다. 그는 이나와 한 쌍의 연인으로 살아가고 싶었다. 그는 그녀만 있으면 충분했고, 그녀도 그만 있으면 충분하다고 여러 차례 분명히 말했다. 그녀는 그 외에 아무도 필요하지 않고, 그 외에 아무도 보고 싶지 않으며, 집에만 틀어박혀 있지 않고 사회활동을 하는 것을 그들 결혼에서 특별히 행복한 상황으로 간주한다는 것이다. 그런데 아이들이 이 모래상자에 앉아 놀았을 거라 상상하면서도 그는 자신의 아이들을 가질 생각은 하지 않았다. 자기만 챙겨달라고 이기적으로 소리를 질러대는 어린아이들은 끔찍한 데다 대학 친구들 중에 아빠가 된 세 사람에게 일어난 변화는 그에게 더욱 당혹감을 주었다.

밤나무 그늘에 있는 텅 빈 모래상자가 그에게 한 말은 결코 그렇게 관심 밖의 일이 아니었다. 이나가 이제 여기 프랑크푸르트에서 예술사 석사학위로 적당한 일거리를 찾지 못한다면—그리고 그것이 여자에게 어떤 의미가 있는지에 대해서 거의 아무런 이야기도 없었다. 석사학위만 해도 이나 주변의 모든 사람들에게는 악몽이었고, 아무도 그후의 일을 생각하지 않았기 때문이다. ─무엇 때문에 그녀는 선물받은 자유시간을 아이와 함께 보내지 못한단 말인가? 그는 천천히 자전거를 세워둔 곳으로 되돌아가서, 거주자들의 이름이 그 집의 분위기를 말해주기라도 하는 것처럼 우편함에서 이름들을 열심히 살펴보았다. 그는 자전거를 타고 가다가 모퉁이에서 베로나의 시장용 대형 햇빛가리개가 설치된 멋진 이딸리아 음식점을 보았다. 거기에는 여름옷을 입은 여자들이 앉아 있었고, 오늘과 같은 더운 저녁에 그곳에 그는 이나와 즐겨 앉게 될지도 모른다. 그는 프랑크푸르트가 항상 그렇게 더울 것처럼, 집을 구할 때 그런 예외적인 더위를 고려해서 결정해야 할 것처럼 생각했다.

그가 지금 지나가는 공원은 관리가 소홀했고, 여름의 더위에 신음하고 있는 게 분명했다. 맥주캔을 들고 벤치에 기대 앉은 몇몇 젊은이들 말고는 그 공원은 이제 사람들로부터 버림받은 상태였다. 그들은 이어폰으로 음악을 들으며 머리를 흔들고 있었다. 그런데 잔디밭은 초여름인데도 마구 밟혀서 이미 말라죽어 있었고, 휴지통엔 쓰레기가 넘쳐났다. 여기서 낮에 얼마나 많은 사람들이 식사를 했단 말인가?

'아무튼 아주 가까운 곳에 멋진 공원이 있어야 해'라고 그 젊은이는 생각했다. 공원이 반드시 있어야 했다. 인근에 공원이 없는 집은 고려의 대상이 아니었다. 아침 일찍 자전거로 함께 이 공원을 둘러보자고 이나를 설득할 수 있을까? 지금껏 그는 그런 생각을 한 적이 없었지만, 이제 그들이 이곳에 살면 얼마나 편리하고 즐거울지 눈앞에 그려보았다. 게다가 도심과도 가깝다. 그가 자전거로 돌아다닌 이 지역 일대에서 지금까지 그는 끔찍한 거리는 보지 못했다. 그런데 장모는 무얼 보고 그토록 위협적으로, 경멸하듯 '끔찍한' 도시라고 했을까? 어쩌면 거리들 때문에 그랬을지도 모른다. 그는 다음번에 이 이야기를 해야겠다고 다짐했고, 그녀가 자신에게 반박하는 모든 사람에게 던지는, 의중을 알 수 없는 번득이는 눈초리는 생각지 않았다.

그러므로 세를 들려는 어떤 사람도 그 젊은이보다 더 솔직하고 더 선선히 응할 수 없었을 것이다. 공원 뒤의 커다란 임대주택에서 그를 기다리는 부동산 중개인은 자신을 행복하다고 여겨도 되었다. 그 구역이 너무나 젊은이의 마음에 든 나머지 이 지역에 있는 다른 집이 어떠한지는 거의 생각할 필요가 없었다.

계단실은 정돈되어 보였지만 각 층에는 회색 얼룩무늬가 있는 리놀륨이 깔려 있을 뿐이라 그 집은 음침했다. 이것은 위풍당당한 청년파 양식(19세기말에서 20세기초의 독일 예술양식 ─ 옮긴이)의 건물로, 가령 멋진 문 손잡이 같은 세세한 부분은 잘 보존되어 있었지만, 그전에 사람들은 집의 먼지를 털기 위해 솔질로 온갖 일을 다 했어야 했다. 거리 쪽으로 난 두 개의 방에는 바닥에 풀색 양탄자가 깔려 있고, 깨끗지 못한 좁은 길은 천으로 된 인조 싸바나의 모습을 하고 있었다. 벽은 핏빛처럼 붉게 칠해졌고, 백열전등이 차갑고도 섬뜩하게 얼룩과 찢어진 곳을 비추고 있었다. 욕실은 좁고 길쭉했지만, 이에 대해 중개인은 어떻게 말해야 할지 알고 있었다. "벽을 옮기려면 옆방에서 1미터를 빼앗아와야 하는데, 그러면 완벽한 욕실이 될 겁니다." "방은 멋진데 그게 아쉽군요"라고 젊은이가 말했다. 왜냐하면 이 방이 침실로 쓰였을지도 모르기 때문이다. 그 방은 잎이 좀 듬성듬성한 단풍나무 우듬지를 내다보고 있었다.

"모든 걸 다 가질 순 없죠." 중개인이 말했다. 젊은이는 중개인의 거친 말투를 듣고 놀라워했다. "당장 결정해야 합니다. 집이 곧 나가니까요."

이나 없이 혼자서 집을 보러 다니는 것이 과연 잘한 일이었을까? 젊은이는 집을 고쳐서 잘 꾸며놓은 모습을 상상할 능력이 없어 고통스러웠다. 이 바닥에서, 그리고 벽들 사이에서 무슨 끔찍한 일이 일어났던 모양이다. 창문을 열어두었더라면 사라졌을 퀴퀴한 공기가 공간에 고여 있었는데, 지금 이것은 역겨운 냄새가 나지만 목욕하면 금방 없어질지도 모르는 그런 누군가의 냄새와 같았다. 하지만 이런 냄새가 나는 사람을 직접 만난다면 옆에 같이 있고 싶은 생각이 싹 달아날 것이다. 그럼에도 그가 지금 당장 결정을 내릴 수 없다고 고백했을 때 그는 그 중개인에 대해 자신을 약자처럼 느꼈다. 그리고 그는 이런 무능력한 상태에서 자신이 그토록 경탄한 이 구역 전체에 작별을 고한 것처럼 생각되었다. 그로서는 거절의 말을 하기가 쉽지 않았다.

그가 다시 거리에 나왔을 때 여전히 담청색인 하늘에 달이 떠올랐다. 그것은 둥근 원반에서 아주 부드러운 낫 모양을 손톱가위로 잘라낸 것 같아서 보름달이 되려면 한참 멀었다. 거리는 여전히 아름다웠지만, 이러한 아름다움은 이제 왠지 무대의 배경과 같은 모습이었다.

2

　'사실 어디서 살든 상관없지.' 그 젊은이는 멋진 주거지역과 덜 멋지고 볼품없는 주거지역에서 열여섯 채의 집을 구경한 후에 그렇게 생각했다. 사람들이 그에게 보여준 집들은 모두 이루 말할 수 없이 비쌌다. 처음으로 그가 제법 여러 곳을 돌아다니며 살 집을 조사해본 결과 초봉치고는 적지 않은 자기 수입의 절반을 집에 쏟아부어야 할 것 같았다. 그리고 끔찍하게 많은 돈이 드는 데 비해 제공되는 것은 별로였다. 공간에 대해 아주 눈썰미가 뛰어나서 그 속에 깃든 가능성을 볼 줄 알거나 장식에 관한 상상력이 무척 풍부한 사람이라도 이런 물건을 소개받으면 상상력의 한계까지 내몰릴 것이다. 불가사의한 방식으로나 값을 치를 수 있을 것 같은 더없이 크고 화려한 집은—그런 집에는 바퀴벌레 같은 게 있을까?—변호사 부부가 바로 그의 눈앞에서 가로채버렸다. 집주인은 결혼한 세입자가 가장 좋겠다는 눈치를 보였고, 어쩔 수 없이 혼자 집을 보러 가야 한 그 젊은이는 누가 보더라도 아직 결혼한 사람으로 보이지 않았다. 새로운 기운이 아직 그의 신체에 스며들지 않았다. 그렇다, 조그만 결혼반지조차 아직 그에게 성가셨던 것이다. 그것은 그의 하숙집 나이트테이블에 놓여 있었고, 이는 결혼에 대해 우려하고, 벌써 거리를 두는 태도 때문은 아니었는데, 오히려 그는 동경에 차 있었고, 낮에는 세 번이나 이나에게 전화를 했다.

그녀는 명랑했고, 이미 집이 있기라도 한 것처럼 돌아올 날과 집을 손꼽아 기다렸다. 그는 폰 클라인 부인이 일을 처리하는 자신의 능력에 회의적인 논평을 할까봐, 집을 구하기가 무척 힘들었다는 것을 그녀에게 숨겼다. 제대로 분명하게 감지한 것은 아니지만 그는 장모의 비꼬는 말이 실은 이나에게 방울져 흘러내린다고 보았고—이나는 어머니가 하는 모든 말에서 측은한 고독과 과부의 모습을 보았을 뿐이다—아내의 조그만 귓바퀴에 그런 심술이 한방울씩 계속 흘러들어간다고 생각하니 적이 불안한 심정이었다. 이런 경우는 사실 염산에 부식되듯 아무리 두꺼운 보호막이 있다 해도 언젠가는 녹아 없어지게 마련인 것이다.

그토록 자신만만하게 큰소리를 쳤건만 젊은이가 자기 집의 종류와 위치에 대해 새롭게 아무래도 상관없단 태도를 취한 것은 기진맥진한 탓이라기보다는, 물론 아직 결혼하지 않았지만, 그가 높이 평가하고 지금 이미 성공을 거둔 한 동료의 생활원칙을 받아들이려 했기 때문이다.

"내게는 큰 침대와 욕조가 하나 필요해." 운동선수 같은 갈색 눈의 남자가 말했다. 그는 휘기 쉬운 경금속으로 만들어진 듯 몸에 착 달라붙는 양복을 입고 있었다. "무엇보다 헬스클럽이 있어야 하고, 걸어서 5분 안에 회사에 갈 수 있어야 해." 그의 모든 세계관이 이 프로그램 안에 들어 있었다. 젊은이는 이런 세계관을 송두리째 받아들일 순 없었지만 적어도 태도로는 이를 음미해보려고 했다.

"어쨌거나 당신은 2년 내로 이곳을 떠나야 해요. 당신은 평소에 일을 잘하지 못했으니까요." 그는 그 동료가 한 이 말을 이나에게 전했다. 그가 이곳에서 어떤 압박을 받고 있는지 그녀도 조금은 느껴야 하기 때문이다. 이력에 대한 새로운 생각이—언젠가 그랬던 것처럼, 대가가 될 때까지 떠맡은 일들을 점점 더 잘 이해하고, 더 완벽하게 파악하는 게 아니라, 모든 일을 전적으로 다른 일을 위한 과도기이자 도약판으로만 파악하는 것이—그를 아직 도취하게 만들었고, 그래서 주거문제는 사실 제일 중요한 문제일 수가 없었다. 하지만 이나가 그를 그토록 철석같이 믿는다고 해서 그의 기분이 좋아지지는 않았다. 전혀 대단치 않은 계기로 언제 그녀가 자신을 그렇게 무한정 신뢰한다는 첫 신호를 보냈는지 그는 기억을 떠올렸다. 그는 약속하지 않았는데도 그녀를 마중하러 역에 나갔고, 그녀는 "난 당신이 올 줄 알았어"라고 말했다. 이날 그들의 사랑은 새로운 국면에 접어들었다.

*

오랫동안 젊은이는 스포츠 자전거를 타고 땅거미가 지는 저녁을 향해 나아갔다. 장딴지 힘으로 좀더 힘차게 페달을 밟아야 했던 그는 프랑크푸르트 지형의 오르막길과 내리막길을, 즉 맨눈으로는 좀체 알아차리기 힘든 강가의 낮은 지대며 완만한 오르막을 잘 알고 있었다. 이런 여름날 저녁에 그는 차분하게 숨을 내쉬고 들이쉬며, 푸르스름한 색을 띤, 산들의 능선이 뚜렷하지 않은 타우누스 산맥(독일의 헤센 주 남부의 산지 — 옮긴이) 옆을 지나갔다. 중간 높이의 산들이 너무 가파르게 높이 솟아 있지는 않았지만, 그것이 이제는 커다란 덩어리로, 육중한 산맥으로 느껴졌다. 그 도시는 널찍하고 잘 구획된, 체계적인 형태를 갖춘 공간에 위치해 있었다. 이 위쪽은 도심에서 이미 꽤 멀리 떨어져 있었다. 이 언덕은 빌딩들의 아래쪽 절반 높이에 달했고, 지붕 밑 다락층이 있는 건물들이 늪과 같은 지면에서 솟아오른 듯 보이게 했으며, 조그만 빌라를 따라 도로가 나 있었다. 본격적으로 도시가 와해되기 시작한 것은 아니었지만 확고한 도시 구조가 흐트러질 조짐을 보이고 있었다. 밤그림자에 덮인 산맥의 중심부가 멀리서 모습을 드러냈고, 멀리 경사면에 이르기까지 끝없이 이어진 주거지는 밤그림자에 잠겨 있었다.

이제 그 젊은이에게는 이 도시에서 확고한 기반을 잡는 일이 전혀 가망이 없는 것으로 여겨졌다. 어쩌면 이나의 마음에 들었을지도 모르는 이런저런 조그만 빌라들에는 이제 사람이 사는 것이 확실해 보였다. 자전거가 달리면서 내는 바람이 이마에 맺힌 땀방울을 말려주었다. 그는 선로를 따라 앞으로 미끄러지는 기분이 들었다.

지난 며칠 동안은 힘이 들었고, 실은 그의 기억 속에서는 결혼식이란 크게 흥분되는 일이 이미 오래전의 일로 생각되었는데, 몸은 이런 흥분을 아직 극복하지 못하고 있었다. 그 젊은이는 이사를 가는 것만으로도 부담스러워 하숙방에 오니 피로가 몰려들었다. 그는 옷을 벗어 옷걸이에 걸어놓을 힘도 없어서 그것을 바닥에 내던져버렸다. 몇시나 되었을까? 자명종은 멈추어 있었다. 덥다고 시계가 멈출 수 있는 걸까? 불현듯 그럴 수도 있겠다는 생각이 들었다. 깊은 잠에 빠져들기 전에 내일 오전 열시에 집을 보러 가기로 약속했다는 사실이 떠올랐다. 부동산 중개인한테서 소개받지 않은 그 집은 지금까지 본 것보다 훨씬 더 값이 쌌다. 하지만 이는 처음으로 푹 잘 수 있는 기회인 토요일 오전에 일어나야만 한다는 것을 뜻했다. 그는 자명종을 바라보았다. 보통 강제로 자기를 깨워주는 그 무자비한 호출음이 없이 과연 깨어날 수 있을까? '하늘에 운명을 맡겨야지'라고 그 젊은이는 생각하며, 언제나 그렇듯이 즐기기에는 너무나 짧은 유일하게 행복한 순간에 잠 속으로 빠져드는 것을 느꼈다.

*

그는 해가 중천에 떠서 어제처럼 싫증내지 않고 시내 위로 내리쬘 때 잠에서 깨어났다. 창은 대형 쓰레기통만 덩그러니 있는 황량한 뜰 쪽으로 나 있었다. 나무가 우거진 깊은 밀림처럼 주위가 조용했다. 한마리 새가 지저귀는 소리가 났다. 새소리는 사람들에게 마음의 위안을 주고 힘을 북돋워주기도 한다. 젊은이는 밤새 파티를 벌인 후에 거리에서 최초의 새소리가 그의 출현을 알리며 환영할 때 말고는 지금까지 사실 새소리를 제대로 느껴본 적이 없었다. 하지만 오늘은 이것이 갑자기 걸려온 전화소리처럼 이 집에서, 이 슬픈 뜰에서 생명체가 살고 있다는 유일한 신호였다. 그것은 늙어가고 있다는 표시였을까? 그는 원기가 회복된 느낌이었지만, 아직 잠시 그대로 누워 있었다. 약속한 일이 생각났다. 시계는 여전히 멈춰 있었다. 밤에 그 시계가 내키지 않는 일을 하겠다는 결심을 했을까? 주위가 너무 쥐죽은듯 조용해서 그는 마치 지하실에 있는 것처럼 세상과 단절된 느낌이 들었다. 복도에서는 사람의 발소리가 들리지 않았다. 그는 천천히 일어났다. 오늘은 사무실 근무복을 입을 필요가 없었다. 그는 세상의 모든 시간을 갖고 있는 것처럼 방을 좀 치우고, 아무렇게나 놓인 양복을 옷걸이에 걸었다. 늦은 시각인데도 아직 아침식사를 줄까? 이 집에서 커피를 끓여주는 쎄르비아 여자는 열한시면 부엌에서 나갔다.

아침식사를 하는 공간은 텅 비어 있었다. 주말에는 대체로 하숙집에 손님이 몇명 없었다. 쎄르비아 여자가 들어와서 커피를 가져다주었다. 젊은이는 신문을 펴서 꼼꼼하게 읽었다. 그는 오늘 모든 일을 아주 천천히 해야 한다고 느꼈고, 이렇게 평온한 마음으로 느리게 행동하는 것은 아직 완전히 잠이 깨지 않은 탓이었다. 그는 커피를 또 한 잔 주문했다. 그는 신문을 끝까지 다 읽었다. 아침식사를 하자마자 금세 약간은 불친절해지는 것 같은 이 공간에 머무를 이유가 더이상 없었다. 이 순간까지 젊은이는 애써 시간을 묻지 않다가 지금 비로소 그렇게 했다.

쎄르비아 여자가 "아홉시 반이에요"라고 말했다.

날이 밝은 지 한참 지났으므로 혼자 집에 죽치고 있는 것은 좋지 않다는 것이다. 그러나 이러한 원칙을 꼭 따를 필요는 없을지도 모른다. 바람직하고 내실있는 성과를 거두기 위해서는 아무튼 혼자 있는 법도 배워둬야 하기 때문이다. 젊은이는 그런 점에 전혀 숙달되어 있지 않았다. 그는 지금까지 살면서 2주 연속으로 혼자 있은 적이 없었고, 기숙사나 군대에서 특히 기분 좋게 지냈다. 그리고 그는 결혼하기 전 2년 동안 이나를 단 한순간도 눈에서 떼어놓은 적이 없었다. 혼자서 자기만의 생각에 잠겨 지낸다는 것은 그에게는 깜짝 놀랄 만한 모험이었다. 사람들이 사교모임에서 분위기의 변화에 동참하지 못하는 것은 혼자 있는 것과 마찬가지로 놀랄 만한 현상이 되었다.

사교모임에서 모든 분위기는 다른 사람의 태도와 말에 좌우되었다. 다른 사람이 누군가를 화나게 만들거나 또는 웃게 만들기도 한다. 하지만 분노와 흥분, 만족감과 명랑함은 상대방이 없어도 생길 수 있고, 그런 현상이 사교모임에서처럼 격렬하게 일어나서 크게 남의 주목을 끌 수도 있는 것이다.

집을 보러 가는 약속을 지키거나 소홀히 하는 것이 중요한 문제가 될 때 젊은이는 전에는 한번도 오늘 아침처럼 그 '운명'을 놀린 적이 없었다. 그는 지금 이러한 상태를 과장되게 운명이라고 불렀다. 내가 이 집을 구경하기를 네가 바란다면—누가 바라겠는가?—시간을 지켜라, 젊은이는 아침에 그런 식으로 보란듯이 시간을 끌고 늑장을 부리면서 마음속으로 그렇게 생각했다. 그래서 그는 지금 쎄르비아 여자의 단순한 대답에 깜짝 놀랐는데, 믿기지 않게도 그 여자는 그렇게 놀라는 그를 거의 이해하지 못했다.

하나의 징조일지도 모른다! 운동선수 같은 그 동료가 그곳에 없다는 것이 얼마나 다행한 일인가. 젊은이가 직업적으로 성공할 가능성에 대해 그는 염려하는 마음으로 머리를 가로저었을지도 모른다.

그가 찾고 있는 집이 만족시켜야 하는 두 가지 커다란 조건은 바젤 광장에 있는 집에 의해 충족되었다. 그곳은 1층집이 아니라 5층집이었고, 엘리베이터가 없었으며, 계단은 나선형 모양으로 좁은데다 밟아서 닳아 있었다. 그런데 그거야 문제될 게 없었다. 그리고 사실 공원이 가까이에 없었지만 대신 마인 강가에는 부두에 조성된 기다란 잔디밭이 있었다. 갈매기가 주위를 날아다니는 넓은 갈색 강가에서 이리저리 산책을 할 수 있었고, 썬탠오일 냄새를 풍기며 누워서 일광욕을 즐기는 수많은 사람들이 거슬리지 않는다면 잔디 위에 누워 있을 수도 있었다.

하지만 그건 그렇다 해도 그 집과 위치는 그 젊은 부부가 지금껏 생각해온 모든 계획이며 상상과 너무 동떨어져 있어서 젊은이가 그 광경을 보고 왜 돌아서지 않았는지 의아스러울지도 모른다. 주춧돌에 여러가지 색의 사암 마름돌이 있는 길모퉁이 집이지만, 이곳의 돌은 멋진 주거구역에 있는 돌에 비해 얼마나 다른 효과를 내고 있었던가! 집 위에는 무언가 자욱하고 더러운 것이 끼어 있었고, 포말회사들이 넘쳐나던 때 투기업자들이 세운 건축물 같은 차가운 모습이 있었다. 집 뒤쪽에서 그리 멀지 않은 곳에 있는 중앙역을 여기서는 벌써 느낄 수 있었고, 오래전에 사라진 기관차의 그을음을 이곳에선 아직 상상할 수 있었다. 커다란 홍등가는 이미 도시고속도로라 할 수 있는 4차선 도로의 한쪽에 있었고, 역에서 마인 강의 다리로 나 있는 그 도시고속도로는 그 집에서 흡사 발가락처럼 갈라져 있었다. 바젤 광장은 스위스의 도시 바젤과 조금도 관계가 없었다. 엄밀한 의미에서 '광장'이라고 부를 수 없는 이 시립공원의 이름을 지을 때 제멋대로 그런 이름을 붙였던 것이다. 이런 이름을 지으면서 옛 지명이나 평야 이름은 고려하지 않고 세상물정에 밝다는 그릇된 인상을 주었던 것이다. 이 도시는 정식으로 잘게 분할되었다. 고속도로가 들어선 탁 트인 평원의 한가운데에 차도 좌우로 집들의 대열을 엉망으로 만들어버린 것 같은 지질학적 단층이 생긴 것처럼 생각되었다. 집 아래쪽에는 에티오피아인이 운영하는 '랄리벨라'라는 이름의 간이식당이 있었다. 집 앞에는 차들이 달리는 소리가 요란했지만, 집을 빙 돌아 뜰에 가보면 — 현관문도 거기에 있었다 — 갑자기 고요가 지배하고 있었다. 거기엔 배 타고 바다를 여행하는 사람들이 몇주 후에 뭍에 도착했을 때 심지어 그리워지기까지 하는 살랑거리는 바닷소리와 비슷한 소리만 남아 있을 뿐이었다. 그렇지만 이 집을 처음 보는 순간 만족스러울지도 모른다. 폰 클라인 부인의 딸인 이나와 이곳에 이사해 와서 이 집에서 매일 함께 생활하겠다는 그의 생각은 조심스럽게 말한다면 잘못된 것이었다.

대체 어디서 매일 쇼핑을 한단 말인가? 저 건너편에서 한다는 대답이 쉽게 나왔다. 끊임없이 차 소리가 들려오는 거리 가장자리에서 파키스탄인의 야채가게가 가지와 토마토를 가지런히 내놓고 있었다. 이곳은 처음 보고 두 번 봐도 공허하고 실체가 없으며 보기 흉하고 쌀쌀맞아 보였다. 하지만 그다음에는 개미 같은 사람들이 버려진 건물에 난 비좁은 틈새라면 어디서나 조그만 삶의 공간을 마련하고 있는 것이 보였다. 즉 필리핀 사람의 세탁소, 벵갈인의 신문 가판대, 문신 가게, 무슬림인의 여행사 — 메카와 메디나로 가는 헤지라(성천(聖遷). 이슬람의 기원으로 무함마드가 메카에서 메디나로 옮긴 서기 622년을 기원 제1년으로 함―옮긴이)가 특별 여행지였다 ― , 일요일 아침식사 메뉴로 "당신은 뭐든지 먹을 수 있습니다"라고 바깥에 영어로 크게 써붙인 레바논인의 식당이 있었다.

예전에 지중해의 해상민족은 그들 항구의 배후 지역이 아니라 반대쪽 해안에 눈길을 보냈으며, 그곳의 항구와 자신들을 갈라놓는 바다라는 비어 있는 공간에 지나친 관심을 보였다. 그리하여 이곳에 사는 주민들에게는 그 광장을 구제불능으로 갈라놓고 빈 곳을 가득 채운 4차선 도로도 얼마 후에는 눈에 보이지 않게 되었다. 그들은 거기에 둥지를 튼 조그만 가게와 반지하 주점들이 있는 반대편 도로를 눈여겨보고, 빨리 다른 쪽에 도달할 수 있는 기술을 발전시켰기 때문이다. 유모차를 끌고 다니는 것이 물론 보다 대담한 일이었을지도 모른다. 하지만 젊은이는 갑자기 유모차나 모래상자는 더이상 생각하지 않았고, 그 대신 폰 클라인 부인을 중요하게 생각했다. 이곳에 오는 것이 말이 안 된다고 생각한다면 적어도 그녀는 신문광고에서 지붕 밑 방을 한번 살펴보는 게 좋을지도 모른다.

알록달록한 네온싸인 광고, 길모퉁이에서 빈둥거리는 사람들, 술취한 사람들이 있는 현란한 홍등가를 여기서 더는 예상하기 어렵다는 것은 안타까운 일이 아닌가? 바젤 광장에는 이미 따분함과 아무도 살지 않는 땅의 분위기가 지배하고 있었다. 건물 관리인은 그 젊은이가 넘겨받은 명함에서 이미 드러나듯 모로코인이었다. 거기에는 모로코 지방단체인 '꽁쎄예 트레조리에'(conseiller trésorier)라고 찍혀 있었다. 쉰이 넘어

보이는 그 남자는 배가 불룩하고 목덜미에는 밤색으로 물들인, 독수리 솜털 같은 곱슬곱슬하고 가는 털이 나 있었다. 그는 더운데도 스웨터를 입고 있었고, 잘 알려진 로트렉 포스터에서처럼(30점의 포스터를 그린 뚤루즈 로트렉은 초기 근대 판화부문을 개척한 거장 중의 하나임 ─ 옮긴이) 붉은 캐시미어 목도리를 아무렇게나 목에 걸치고 있었다. 그는 지하실에 산다고 한다. 지하실은 시원하다고, 아니 시원한 게 아니라 춥다고 한다. 지하실에 살면 폐렴이 나을 거라고 힘주어 말하는 동안, 눈썹이 긴 그의 갈색 눈은 젊은이를 요모조모 찬찬히 뜯어보았다. 젊은이는 그 시선을 받자 얼굴에 커다란 파리가 돌아다니는 느낌을 받았다. 그가 전화를 한 그 남자일까? 젊은이는 그의 이름을 불러보았다.

"아, 한스 씨!" 건물 관리인은 허물없이 이름만 불러 친밀하게 말한 다음 불신하는 마음을 이렇게 표출했다. "당신은 나의 건물 번지를 광고로만 안 것이 확실한가요? 다른 데서 안 것이 아니고요? 당신은 그밖의 다른 누구와도 말하지 않았나요?"

이 남자는 대체 무슨 상상을 하는 걸까? 하지만 그는 대답에는 더이상 관심이 없었다. 그의 두 눈은 한스만 질리도록 보고 있다가, 이제 시선의 방향을 바꿔 멍한 표정을 지었다.

"미안합니다." 건물 관리인은 이렇게 말하고 가슴께의 주머니를 뒤적였다. 그의 휴대폰이 울리는 소리가 들렸고, 이 남자와 관계하는 사람이면 누구나 금방 알게 되듯이 사실 그의 휴대폰은 육체적이자 정신적인 그 사람에게는 생명에 꼭 필요한 자극을 주는, 바깥으로 잘못 놓인 심박조절기 같았다. 계단실은 무언가 탑과 같은 점이 있었다. 지하실만 추운 것이 아니라 이 계단실도 바깥보다 몇도 낮은 게 분명한 공기 기둥을 품고 있었다. 계단은 떼라초(대리석 따위의 부스러기를 다른 응착재와 섞어 굳힌 뒤 표면을 깎아 대리석처럼 만든 돌 — 옮긴이) 바닥으로 되어 있어 쾌적한 온도를 유지하게 해주었다. 여기에는 석조의 한기와 지하실의 공기가 지배하고 있어서, 젊은이는 유난히 깨끗한 오래된 지하실의 모습을 바로 떠올렸다. 사실 건물들이 그런 공기를 담고 있으려면 이 계단실보다 훨씬 더 오래되어야 했다. 그 집은 길쭉한 공간으로 이루어져 있었고, 거기에 여러 개의 조그만 방, 욕실과 부엌이 나란히 이어져 있었다. 마침내 파이처럼 생긴 건물의 뾰족한 끝에 위치한, 창문이 세 개 달리고 벽이 다섯 개 있는 더 큰 공간이 나왔다. 그곳은 높아서 바깥의 어수선한 광장과 자동차를 내려다볼 수 있었고, 심지어 강물도 시야에 들어왔다. 그곳 아래에서는 길고 검은 나룻배 한 척이 지나가고 있었다.

"가구들은 저 안에 있을 겁니다." 건물 관리인은 속삭이는 소리로 하던 통화를 마치며 말했다. 실제로 가구 몇개가 방 안에 있었지만, 가구가 딸린 집이라 말하기는 충분하지 않았다. 뒤틀린 다리에 상판이 갈라진 화려한 책상, 놋쇠 못으로 지지된 엷은 밤색 가죽이 떨어지고 부서진, 왕이 쓸 것 같은 안락의자, 냄비며 프라이팬이 가득한 아주 지저분한 찬장, 이것들은 너무 끈적끈적해 도저히 손으로 만지고 싶지 않았다. 현관에는 아마 20년대에나 만들어진 것 같은 엘츠 성(12세기에 엘츠 (Rudolf von Eltz)라는 귀족에 의해 지어진 후 500년간 증축과 개축을 거듭하여 웅대한 성의 모습을 갖추게 되었다. 아이펠 숲속에 숨어 있으며 무수한 전쟁을 거치면서도 원래 모습 그대로 보존되었다 — 옮긴이)의 부식 동판화가 걸려 있었다. 쿠션이 지저분하고 닳아 해진 소파는 좀더 최근 제품이었다.

"당신은 저것을 멋진 모습으로 장식할 수 있어요." 건물 관리인이 말했다. "모로코 양탄자 수입업자의 주소를 알려드리겠습니다. 그가 당신에게 이 소파 위에 환상적인 물건을 얹어줄 겁니다."

그 남자는 이 말을 하며 한스에게 몸을 돌려 그의 얼굴을 뚫어져라 찬찬히 살펴보다가 다시 단호하게 고개를 돌렸다. 젊은이는 설득당하지 않았고 그의 말에 선뜻 넘어가지도 않았다.

그는 밝은 구석방에 서서 먼 데를 바라보며 곰곰 생각에 잠겼다. 집은 집세가 쌌다. 주위가 조용했고, 창을 열어놓아도 거리의 소음이 잘 들리지 않고 사방으로 날아가버렸다. 여기서 은행까지 걸어서 가는 데는 10분이면 될 것 같았다. 냄비들은 깨끗이 씻으면 되고, 가구들은 밖에 내던져야 할 정도로 그렇게 나쁘지는 않았으며, 계단실은 훌륭한 체력단련 장소가 될 수 있을 것 같았다. 그러니 그 집을 좋게 말할 충분한 근거가 있었다. 건물 관리인은 그의 마음에 들지 않았지만, 그렇다고 해서 그자가 자신에게 무슨 상관이란 말인가?

그럼에도 그는 무엇 때문에 자신이 그 집을 얻었는지 나중에 스스로에게 물었을 때 이런 모든 좋은 이유들이 사실과 부합하지 않는다고 느꼈다. 무엇 때문에 그 집을 얻었단 말인가? 그는 이 질문에 대답할 말이 없다고 스스로에게 고백하지 않을 수 없었다.

3

예상치 못한 비용이 들지도 몰랐지만, 건물 관리인인 압달라 쑤아드가 큰 도움이 될 수 있다는 것은 두말할 여지가 없었다. '멋지게' 장식하라는 제안을 할 때만 그런 것이 아니라, 세세한 표현들을 하는 걸로 보아 그가 독일어에 무척 능하다는 것을 알 수 있었고, 그는 관용구나 은어를 제법 능숙하게 말하며 자기 것으로 익히고 있었다.

"한스, 뭔가 끝내주는 얘기 좀 들려주세요"라는 문장은 그가 말을 시작할 때 입에 붙은, 사람들이 굳이 따라할 필요가 없는 상투어였다. 그는 5페니히짜리 돈이 아니라 다른 사람들, 무엇보다 남자들이 전하는 말에 관심이 있기 때문이었다. 하지만 그는 만나는 모든 사람들과 업무관계를 맺을 수는 없었다. 두 명의 우끄라이나인—할리치나의 엄청나게 큰 감자밭에서 곧장 데려온 것 같은 팬케이크 모양의 선량한 얼굴들, 5층에서 몇 통의 하얀 물감을 벽에 마구 들이부어 남독일에서 흔히 하는 말로 현재 집을 온통 '하얗게 칠하는' 이들은 건물에서 집의 기본 장식을 맡고 있는 자들이었다. 임대계약에 서명하자마자—쑤아드는 집주인을 위해 싸인을 했는데, 여기서도 그는 '트레조리에'였다—쑤아드는 한스의 면전에서 이미 이 두 사람에게 전화를 걸었다. 그리고 이틀 후에 그 집은 입주가 가능해졌다. 하지만 그다음에 한스가 이나에게 새 집에 들어갈 채비를 하라고 했을 때 뜻밖에 그의 기분이 썩 좋지는 않았다.

"집을 구하게 될지도 몰라." 그는 밤에 통화를 하면서 말했다—폰 클라인 부인은 초대를 받아 갔다가 보통 늦게 돌아왔다. 그들은 거기 남쪽에서도 늦게 하루를 시작했는데, 그것이 그녀의 취향에 꼭 맞았기 때문이다. 그녀는 서두르는 것을 좋아하지 않았다. "무슨 뜻이야?" 이나는 더없이 순진하게 종소리처럼 맑은 소리로 물었다. "우리가 집을 구하게 될지도 모른다고—우리가 집을 구했다고?"

"사실은 구한 셈이지." 모든 것에 싸인을 한 지금, 그리고 우끄라이나인들이 성실하고 기분 좋게 사다리와 솔을 가지고 좁은 계단실로 끌고 올라간 지금, 그는 정말 현기증이 나는 기분이었다.

"우린 거기서 오래 살 필요가 없어. 그곳에는 임시로 있을 거야."

그는 남자답게 평정심을 잃지 않았지만 참담한 심정에 사로잡혔다. 이 더운 도시에서 사무실 일을 하는 것 말고 집을 구하느라 그는 기진맥진했다. "내가 혼잣몸이라면 그 집을 얻지 않았을 거야." 이는 사실이 아니었다. 그에게 지금 걱정되는 것은 이나의 표정뿐이었다. 그래서 그는 사랑에 빠진 밀월기간 중에 그녀가 자기의 결정에 실망하면 이미 이를 어느정도 그녀 탓으로 돌리려는 좀스럽고 비열한 시도를 했다. 하지만 도덕적으로 수상한 이런 행동은 오로지 더위 탓이었다. 와인이나 사과처럼 엄격한 도덕도 온화한 기후에 좌우되었다.

그녀는 그를 달래기 위해 금방 적당한 말투를 찾아냈다. "당신을 전적으로 신뢰해. 어떤 경우에나 당신은 모든 일을 올바로 처리했어." 전화기 속에서 그녀의 목소리는 지저귀는 것처럼 들렸다. 그녀는 본격적으로 그의 귀를 간질였다.

전장에서 멀리 떨어져 있긴 했지만 그럼에도 그녀는 다음번에 전화할 때 공동의 시작을 위해 무언가를 했다. 결혼식을 한 후부터 그녀 집의 지하실, 창고와 차고에 있는 마분지 상자에 가만히 잠자고 있는 모든 것을―그중에는 몇점의 멋진 가구와 그림들도 있었다―거기에 잠시 그대로 놓아두는 것을 폰 클라인 부인이 승낙했다고 한다. 지금 정식 이사를 할 필요는 없을 것이다. 이나는 트렁크 몇개를 들고 온다는 것이다. 가구는 이미 그곳에 있다고 그가 말해주었다. 부족한 것은 대형 재활용창고에서 마련하고, 나중에 그들이 이사갈 때 버릴 거라고 한다. 그녀는 이러한 새로운 방식에 흡족해하는 것 같았다. 이나는 비싸고 질 좋은 물건을 쓰는 살림살이의 매력에 결코 둔감한 것은 아니었으며, 결혼식 때 받은 멋진 물건들이 가득 있었으면 하는 관심을 거의 숨기지 않았다. 말똥말똥한 정신으로 눈을 반짝이며 그녀는 자못 기대에 부풀어 그것에 관해 기록해놓았는데, 이는 물론 모든 사람에게 고마움을 표하기 위해서였다. 이 모든 것을 눈치로 알아챈 젊은 남편을 더욱 행복하게 한 것은 그녀가 결혼식 보물을 어쨌든 잠시나마 뒤에 남겨두고, 그와 또 한번 홀가분하게 무소유상태를 몇주 동안 실컷 맛보려 한다는 점이었다. 마침 생각났다는 듯이 '침대와 욕조'가 꼭 필요하다고 한 동료의 말은, 이제야 그에게 생각난 것처럼 은밀히 에로틱한 음조도 지니고 있었다. 왜 그렇지 않겠는가? 침대와 욕조를 오가는 동거, 적어도 그 순간에는 이것과 다른 생활은 전혀 바람직하지 않을지도 모른다.

*

젊은이가 우끄라이나인들의 일을 덜어주고 두 사람에게 돈을 치렀을 때는 늦은 시각이었다. 집의 저 위쪽에는 공간과 복도를 통해 하얀 빛깔의 물결이 촥 쏟아지는 것 같았다. 복도의 컴컴한 리놀륨과—한스가 이미 거실이라 부른—커다란 방의 나무바닥 위에는 하얀 기포들이 끓어오르는 물거품처럼 반짝였다. 기포는 완전히 마르면 칼로 쉽게 긁어낼 수 있다고 한다. 이제 밝혀졌듯이 그 두 남자, 아버지와 아들은 지나친 요구를 하지 않았다. 일본의 선승(禪僧)이 눈부시게 흰 종이를 접기라도 한 것처럼 그 공간들은 비현실적일 정도로 완전무결하게 반짝였다. 젊은 남편은 세세한 것을 눈여겨보지 않았다. 그는 전에는 황폐해 보이던 이 숙소가 뜻밖에도 말할 수 없이 새집처럼 보이는 것에 놀라워했다. 그동안 우끄라이나인 아들의 아내는 부엌에서 모든 냄비를 모래로 문질러 닦고 있었다. 찬장들은 더이상 끈적거리지 않았고, 냄비들은 전처럼 흠이 나고 찌그러져 있었지만 얇은 갈색 지방층은 제거되어 있었다. 전기레인지와 냉장고, 두 개의 귀중한 물건은—냉장고는 가끔 큰 소리로 웅웅거리다가 갑자기 딸꾹질이라도 하듯 침묵에 빠져들었다—그동안 손대지 않은 채로 있다가 새로 쓰이게 되었다. 젊은이가 지금 살피듯 열어본 냉장고 속에서 불빛이 은은하게 반짝이는 것을 보면 사람들은 당장 이 안에 몇개의 병을 넣어두고 싶은 생각이 들 것이다. 1층의 에티오피아인은 아직 문을 열어두고 있었다. 젊은이는 우끄라이나인 두 남자와 아내에게 저 아래에 가서 한잔하자고 했다. 세 사람은 말없이 눈빛을 교환한 후 그러자고 했다.

온통 하얀 모습을 보면 땀이 흘러내리기는 하지만, 시원한 인상을 주는 그 세계에서, 한스가 그의 우끄라이나 지원군과 함께 저 위 지붕 아래에서 보낸 시간에—그러나 집 위에는 또 나지막한 다락방이 있어서, 햇빛이 그의 집에 마구 쏟아지지는 않았다—, 에티오피아인의 서서 음식을 먹는 간이식당은 흡사 앞뒤의 방향이 바뀐 것 같았다. 앞쪽 거리로 그 남자는 쇠로 된 셔터를 내려놓았고, 반면에 뜰에는 몇개의 접의자가 놓여 있었다. 그리고 그 에티오피아인은 여기에 자리 잡은 손님들을 위해 가게 뒷문을 통해 병들을 가져왔다. 더운 여름이라 즉흥적으로 그렇게 한 모양이었다. 아마 경찰은 이곳에서 더이상 서서 식사를 하지 않고 가게 문을 닫은 후 앉아서 식사를 하는 것에 반대했을지도 모르지만(간이식당 규정이 서서 식사하게 되어 있는 듯하다—옮긴이), 여기 모인 사람들은 만약 경찰이 모퉁이를 돌아오면 그 모임이 사적인 축제라고 입을 맞추기로 했다.

"아닙니다, 결코 경찰이 오지 않을 겁니다." 경찰과 이야기가 잘되어 있어 한없이 안전하다는 것을 시위하려는 듯 쑤아드가 열정적으로 크게 외치는 소리가 들렸다. 그 자신은 이 구역의 경찰들이 사내 야유회를 가도록 소형버스를 임대해준다고 하면서 그 공무원들은 아무튼 다루기 힘든 구역에서 신뢰할 만한 곳을 갖고 있어 기뻐한다고 한다. 에티오피아인은 아주 밝고 누런 피부에 밀랍같이 창백하나 균형잡힌 얼굴을 한 좀더 젊은 남자였다. 그는 자기 고향의 전형적인 미남형 얼굴이었다. 빙그레 웃기는 했지만, 너무 과묵한 사람이라 자신의 생각으로 이처럼 밤에 뒤뜰에서 장사하는지, 또는 쑤아드의 명령으로 행동하는지는 분명하지 않았다. 술은 한모금도 마시지 않았고, 새로 병들을 가져오고 빈 병을 가져갈 때는 언제나 얼빠진 표정에 다소 창백한 얼굴로 웃기만 했다. 그동안 뜰에서 벌어지는 왁자지껄한 대화에 그는 끼어들지 않았다. 그가 대화에 참여할 수 있을 만큼 독일어를 할 수 있는지는 분명하지 않았지만, 그후에 그의 독일어가 그럭저럭 쓸 만하다는 사실이 밝혀졌다.

뒤뜰의 일부는 거리를 밝히는 하얀 아크등으로 무척 밝게 빛났고, 나머지 절반은 선명하게 구분된 좀더 어두워 보이는 그림자에 잠겨 있었다. 이미 이지러진 채 하늘에 떠 있는 달은 탐조등처럼 빛나고 있었다. 사람들은 달의 산맥을 눈으로 좇으며 흡사 거닐 수 있는 것처럼 생각했다. 옛날 흑백영화에서 사람들은 어둠속에서 벌어지지만 영사기의 밝은 빛에 의해 촬영되어야 하는 장면의 경우 '미국의 밤'이라고 말했고, 물론 여기에 등장하는 인물들은 배우가 아니라 영화 촬영시 언제나 많고 또 꼭 필요하기도 한 조수들이긴 하지만 접의자에 앉은 이들 무리는 사실 영화를 촬영하는 장면을 방불케 했다. 그러나 이들은 비정규 용병집단으로서 대부분의 시간을 기다리고 잡담하고 맥주병을 돌리며 시간을 보내야 했고, 이윽고 나팔 소리가 울리면 누가 시키는 대로 하는 것이 이들의 의무였다.

보아하니 쑤아드는 이러한 모임의 주인이자 독재자였다. 그는 우끄라이나인들과 한스를 그리 달가워하지 않아 같이 앉아 마시자고 강하게 요구하지 않았다. 에티오피아인은 쑤아드의 눈빛에 따라 가게 안으로 들어가거나 음료수가 든 냉장고 옆으로 움직이는 것 같았다. 왜냐하면 그사이에 쑤아드의 가슴에서 전화벨 소리가 울렸기 때문이다. 그는 쉴새없이 움직이는 가운데 언제나 여러 군데서 동시에 일하려고 했다.

그의 옆에는 17세기에 유행하던 남성용 장발가발과 비슷한 길고 텁수룩한 금발의 여자가 앉아 있었다. 밑으로 내려뜨린 짙은 곱슬머리에 가려 뾰족한 그녀의 코는 거의 보이지 않았다. 쑤아드는 통화를 참을성없이 재빨리 끝내버렸다. 전화의 상대방이 순순히 그의 말을 들으려고 하지 않는 것 같았다. 이제 그가 소개를 했다.

"이분은 무슈 한스입니다." 그러자 사자 갈기 같은 머리 모양을 한 숙녀가 이렇게 말했다. "저는 바르바라예요."

젊은이는 자신을 '무슈 한스'라고 소개하는 것이 마음에 들지 않았다. 그는 쑤아드에게 너무 일찍 이름으로 부르게 한 것이 잘못이라고 느꼈다. 그는 거의 모국어 억양 없이 힘들이지 않고 유창하게 독일어를 하는 외국인이라 해도 알파벳 순서가 생소한 그의 기다란 성을 어떻게든 기억할 용의가 있었다. 알다시피 사람들은 어떤 외국어를 능숙하게 구사할 수 있지만, 그럼에도 단어들의 어원과 뿌리를 알지 못하고, 그것의 주변 환경과 분위기를 알지 못하기 때문에 개별 단어들의 본성을 보다 자세히 알기는 어렵다. 폰 클라인 부인은 딸에게 한스라는 이름이 평범하게 생각된다고 말했다. 그녀는 '평범한' (plain)이라는 영어 표현을 사용했다. 그 속에는 그런 이름을 지닌 자들에 대한 최종적인 판단도 담겨 있었다. 이나는 자기 어머니가 한스라는 이름을 어떻게 생각하든 상관없다고 그에게 분명히 말했다. 사실 그녀는 전에 이런 흔한 이름을 가진 남자를 만난 적이 없기 때문에, 그는 그녀의 삶에서 한스란 이름을 가진 유일한 사람이었다. 그런데 이제 그가 자신의 됨됨이로 '한스'라는 이름에 호감이 가게 해서 그녀는 '한스'라는 이름이 기분 좋게 들리는지 아닌지를 더이상 따지지 않는다고 한다. 그래서 그는 그녀의 말을 믿었다. 하지만 폰 클라인 부인은 그의 자존심에 생채기를 남겼다. 이제 뒤뜰에서 누구에게나 한스로 불리고, 이 이름이 즐겁고도 반어적으로 표현되는 것을 듣다보니 그가 실제로는 결코 한스가 아닌 것처럼, 여기서 부적당한 별명이라는 깃발을 달고 항해하는 것처럼 당황스러운 기분이 들었다.

그건 그렇고 뒤뜰의 무리에게는 서로간에 어떤 조화도 찾아볼 수 없었다. 한 남자는 술에 취해 대화에 끼어들었으나, 계속 퇴짜를 맞고 무시당했으며, 때로는 호되게 야단을 맞기도 했다—쑤아드가 이러한 역할을 담당했다—그러자 그는 작은 소리로 뭐라고 잠시 혼잣말을 하더니 다시 뒷전에 물러났고, 거기서 에티오피아인의 시중을 받으며 멍청한 표정을 지었다. 쑤아드는 바르바라를 야단쳐야 했지만, 그녀는 이를 더이상 심각하게 받아들이지 않는 듯 그가 비난해도 웃음을 지었다. 한편 그림자 진 곳에는 엄숙하고 위엄있어 보이는, 이곳에 전혀 어울리지 않는 한 숙녀가 앉아 있었다. 그렇지만 감정이 풍부하고 민첩한 눈을 지닌 표정으로 보아 그녀가 말 하나하나에 아주 진지하게 주의를 기울이고 있음을 알 수 있었다. 그녀의 머리칼은 지긋한 그녀의 나이에 어울리지 않게 아주 새까

맺고, 빗질을 해서 높이 세운 복고풍이었다. 그녀는 원저 공작 부인처럼 말랐고, 얼굴과 손의 뼈는 더없이 우아하게 튀어나와 있었다. 북부 사람들은 그런 우아함에서 모든 것을 알고 있고, 모든 것을 숨기며, 모든 것을 염두에 두는 극히 지체 높은 두에냐(시녀에게 예법을 지도하는 스페인 황실의 시녀장(侍女長) ─ 옮긴이)인 구식 스페인 궁녀를 연상할지도 모른다. 그녀의 옷도 주목할 만했다. 올리브색과 검은색의 지나치게 큰 꽃무늬가 있는 옷은 이루 말할 수 없이 고상했다. 지구상의 어디서도 구하지 못할 것 같은 무늬가 있는 조그만 볼레로와 더불어 명주옷은 진짜 단골 재단사의 제품으로 레반테 지역의 숙녀 취향이자 뒤처진 식민지의 취향이었다. 그 숙녀는 50년도 훨씬 전에 독일에서 유행한 스타일을 아직 그대로 고수하고 있었고, 우아한 태도를 취하며 자기를 이 뒤뜰에 오게 한 모든 우연성에 저항하고 있었다. 그녀는 카이로의 금을 입힌 루이 15세 시대 양식의 옥좌에서도 이런 식으로 차를 마셨을 것이다. 말하자면 그녀를 위해 에티오피아인은 차를 준비했고, 찻잔은 차 봉지와 함께 1층 창문의 잡색 사암 창문턱에 놓여 있었다.

쑤아드는 얕잡아보는 투로 말했고, 한스가 생각하기에 이는 지붕 밑 방에 새로 세든 자신과 관련되는 문제 같았다.

"그 집 때문에," 나이 든 그 숙녀는 무언가 자신이 너무나 잘 아는 일이 저 위에서 벌어지고 있다는 듯 의미심장하게 말했다. 놀랍게도 영어식 억양이 약간 배어 있었지만 그녀는 마찬가지로 독일어를 잘했다.

"당신은 건물주인과 관계가 좋지 않게 될 겁니다." 이 지적은 무언가 불길한 느낌을 주었다.

"그 건물주인은, 글쎄, 아 글쎄!" 술취한 자가 소리쳤다.

"즐거운 시간 보내세요." 바르바라는 이렇게 말하며, 소리를 낮춰 자신을 집요하게 설득하는 쑤아드에게서 벗어날 기회로 이용했다.

"뭐라고, 건물 주인이라고?" 쑤아드가 격분해서 소리쳤다. "내가 다 해결할 거요."

그 불길한 여자는 모반자 같은 표정을 지으며 한스 쪽으로 고개를 돌렸다. "쑤아드는 현명하고, 많은 것을 손아귀에 쥐고 있지만, 모든 것을 다 가지고 있지는 않아요."

"신보다 현명한 사람들이 있어요." 사람들이 이런 대화를 나누는 순간 술 취한 자가 끼어들어 그렇게 말하고는 적절한 말을 던졌다는 표정을 지었다. 그는 행복한 기분으로 너무 자랑스럽게 자신의 반론에 대해 곰곰 생각하는 바람에, 사실 화제의 실마리를 다시 잃어버렸다. 나이 든 숙녀는 슬픔에 잠긴 채 그를 향해 뜨겁게 타오르는 듯한 눈길을 보낸 다음, 깊은 주름이 팬 자기 이마 앞에 손을 빙빙 돌려 원을 그리는 듯 우아한 동작을 했다. 즉 그 불쌍한 남자는 꼼짝없이 당하게 생겼다는 뜻이었다. 그렇지만 물론 그녀는 충격을 줄 수는 없었다.

한스는 프랑크푸르트 출신인가요? 아니라고요? 그녀도 아니라고 한다. 그녀는 시리아 콥트인(옛 이집트의 기독교도의 후예—옮긴이)의 딸로 다마스쿠스(시리아의 수도로 사도 바울이 회심한 곳임―옮긴이)에서 태어났다고 한다. "내 이름은 데스피나 마무니예요." 그녀는 이 말이 19세기의 어떤 중요한 소설에 나오는 첫 문장이라도 되는 양 말했다. 그런데 어쩌면 그럴지도 모른다.

"바르바라, 난 너의 친구니까, 네가 어리석은 짓을 못하게 할 거야." 쑤아드가 이제는 고상한 목소리로 말했다.

"난 자유로운 사람이에요." 코가 뾰족한 그 여자는 기쁨에 못 이겨 흔들거리는 곱슬머리 사이로 두 눈을 반짝였다. "그리고 어리석은 일을 하는 것도 자유에 속하는 거예요―중요한 것은 결국 내 돈이에요."

쑤아드는 단단히 화난 개구리 같은 표정을 하고 그녀의 말에 귀기울였다. 그가 말에 힘을 빼게 된 것은 물론 전화 때문이었다. 그가 재빨리 적절하게 대답해야 할 때마다 언제나 그의 가슴에서 진동하는 소리가 들렸다. 그러면 그는 안주머니가 꿈틀거리며 떨리는 이유를 밝힐 수 없다는 듯 언제나 잠시 표정이 굳어졌다. 그의 셔츠에 커다란 나방이 기어들기라도 했단 말인가? 그런 다음 그는 직접 전화기를 들고 미지의 먼 지역으로 자기 영혼을 보냈다. 대신 그는 바르바라의 말에 대답하지 않아도 되었다.

"나의 삶은 일찍 결정되었어요." 마무니 부인이 말했다. "다마스쿠스를 떠날 때 난 스무 살이었고, 임신한 몸이었어요―아이 아버지는 스코틀랜드 사람이었지요. 그래서 나는 그를 따라 글래스고우로 갔어요. 나의 아버지는 파산 상태였지요—헤어질 때 나는 내 전 재산인 3파운드를 아버지에게 주었기 때문에 무일푼으로 시리아를 떠나야 했어요. 아버지는 감격한 나머지 눈물을 흘리고, 나에게 신의 가호를 빌며 '네 손으로 만지는 것은 모두 황금이 될 거야'라고 말했어요. 그런데 나는 내가 처음으로 번 재산을 다시 넘겨주어야 했고, 이런 일도 생겼어요—나의 첫 남편은 룸펜이자 술주정뱅이에 개경주에 빠진 사람이었고, 자기 딸과 몇년 동안 관계를 가졌어요—난 증거를 갖고 있어요. 하지만 여러분은 이에 대해 무슨 말을 하시겠어요?" 그녀의 눈초리는 냉혹했지만 폐인이 된 그 남자와의 관계를 완전히 매듭짓지는 못했다. 그녀는 세련된 옷차림을 하고 룰렛 회전판 옆에 서서, 자신의 위험을 계산하고 큰 손실을 봐도 눈썹하나 까딱하지 않는 도박꾼의 표정을 하고 있었다. 그녀는 자신의 잘못이나 경솔함을 자책할 필요가 없었고, 위험도 이전에 알고 있었다.

"그는 나를 정신병원에 집어넣으려고 했어요." 고인이 된 남자의 이런 짓거리에 격분하는 데는 나쁜 도박꾼에 대한 경멸도 담겨 있었다. 한스는 그녀가 마지막 고백을 하는 동안 자신이 마치 조각된 안락의자 등받이라도 되는 양 자신의 팔 아래쪽을 꽉 붙잡고 있었다는 사실을 그제야 의식했다. 그녀는 한스 쪽으로 몸을 약간 굽혔고, 헐렁하게 끼워진 그녀의 의치를—그녀의 입안에는 그런 물체가 확고한 발판을 마련할 만한 잇몸이 없었다—입술을 다문 채 앞쪽으로 솟아나오게 해서, 이런 모습이 그녀의 얼굴을 놀라울 만치 변형시켰지만, 또

한 매끈하고 팽팽하게 만들기도 했다.

"쑤아드는 형편이 좋지 않아요." 마무니 부인은 속삭이며 말했다. "저 숙녀는 얼마 전에 이혼을 하고 잘 타협을 보았어요. 그녀는 어떤 시설을 찾아보고 있는데, 쑤아드는 그녀가 돈을 자신에게 맡기기를 바라지요. 그렇지만 그는 돈이 얼마나 되는지는 아직 몰라요 — 18만 유로를 훨씬 넘진 않을 거예요. 나는 전에 그녀가 스페인어로 통화할 때 들은 적이 있거든요. 그는 그 돈으로 건너편 호텔인 '합스부르거 호프'를 살 수 있을지도 모른다고 생각해요. 그런 점에서 그는 완전히 정신이 나갔어요. 그는 그 '합스부르거 호프'가 결코 자신의 소유가 되지 않을 거라는 걸 여전히 모르고 있어요." 그녀는 뼈가 튀어나온 손가락을 꼭 다문 얇은 입술 위에 댔고, 한스를 위협하듯 뚫어져라 바라보았다. 그는 이런 관계에 대해 쓸데없는 말을 하지 않겠다는 듯 되도록 나지막이 다짐하느라 안간 애를 썼다.

"넌 바보 멍청이 같은 여자야." 이제 쑤아드가 소리쳤다. "난 너를 사랑해, 그래서 그 일에 화가 나."

"아니, 부동산 거래에는 항상 일이 많아요." 바르바라는 자아도취에 빠져 흡족해하며 말했고, 그다음 한스 쪽으로 몸을 굽힌 채 편안하고 붙임성이 있으며 인정스럽게 물었다. "어떤 멋진 일을 하세요?"

한스는 우끄라이나인들을 둘러보았지만, 그들은 진작 어둠 속에서 말없이 물러가고 없었다.

4

"나는 낮에 가끔 자동세차장에 있는데, 거기서는 건물에서 일어나는 일을 죄다 내다볼 수 있으니, 여기에 살면 당신에게 큰 잇점이 있어요." 압달라 쑤아드가 말했다. "실제로 건물에 누가 드나드는지 나는 다 알 수 있어요." 그가 자기 자랑을 하는 순간 사람들이 이런 완벽한 감시를 즐거워할 수만은 없을 거라는 생각이 분명히 들었다. 그러자 자신의 일에 신경을 쓰느라 자주는 아니고 가끔 건너본다고 그는 덧붙였다. 지금 자동세차장에 있는 두 남자, 가나와 알바니아 출신의 두 직원을 엄중히 감시해야 한다는 것이다. 그는 요즘에는 아르바이트가 무엇인지 아는 사람이 하나도 없다고 했다.

"아르바이트는 외래어지요." 압달라 쑤아드가 불평하듯 힘주어 말했다. "그 말을 먼저 다시 배워야 해요." 바르바라는 택시를 타고 그곳을 떠났다. 변함없이 미소지으며 그녀에게 문을 열어준 사람은 에티오피아인이었다. 쑤아드는 뚱한 표정으로 그대로 앉아 있었고, 앉은 채 바르바라로 하여금 자신의 뺨에 키스하도록 했다. 그러는 중에 뱀처럼 곱슬곱슬한 그녀의 머리칼이 그의 머리를 가렸다. 이때 그녀는 입술을 뺨에 잠시 대면서 실제보다 과장된 효과를 내려는지 키스를 할 때마다 음, 음 하는 소리를 냈고, 그런 식으로 키스를 받은 남자는 명한 시선으로 그녀를 쳐다보았다. 꼭 끼는 바지를 입고 엉덩이를 내민 채 킥킥거리며 배우처럼 키스를 하면서 그녀는 살짝 취한 기분이 되었다. 밤 동안에 마무니 부인은 무심한 표정으로 계속 견뎌냈다. 그녀는 마치 영국 여왕이 사열한 후 버킹엄 궁전의 잔디에 친 천막에 앉아 차를 마시며 긴장을 풀듯 접이식 플라스틱 의자에 편한 자세로 앉아 있었다. 이제 그녀는 에티오피아인에게 고개를 돌리고, 누르스름한 그의 귀에 대고 속삭이듯 인상적으로 말했다. 에티오피아인이 그녀를 집에 바래다주었기 때문에, 그녀가 그자와 마찬가지로 그토록 오랫동안 계속 참고 견뎠다는 사실이 나중에 분명해졌다. 그는 마무니 부인이 숙박하는 호텔의 야간 수위로도 일하고 있었다.

"자기가 원하는 게 무엇인지 모르는 사람은 끔찍합니다." 쑤아드가 말했다. "나는 그녀에게 말합니다. 너는 자신이 원하는 게 무엇인지 모른다고." 그의 이런 사고방식은 그의 여자친구가 명심하지 않을 수 없는 우려스러운 분석이었다. "나는 내가 원하는 게 무엇인지 모른다고 생각해. 그러니 지금부터는 네가 원하는 일을 할 거야."

"아무튼 그런 식으로 되어갈 겁니다." 물론 최근 생각을 공공연하게 말할 수 없었던 쑤아드가 그 때문에 다소간 두서없이 말했다. "결국 그녀는 내가 말한 대로 할 겁니다. 그런데 어쩌면 너무 늦을지도 몰라요." 그런데 그는 몇주 전부터 더이상 눈을 붙이지 못하고 있다.

그의 표정이 변했다. 바르바라에게 구혼할 때 계속 불리하게 따라다니던 완고한 태도가 사라졌다. 그는 조심스럽게 환한 표정을 지었다. 그는 보물 금궤의 뚜껑을 열고, 그 안에서 번쩍거리는 금화를 본 기분이었다. 그는 사랑 때문에 기진맥진한 상태라고 했다. 요컨대 그는 사랑 말고 다른 것에 시간을 낼 수 없다는 것이다.

"나는 쉰여덟입니다 —— 다들 내 나이를 그렇게 보지 않겠지요. 머리를 약간 염색했어요. 하지만 여러분은 몸을 속일 수 없습니다. 나는 어젯밤에만도 두 번 사랑을 나누었어요 —— 여러분 내 나이를 생각해봐요." 그는 부러워하는 표정 없이 대수롭지 않게 한스를 바라보았다. 그는 한 젊은이가 할 수 있는 일을 떠올리고, 누구의 말에도 속지 않았다. 나이가 든 대신에 자신에게는 이제 훨씬 더 많은 시간이 있고, 그 체험은 좀더 강하고 좀더 충격을 주게 된다는 것이다. 그리고 언제 어떤 상황에서도 그런 체험을 할 수 있다는 것이다. 그는 안주머니에 있는 전화기, 전기충격을 그의 피부에 직접 전해주는 이 진동하는 물체를 톡톡 건드렸다. 마무니 부인은 쑤아드의 입술을 보고 그의 말을 알아내려는 듯 그를 눈여겨보았는데, 이는 충분히 상상할 수 있는 일이었다. 그런데 사실 쑤아드에게 비밀유지가 중요한 일이었던가? 그는 자신의 육체적 행복을 전세계와 나누려 하지 않았는가?

이런 행복은 그가 알지 못하는 부인, 그녀도 그를 모른다고 주장하는 어떤 부인이 어느날 전화를 했을 때 시작되었다. "나는 있을 수 없는 일이 일어났다고 생각하지만, 그녀가 전화를 잘못 걸지는 않았다고 확신했어요."

그녀의 목소리는 따뜻하고 듣기 좋았다. 그리고 그녀는 오해가 풀리자 매우 상냥하게 웃었다. 어쩌다 그렇게 되었는지 몰라도 자신들도 모르게 갑자기 둘은 서로 대화를 나누게 되었다. 이 관능적이고 부드러운 목소리는 쑤아드가 약간 음란한 대화를 하도록 유혹했다. 대화는 이런 식으로 진행되었다.

"사람들이 그렇게 말하는 것은," 쑤아드는 한 남자가 다른 남자에게 고백하듯 진지하게 설명했다. 왜냐하면 모든 남자는 알다시피 똑같은 말을 하기 때문이다. 한스는 '사람들이 그렇게 말하는 것'을 알지 못한다고 잡아뗄 수 있었다. 그는 정복에 관해 사실 아무 경험이 없었다. 그가 살아오면서 모험에 몰두했던 경우는 거의 부지불식간에 빠져듦으로써 그렇게 되었던 것이다. 한스가 하늘을 쳐다보다가 물에 빠져 자신의 가방을 잃어버렸을 때 이는 의사 호프만이 묘사한 슈트루벨페터 (Struwwelpeter, H. 호프만의 동화책 제목으로 더벅머리 페터라는 뜻임.

독일의 소아과 의사인 호프만은 이 동화책에서 주의력 결핍 및 과잉행동장애 (ADHD)의 행동특성에 관해 묘사했다 — 옮긴이)의 경우와 마찬가지였 다. 그가 흠뻑 젖은 채 물에서 나왔을 때 '가방은 이미 멀리 떠 내려가고 있었다'고 한다. 그가 어떤 소녀를 알게 된 후 '가방 이 이미 멀리 떠내려간' 어떤 시점이 될 때까지 자신의 부인의 경우에는 그런 중요한 중간단계가 있었는지 도저히 떠올릴 수 없었다. 그녀는 그의 곁에 늘 있던 것으로 생각되었고, 그녀가 나타나기 전까지 시간은 놀랄 정도로 무시되었고 실체가 없었 다. 아무튼 자신의 삶의 역사가인 한스에게 일이 뜻한 바대로 되지는 않았다. 반면에 쑤아드는 자신이 정복한 단계를 하나 하나 정확히 기억하고 있었다. 그는 사냥꾼이었고, — 그는 지 금 단어 그대로 자신을 그렇게 지칭했다 — , 여자를 소개받으 려고 하지 않고 사냥하려고 했다.

"여기를 좀 보십시오." 그는 전화기를 펴고 반짝거리게 하 면서, 자신이 방금 받았다는 메씨지 내용을 한스에게 읽어보 게 했다. "그대와 함께 사랑을 나누고 싶어요."

"나는 그런 것을 경멸합니다." 그는 그 메씨지를 망각의 저 편으로 보낼지 또는 비밀 저장함에 보관할지는 말하지 않고 제쳐놓으며 엄숙하게 말했다. 그의 말을 믿는다면 아름다운 목소리를 가진 그 낯선 여자가 자신의 과거를 들려줌으로써 점점 더 친밀하게 피는 발전은 흔히 일어날 수 없는 일이었다. 그가 냉정한 척하며 의사와 같은 입장에서 객관적인 인생경험 을 바탕으로 그 주제의 핵심에 접근하기 시작했을 때 자신의 잠자리 체험을 그녀가 마지못해 털어놓은 것이 아니라—물론 성인들끼리는 제대로 예의를 갖추면 뭐든지 논의할 수 있는 것이다—마지막 심리적 부담을 떨치고 전적으로 외설적인 표현을 할 수 있기를 기다렸다는 걸 그가 파악한 순간 얼마나 짜릿한 기분이 들었던가. 그러는 사이에 몇시간 동안이나 즐거운 대화가 계속되었다고 한다. 자정이 훨씬 지난 후에 사람들은 마침내 본론에 들어갔다. 그녀는 자신의 첫 애인에 대해 말했다. 그녀가 먼 과거 이야기만 하게 할 것인지, 또는 작년 이야기만 화제에 올릴 것인지에 대해 쑤아드는 의식적으로 처음에는 논의하지 않게 하려고 했다.

"그녀는 스물두 살이라고 했습니다. 목소리는 사실 더 나이 많게 들려서, 목소리만 들으면 헷갈릴 수 있어요." 쑤아드는 교태를 부리는 선정적인 목소리가 시원찮고 볼품없는 외모와 결부된 경우들을 알고 있었다. 경험의 바다는 끝이 없었다. 그 속에서 떠다니는 자는 언제나 기괴한 형태의 미끌미끌하고 희미하게 빛나는 몸을 지닌 새로운 어패류를 만났다. 쑤아드는 이제 예심판사처럼 엄하게 그리고 핑계를 허용치 않으며 물어도 되었다.

"그 남자가 너에게 어떻게 했지? 그가 어떻게 옷을 벗겼지? 그가 팬티를 벗길 때 뺨에 손을 댔어? 너의 다리는 벌려져 있었어, 아니면 오므려져 있었어? 그의 손은 어디에 있었지?" 그런 다음 잠시 후에, 그녀가 그런 많은 질문에 머뭇거리는 척하다가, 마음을 다잡고 점점 더 상세한 정보를 주었을 때 그는 모든 소음 가운데 가장 아름다운 소음을, 자신의 승리를, 자신의 최고의 행복이 준비됨을, 보다 격렬한 호흡을, 나지막하게 헐떡이는 소리를 들었다.

그가 그런 후 그 여자를 알게 되었는가? 한스는 어떤 질문에 대답할 의무를 느꼈다. 그는 쑤아드가 말을 마친 후 자기 말을 듣는 사람의 얼굴을 요모조모 살피느라 조용해지는 것이 곤혹스러웠기 때문이다. 쑤아드는 자기 옆 사람의 얼굴을 너무 찬찬히 들여다보았으므로 이런 모습은 상대방과 서로 시선을 교환하지 않고 입을 헤벌린 채 바라보는 것이라고 말하지 않을 수 없었다. 그렇게 자세히 관찰당하는 다른 사람이 어떻게 생각하든 쑤아드는 아랑곳하지 않았다. 그의 상대방은 그런 순간 마치 법정 자문 의사에게 시체안치소에서 검시당하는 시체가 되는 것 같았다.

"나는 그녀를 알고 있어요. 우린 매일 대화를 나누지요. 그녀는 내게 자신의 여자친구들도 소개해주었어요. 나는 전화 오는 것을 더이상 피할 수 없었어요." 그는 마침내 편안하게 말했다.

"그런데 그녀가 어떻게 생겼는데요?"

"그녀는 내게 사진을 한 장 보내주었어요. 아름다운 사진이었지요. 그녀는 마치 사진 모델처럼 보였어요. 하지만 나는 그게 그녀 사진이 아니라고 생각해요. 우리는 결코 만나지 않을 테니까요. 대체 어디서 만나겠어요? 나는 능력있는 남자고, 자동세차장을 갖고 있어요. 나는……" 여기서 그는 계속 속삭이면서, 줄곧 냉정하게 한스와 자기를 건너다보는 마무니 부인을 바라보며 목소리를 낮추었다. "나는 다른 관심이 아주 많아요 — 나는 이혼했는데, 내 아내는 아무런 요구도 하지 않아요, 모든 것이 해결되었지요 — 여자들은 그런 재산이 많은 남자를 꿈꾸지만 나 같은 사람은 좋아하지 않아요." 주의해야 한다는 것, 그것이 그의 삶의 규칙이며 즉, 무엇보다 주의해야 한다는 것이다. 이러한 규칙은 많은 것에 적용할 수 있고, 결국 모든 것에 적용할 수 있다는 것이다.

"네가 원하는 일을 하고, 주의하라." 그는 혼자 침대에 있었지만, 귀에 전화기를 대고 있었고, 이혼하기 전에 오랫동안 더 이상 맛보지 못한 더없이 풍성하고 황홀한 사랑의 시간을 체험했다 — 그런데 그는 가장 아름다운 여자들 중 한 명과 결혼을 했다고 한다 — 더없이 아름답지만 마음과 뇌가 없는 여자와. 그래서 그는 그녀를 그리워한 적이 하루도 없었다고 한다. 아무튼 그는 자신의 결혼생활에서 무언가 실용적인 것을 기억하고 있었다.

"당신 부인이 내일 온다면 당신은 어디서 잘 건가요?" 그가 묻더니 지하실에 아직 큰 침대가 있는데, 내일 가나인을 시켜 그것을 5층에 올려놓을 것이라고 한다.

한스는 세 병의 맥주를 비웠다. 에티오피아인은 병이 비자마자 조심스럽게 새 병을 가져다주었다. 하지만 한스의 핏속에 알코올이 돌고, 아크등의 불빛을 받다가 그가 그림자 지는 곳으로 자리를 옮기면서부터 달밤은 그에게 좀더 분명하게 말을 했다. 햇빛은 온 하늘을 환히 비출 정도로 강했으나, 달빛은 자신의 아래에 있는 것만 은은하게 비출 뿐이었다. 달빛 속에 있는 것은 몇개의 사물을 비춰주고 나머지는 어둠속에 잠기게 하는 촛불 옆에 앉아 있는 것과 같았다. 사람들은 검은색을 띤 물체들을 어렴풋이 느낄 뿐이었다. 그리하여 공간이 보다 작게 생각되기도 했고 또한 보다 크게 생각되기도 했다. 결국 그는 자신의 몸 안에 있는 공간, 끝이 어딘지 짐작할 수 없을 만치 크면서도, 그럼에도 무언가 동굴 같은 면이 있는 어떤 공간 속에 들어갔다는 기분이 들었다. 이러한 어두운 동굴 속에서 늦은 밤에 대화를 나누게 되었고, 그 대화는 그에게 익숙하지 않았지만, 자신이 세든 집에 이미 오래 살았던 것 같은 느낌을 주기도 했다.

프랑크푸르트가 '끔찍하다'고 폰 클라인 부인이 말하자 많은 사람들은 이렇게 고자세로 진단한 그 도시의 끔찍한 성격이 어디에서 기인하는지는 곰곰 생각하지 않고 그녀의 견해에 동의했다. 가령 폰 클라인 부인은 전쟁중에, 그리고 재건 기간 동안 남김없이 파괴된 중세적인 도시에 집착하는 것일까? 중세와 폰 클라인, 그것은 확실히 신뢰할 만한 배합은 아니었다. 그녀는 끔찍하다는 판단을 너무 쉽게 내렸다. 포격으로 파괴된 모든 도시는 오히려 재건을 통해 황폐화되었다. 독일에서 전쟁으로 일어난 일을 경고하는 기념물보다 더욱 인상적인 끔찍한 장소가 도시마다 있었다. 프랑크푸르트 특유의 혐오스러운 점은 그에 비해 먼저 찾아내어 의식 속으로 보내져야 하는 다소 부드러운 면이 있었다. 사람들은 이를 빨아내어 비워버리기, 생명선의 황폐화, 마분지 상자 냄새, 사무실 물품을 갖춘 수용소 내의 미세한 먼지, 음향과 음색의 완전한 상실, 흡사 옛날의 도시 공기가 보존될 수 있었을 것 같은 빈 공간인 지하 동굴의 해체, 잊힌 저장소의 해체, 현재는 사용되지 않는, 어느날 온전한 상태로 세상에 알려질지도 모르는 저장품의 해체라 부를 수 있었다. 부인과의사들이 철저하게 수술을 할 때 일컫는 말로 도시가 깨끗이 비워졌다,라는 것은 어쩌면 사람들이 어쩔 수 없이 도시를 내버릴 때 쓰는 표현일지도 모른다. 그리고 한스는 결코 그렇게 말할 수 없을지도 모르지만 아무튼 자전거를 타고 도심으로 가면서 그런 감정을 느끼게 될지도 모른다. 그런데 바젤 광장에서 빨아들여지고 비워진 이런 상태가 특별히 눈에 띄었다.

그런데 지금 그 차가운 달과 좀더 차가운 아크등이 집이며 뜰이며 광장을 붉게 물들였고 성벽이 조용히 소리를 내며 깨지는 것 같은 생각이 들었는데, 이는 결코 소박한 느낌이 아니었다. 탁 하고 깨지는 이런 소리를 들으면 편안하고 기분 좋은 느낌이 들지 않았다. 그것은 허세를 부리고 있었고, 건물이 마치 눈 뜨고 있는 것 같았으며, 이는 죽었다고 생각한 사람이 볼 때는 끔찍한 광경이다.

*

다음날 저녁 이나는 어머니와 함께 공항에 도착할 예정이었다. 폰 클라인 부인은 두 시간만 있다가 함부르크로 떠날지도 모른다. 장모가 처음으로 집을 구경하고 거기에 있을지 없을지 아는 것이 한스에게는 중요했다. 한스는 이나를 믿었지만, 트집을 잡을 게 분명한 장모를 설득하지 못한다면 이나에게 집을 보여줘서 그녀의 마음에 들게 할 수 있을지 자신이 없었다. 폰 클라인 부인이 유일하게 살만하다고 고집하는 집은 전후에 생겨난 고급 별장지역에 있을 법한 50년대에 개발된 귀마루 지붕의 방갈로식 주택이었다. 아주 큰가 아닌가는 결코 중요하지 않았다. 폰 클라인 부인은 성(城)은 원칙적으로 거부했다. 성은 독립적으로 살아갈 수 있는 공간이 아니었고, 성에서는 쉽게 내보낼 수 없는 다른 사람들에게 의지하며 살아가야 했다. 계단도 마찬가지로 공포의 대상이었다. 침실에 갈 때 숨이 차지 않기 위해서는 그녀가 살 집은 무조건 1층이어야 했다. 계단이 있다는 사실은 필요한 물건이 어쩔 수 없이 다른 층에도 있다는 뜻이었다. 그녀에게 집이란 깔끔하게 보존되어 별장처럼 보여야 했지만 — 귀마루 지붕이 그것을 대변했다 — 그것 말고도 실용적이고 현대적이어야 했으며, 자기 친구들의 집과 구별되어서는 안되었다. 그런데 바젤 광장의 계단들은 그녀가 위로 올라가는 데 꽤 힘들지 않을까?

낮에 쑤아드가 사무실에서 전화를 걸었다. 그는 혼자가 아니었다. 한스는 뒤에서 바르바라가 킥킥거리는 소리를 들었다.

"우리는 침대를 올려다놓았어." 그가 목이 잠겼지만 밝은 목소리로 말했고, 바르바라는 뒤에서 이렇게 소리쳤다. "그 잉꼬 비둘기! 구구구! 구구구!"

한스는 오늘밤 다시 이나와 같이 지낼 생각에 너무 흥분해서 전체 상황의 무분별함을 거의 느끼지 못하고, 심지어 이러한 지원을 받고 있는, 격의 없다고 말할 수도 있을 허물없는 상태에 고마워했다. 이런 긴장감 넘치는 날에 날씨도 한몫을 했다. 아침은 맑은 달밤이 지난 후에 놀랍게도 답답하고 음울했다. 쑤아드와 통화를 하고 나자 다시 밤이 되려는 듯 점점 더 어두워졌다. 사무실에는 여기저기 형광등이 켜지기 시작했고, 그런 다음 천둥이 치는 바람에 한스는 책상 위에 놓인 연필이 공중으로 튀어오를지도 모른다고 생각했다. 20층의 창밖으로 웅대한 전쟁 파노라마가 펼쳐졌다. 지류를 뻗은 꼬불꼬불한 강물처럼 하늘에서 번개가 내리쳤다. 도시는 엄청난 천둥이 치는 가운데 요란한 소리를 내는 팀파니로 변했다. 그러다가 너무 세게 두드리는 바람에 마침내 북의 가죽이 찢어지는 것처럼 꽈르릉하며 찌지직하는 소리가 났다. 쑤아드의 자동세차장에서 물이 넘치는 바람에 지난 며칠 동안의 매연과 끈적끈적함이 떠밀려간 것처럼 도시에서 씻겨나갔다. 막힌 하수구에서 물이 뿜어져나오고 콸콸 솟았으며, 하늘에서만 떨어지는 것이 아니라 땅에서도 솟아올랐다. 게다가 하늘은 마치 분노로 눈이 멀어 모든 것을 마구 때려부수다가 곧장 기진맥진해 쓰러지는 다혈질의 사람 같았다. 거리에는 아직 호수들이 만들어져 있었고, 하늘은 이미 담청색으로 미소짓고 있었다. 하지만 기분전환이 되려면 아직 멀었다. 습기는 증발했고, 금방 다시 따뜻해졌다.

공항이라는 인위적인 세계에서는 그러한 고양된 상태를 까맣게 모르고 있었다. 모녀는 피부가 햇볕에 누렇게 그을렸고, 어머니에게 딸보다 탄 흔적이 더 두드러졌으며, 딸은 약간 그을린 것 같기는 했지만 그로 인해 더 아름다워져서, 여행을 떠날 때보다 더 건강해 보였다. 폰 클라인 부인 때문에 두 사람은 재회의 기쁨을 마음껏 표출할 수 없었지만, 한스는 이나의 침묵과 미소에서 그녀가 자기를 다시 만나 얼마나 행복해하는지 알아챌 수 있었다. 폰 클라인 부인과 공항 까페에 계속 앉아 있어야 하는 매순간이 그들에게는 고통스러웠다. 장모가 그들을 그냥 보내줄 수 없었을까? 그녀는 눈곱만큼도 그런 생각을 하지 않았다.

"너희 집에 손님방이 있었으면 좋겠다." 그녀는 헤어지면서 말했다. 그녀는 호텔에서 지낸다는 것을 도저히 생각할 수 없었다. 그러면 자신이 떠돌이처럼 생각되었을지도 모른다.

한스는 많은 준비를 할 수 없었다. 사무실에 있다보니 물건을 구입할 시간이 별로 없었는데, 사람들은 그가 여섯시 반에 벌써 떠나려고 하자 의아하게 생각하는 것 같기도 했다. 그의 계획은 이러했다. 물론 여관에서 잘 수도 있지만, 그는 장모가 새 집에, 굉굉 울리는 빈 방에 묵도록 할 생각이었다. 그는 그 집을 이나와 공동으로 소유하려고 했다. 점심시간에 그는 샴페인과 구운 오리를 샀고, 침구류도 가방에 들어 있었다. 그는 백열등을 켜지 않기 위해 초를 생각했다. 그들은 자동차극장에서 연인들이 그러듯이 주차장에서 차에 앉기가 무섭게 키스를 나누었다. 그들은 꽤 오랫동안 이 한적한 장소에 머물렀고, 옆차의 운전자가 유리창 너머로 그들을 들여다볼 때야 비로소 그곳을 떠났다. 두 사람은 흡족한 기분으로 대화를 나누었다. 한스는 이나에게 다가올 일을 준비시켰다.

"놀라지 마. 그곳은 멋지지가 않아. 우리가 저길 멋지게 꾸며야 해."

이나는 이스끼아(남 이딸리아의 섬 — 옮긴이) 이야기를 들려주었다. 그녀는 그가 실수했을 리 없다고 생각했다. 저녁시간이라 그들이 도착했을 때는 하늘이 멋지게 장식되었다. 하늘은 푸른 비단을 깐 것 같았고, 주위가 훤한데도 달과 별들은 힘들이지 않고 빛을 발하고 있었다. 바젤 광장이 정말 그렇게 나쁜 곳이었을까? 차들의 붉은 정지등조차 광장을 화려하게 밝혀주는 데 한몫했다. 그들은 뜰에 차를 주차했다. 습기 때문인지 저녁 모임에 아직 사람들이 나타나지 않았고, 에티오피아인의 간이식당 앞의 롤 블라인드는 그 주인과 마찬가지로 주점을 무표정하게 보이게 했다. 그들은 계단을 올라갔다. 계단실에서 덜커덩하는 소리가 났다. 집에서 퀴퀴한 냄새가 나서 철저히 환기를 해야 할 것 같았다. 한스가 창문을 열어놓지 않았던가? 지금은 모두 닫혀 있었다 — 뇌우가 치는 동안 창문짝이 맞부딪히자 놀란 쑤아드가 그랬다는 것을 그들은 다음날 알게 되었다. 흰색으로 번쩍이는 구석의 커다란 공간이 이나 마음에 들었다. 그녀는 창가로 가서 바깥의 불빛들을 보았다. 그는 부모집의 창고에서 처음으로 탐험 여행을 하면서, 비밀스러운 것을 본다는 황홀감 때문에 거기서 발견하는 모든 것에 특별한 의미를 부여할 준비가 된 아이의 기분이었다. 한스가 다리가 비틀린 탁자에 도시락을 펼쳤다. 이나는 고개를 돌려 샴페인 병과 구운 오리를 보고 이 모든 것이 마법의 힘으로 바람을 타고 온 것 같다는 표정을 지었다. 그들은 한 잔으로 마셨지만, 이나는 샴페인을 별로 좋아하지 않았으므로 많이 마시지는 않았다. 한스는 이런 사실을 알 수 있었겠지만, 사랑의 연극을 각색하는 생각에 완전히 사로잡혀 있었다.

"침실을 보겠어?" 그는 현관을 통과해 앞서 갔다. 그가 문을 열고 불을 켰다. 사실 쑤아드는 너무 많은 것을 기대하게 하지 않았다. 거기에는 군데군데 얼룩이 진 매트리스가 깔린 침대가 놓여 있었다. 하지만 이 방에서 무슨 일이 일어났단 말인가? 누군가 지저분한 굵은 붓을 턴 것처럼 벽에는 검고 흰 더러운 얼룩이 붙어 있었다. 침대에도 오물이 묻어 있었다. 이나가 이미 사태를 파악하고 비명을 질렀을 때 한스는 아직 어안이 벙벙한 표정으로 서 있었다.

방바닥엔 커다란 비둘기 한 마리가 황폐해진 대도시 동물에게서는 도저히 볼 수 없는 화려한 깃털을 곤두세운 채 웅크리고 있었다. 아니, 비둘기는 웅크리고 있지 않았다. 그것은 배를 깔고 엎드려, 날개로 자신을 덮은 채, 둥근 눈으로 천장을 멀뚱멀뚱 쳐다보면서 머리는 조용히 옆으로 돌리고 있었다.

"저것에 손대지 마." 부들부들 떨면서 그 자리에서 꼼짝도 하지 않은 이나가 소리쳤다.

"죽은 거야." 한스가 말했다. "그런데 어떻게 이 안에 들어왔지?"

겉으로는 비둘기의 몸에 상처가 없어 보였다. 그는 부엌에서 쓰레받기를 가져왔고—부엌에는 필요한 도구가 다 갖추어져 있었다—그리고 그것을 비둘기 밑에 갖다댔다. 비둘기는 몸이 깃털로만 이루어진 것처럼 무척 가벼웠다. 이나는 몸을 돌렸다. 그녀는 입을 다물고 침묵했다. 그녀는 온힘을 기울여 마음을 진정시키려고 했다.

"미안해." 그녀는 이윽고 서먹서먹한 표정으로 그를 바라보면서 말했지만, 여전히 당장이라도 눈물이 왈칵 쏟아질 것 같았다. "내가 깜빡 잊고 비둘기를 끔찍이 무서워한다는 이야기를 하지 않았어."

한스는 이 일을 가볍게 넘겨버리지 않았다. 그들은 즉각 집에서 나와 하숙집으로 갔다. 그러지 않아도 그곳이 더 편했다.

5

그곳은 편했고, 안 그래도 어차피 이날 밤에 또 한번 새 집을 나서야 했다. 한스가 이것저것 많은 것을 생각했지만 수건은 챙기지 못했기 때문이다. 목욕을 한 후 바람을 쐬어 몸을 말려야 했는데, 그래도 날씨가 더우니까 겨울만큼 언짢은 일은 아니었을 것이다. 아무튼 이나는 침대의 매트리스를 보지 말았어야 했다. 나중에 그 위에 시트를 얹어도 비둘기의 오물이며 그밖에 누르스름한 가장자리에 둘러싸인 변색한 부분을 잊을 수 없을 것 같았다. 이나는 보통사람들보다 약간 더 예민할 뿐이었다. 손님들이 자리를 잡은 값비싼 식당 주방에서 어떤 일이 일어나는지 알고 있다면 한 숟갈의 수프도 먹을 수 없겠지만, 이런 사실을 모른다면 즐거운 마음으로 맛있게 먹을 것이다.

한스는 이런 생각을 하면서 기꺼이, 하지만 성급히 마음을 진정시켰다. 이나가 죽은 비둘기를 보고 오랫동안 잊을 수 없는 충격을 받은 것은 아닐까? 그녀의 기쁨과 그녀가 빠져든 호기심 때문에 —그녀는 더없이 쾌활한 기분이 아니었던가?— 그녀는 그가 그녀에게 제공한 모든 새로운 것을 쉽게 받아들였다. 볼링공을 던져 아홉 개의 핀을 모두 맞혔을 때처럼 발걸음을 옮길 때마다 요란한 소음을 내는 계단실, 이 가파른 탑조차 이나는 특별하다고 생각했다. 그녀는 사실 여러 광경 또는 오히려 자신이 결코 보지 말았어야 했을 어떤 광경에 대해서도 가슴을 활짝 열어놓았다. 그것은 그녀가 잔뜩 기대하면서 —그 자신과 그녀의 느낌을 동일시하는 것이 정당하다고 느낀 한스가 그렇게 말했다— 마침내 발을 들여놓은 침실이었다. 그녀는 그곳에서 즉각 무슨 일이 벌어질까 상상하면서, 사방으로 오물을 튀기며 방을 점유한 채, 이처럼 으스스한 기분이 드는 의기소침한 상태에서, 아내이자 알을 품는 어머니로서 여성답게 헌신하는 태도로 그곳에 죽어 있었던 비둘기에게 그 침실이 점령당한 것처럼 느꼈다. 내일이면 우끄라이나인들이 침실을 새로 흰색으로 칠할 것이고, 가나인이 더러워진 침대를 다시 지하실에 옮길 거라고 한스가 약속해도 이나의 마음은 흡족할 만큼 진정되지 않았다. 거기 어딘가에 구멍이 있어 그곳을 통해 비둘기가 억지로 들어왔다는 생각에, 또 다른 비둘기들도 이 침실에 들어올지 모른다고 걱정했다. "내가 맨몸으로 욕실에서 나왔는데, 비둘기가 침실에서 파닥거리고 있다고 생각해봐."

이러한 추측을 하면서 그녀는 이미 목소리 톤을 높였고, 냉정한 기분으로 말을 하지 않았다. 그 냉정한 숙고는 ― 한스는 제2의 왓슨 박사(명탐정 셜록 홈즈의 조수 ― 옮긴이)처럼 비둘기가 이 침실에 들어올 수 있는 가능성을 따져보았다 ― 거의 주목을 받을 수 없었다. 퀴퀴한 냄새를 빼내기 위해 집의 모든 창문은 활짝 열려 있었다. 그곳으로 비둘기가 날아들어와서, 종종 거리의 주차된 차들 밑을 돌아다니며 먹이를 쪼듯 침대 밑에 앉아 있었다고 한다. 그때 집에 들어온 쑤아드가 천둥과 비바람으로 맞부딪치는 창문을 닫아 탈출로를 차단했던 것이다. 비둘기는 갇힌 것을 알고 마음의 평정을 잃었다. 한스는 이나에게 이런 사실을 굳이 자세히 설명할 필요가 없었고, 그녀 자신도 이를 잘 알고 있었다. 그래서 비둘기는 구역질을 일으키는 존재에서 가련한 존재가 되었다. 그 비둘기는 어떻게든 그곳에서 탈출하기 위해 미친 듯이 파닥거렸고, 천장과 벽에 부딪치며 속에 든 것을 마구 토해내면서 웅크리고 앉아 끝까지 버티다가 수녀처럼 죽음을 맞이했던 것이다.

"우리 침실에 비둘기의 무언가가 살아 있을 거야. 그 비둘기는 방에서 극심한 공포를 느꼈어. 이건 아주 강력한 느낌이라서 무슨 흔적이 남아 있을 거야." 한스가 남편으로서 그녀의 마음을 진정시키기 위해 온갖 수단을 모색하려고 하자, 이나는 어두운 하숙방을 들여다보며 말했다. 이는 그가 바라고 꿈꾸어온 재회의 밤이 아니었다.

폰 클라인 부인과 3주간 지내면서 말도 잘 듣고 헌신적이던 이 딸의 신경이 예민해졌다는 사실도 이제 밝혀졌다. 폰 클라인 부인의 면전에서는 분위기가 화기애애하지 않았다. 그녀에게는 딸도 이해하지 못하는 특성이 있었다. 그녀는 자신을 둘러싼 온갖 조건에 극도로 불만족해하고, 모든 것을 거칠게 비판하고, 주어진 사실을 좋게 말하지 않고, 그러면서도 대단히 유유자적하고도 남달리 평화로운 마음으로 살아갔다. 이나가 아무리 야단맞을 일을 해도 어머니가 마음의 평정을 잃지 않는 것에 대해 딸은 놀라움을 금치 못했다. 이나의 어머니는 언제나 안전한 쪽에 있을 줄을 알았고, 살아가면서 원칙적으로 비상구 옆에 자신의 자리를 마련했다.

한스는 집을 정돈하고 꾸미는 일을 이나에게 맡기는 게 최선이라고 보았다. 사실 비둘기가 죽은 방에서만 자게 될지도 몰랐다. 그 방은 뜰 쪽으로 나 있었고, 조용했으며, 욕실 옆에 있었다. 게다가 사실 '엄마 방'이라 이름 지은 옆방이나 옷장으로 쓰는 게 가장 좋을 듯한 다른 두 개의 조그만 공간보다 더 컸다. 하지만 그들은 남쪽으로 사람들이 붐비는 광장이 내다보이는 큰 방에서도 잘 수 있지 않을까? 무엇 때문에 그들이 따뜻함과 넓음, 저 아래의 삶을 침대에서도 실컷 맛보면 안 된단 말인가? 아무튼 저녁식사 모임에 초대받는 일은 아직 생각할 수 없는 문제였다. 그들은 여기서 아는 사람이 없었다.

이나는 대단히 능숙하고도 수월하게 자신의 일을 해냈다. 즉각 안감용 인조 옷감으로 만든 화려한 커튼을 달아 창문 앞이 불룩해졌고, 원래 계획대로 가구 창고에서 사들인 나뭇가지로 만든 의자, 베개, 조그만 책상 및 전등갓으로 공간들을 채워서 그곳은 이미 가구 창고의 카탈로그에 담긴 물품들을 놓아둔 것과 거의 흡사해 보였다. 하나의 무대를 꾸밀 수도 있을 것 같았고, 큰 공간도 텅 비어 있어서 실제로 연극적인 분위기를 풍겼다. 가구차가 짐을 내려놓은 후에 인도의 동화에서 궁전을, 그러니까 조그만 궁전을, 세련된 취향의 알록달록한 집을 마치 보이지 않는 손으로부터 받은 것처럼 이나가 손뼉을 쳤다고도 사람들은 생각할 수 있었다.

그런데 침실은 어디 있단 말인가? 한스는 그것이 당연히 어디에 있어야 하는지에 대해서는 한마디도 하지 않았다. 그녀가 방을 꾸미는 일에 관해 집도 한마디 거들 줄 알았다. 거기서 결국 은밀한 싸움이 벌어져 일이 해결되었는지에 대해서는 한스는 물론 알지 못했다. 이나는 무척 진지하게 집을 꾸미는 일에 착수했으므로 자신이 사로잡힌 정신적인 편견이 창조력을 낳는 멍한 상태일 수도 있어서, 자신의 계획을 실현하는 것 말고 다른 일에는 신경 쓸 수 없었다. 그녀는 서둘러 일을 마쳤다. 그녀는 사무실에서 기대한 대로 되도록 빨리 일을 마무리지어야 하는 것처럼 그 집을 신속히 정상으로 만들어놓았다.

주변의 황량하고 낡은 풍경을 통과해 그 집에 들어선 사람은 번쩍번쩍 빛나는 신선한 모습에 누구나 깜짝 놀랄 것이다. 이 위에 있으면 그들이 어떤 구역에 있는지 정말 잊을 수 있었다. 한스는 이나가 한 일에 대해 칭찬을 아끼지 않았다. 한스는 축소된 모습으로서 흥겨운 쌀룽 분위기를 내는 붉은 인조 태피터(광택이 있는 얇은 평직 견직물—옮긴이)의 구름 같은 화려함에 경탄했고, 그녀에게 진심으로 고마워했다. 사실이지 그런 구역에 있는 그런 종류의 집은 유곽과 환락가가 있는 모든 지역처럼 변화하고 있다는 것이다. 그래도 집을 개조하는 이러한 모험이 성공했다는 홀가분한 마음으로 그는 자신을 사회학자인 양 생각하려고 했다. 결국 여기에서 오래된 포주업과 도박업, 망사 스타킹을 신고 조그만 손가방을 흔드는 여자들, 짙은 화장, 뒷방의 더러움, 비시민적인 것, 최하층 천민이지만 여러모로 유용한 뜨내기라는 해묵은 상상이 떠오를지도 모른다. 어떤 창녀는 이제 더이상 창녀처럼 보이지 않고, 가게의 판매원이나 치과대 여대생처럼 보인다. 즉 전화 통화로 고객과 금방 연결이 되기 때문에 악명 높은 숙소도 더는 필요없다는 것이다—그에게 어쩌면 압달라 쑤아드의 고백이 갑자기 생각났는지도 모른다—그러지 않아도 매춘부들은 치료안마사나 심리치료사처럼 곧장 생계지원 대상 직업에 속했다. 나쁜 구역과 위험한 대중, 붉은 빛과 은밀함에 관한 모든 생각은 현실에서 거의 보기 어려운 과거의 일이 되었다. 이런 점에서 아직 존재하는 것은 사라져가는 다른 직업들처럼 그야말로 기념물로 보호받아야 한다는 것이다. 그래서 이나와 자신이 어떤 박물관 주차장에서 물개 가죽에 수를 놓는 거친 피부의 잠란트 여인을 지켜보았을 때 그는 그녀와 함께 스웨덴으로 여행갈 생각을 했던가?

"당신은 그 일을 엄마에게 설명할 수 있다고 생각해?" 이나가 물었다. 이 질문에는 반어적인 뉘앙스가 담겨 있지 않았다. 그녀는 그런 주장을 내세우면 어머니가 어떻게 반응할지 실제로 상상해보려고 했다.

이제 새 집에 입주하는 잔치를 벌일 수 있을 것 같았다. 한스가 근무하는 미국 은행에서는 그런 잔치를 '집들이'라 불렀지만, 잔치를 하는 희생을 치르며 집에 가스레인지를 설치하겠다는 생각은 아주 오래 전부터 있어왔다. 특정한 장소와 연관된 조그만 정령들에게는 누가 이제 여기서 살 것이고, 이때 누가 방해받지 않고 보호와 후원을 받아야 할지 그들이 이해할 수 있는 방식으로 전달되어야 했다. 삶의 양식화된 최고 형식인 잔치는 미래의 일상을 위한 장소를 준비해주었다. 한스와 이나는 손님이 부족해서 곤란을 겪기라도 한다면 독일의 다른 지역에서 원하는 숫자가 오도록 할 수 있었을 것이다. 그리고 또한 충고를 하고, 모범적으로 독립적인, 사무실에서 나온 운동선수 같은 그 사람은 분명 주연(酒宴)을 좋아하는 사람이었을지 모르지만 ─ 뒤뜰에 모이는 사람들에게는 결코 의지할 필요가 없었을 것이다 ─ , 이들 둘은 축하할 기분이 아니었다. 그럴 적절한 순간을 놓쳐버리고 말았던 것이다. 그들 둘이 손꼽아 기다린 이나의 귀환이 이루어졌지만, 그것이 그리 순조롭지 않았기 때문이다. 동시에 인생의 감독도 같이 맡은 영화감독이라면 어쩌면 그런 표현을 했을지도 모르고, 아마 이나를 그냥 다시 여행 보내서 또 한번 돌아오게 했을지도 모른다.

한스는 여름휴가 기간인데도 사무실에서 힘든 과제를 떠맡게 되었지만, 젊고 건강하고 희망에 차 있었으므로 크게 부담이 되지는 않았다. 그가 이나로부터 당장 빠른 리듬을 요구받았다면 기꺼이 그에 따랐겠지만, 그녀는 이제 곰곰 생각에 잠기며, 바깥에 나가려 하지 않았고, 더위에 시달리면서도 여전히 집에 관심을 쏟고 있었다. 그들은 이 기간을 조용히 넘기려고 했다. 심지어 이제 그러는 것이 적절하고, 다른 것은 바람직하지 않은 것으로 여겨졌다. 화약이 젖으면 그것으로 총을 쏘려는 자만 화날 뿐이다. 총을 쏠 생각이 없는 자는 화나지 않는 법이다.

아침형의 사람들은 끝나지 않는 이 폭서기 동안 매번, 낮이 이른 시간의 아름다움과 부드러움을 좀더 오래 유지할 수 있다는 약속을 믿었다. 한스는 겨울보다 훨씬 더 짧게 잠을 잤다. 이나가 침실에 빛을 차단하는 검은 블라인드를 쳤는데도, 해가 뜨면 그도 눈을 떴다. 햇빛을 가렸음에도 그의 몸은 언제 바깥이 밝은지 알고 있었다. 그는 이나가 깊은 잠에 빠져 있게 놓아두고 조용히 일어나서, 붉은 아침빛을 받아 저수지처럼 푸르스름하고 희미한 빛을 내는 거실의 새 소파 위에 드러누웠다. 그가 창문을 열면, 살구색으로 이글거리는 햇빛도 곧장 색깔을 집어삼키는 가혹한 흰색으로 변하듯이 낮에는 완전히 사라질지도 모르는 가벼운 바람이 들어왔다. 한스는 그러면 하루종일 원기가 날 수 있는 것처럼 이러한 일광욕을 했다.

그런 다음 그는 출근 준비를 하기 시작했다. 그 일은 세밀하고 빈틈없이 서두르지 않고 이뤄졌다. 그의 사무실에 있는 남자들은 허영을 부렸다. 이처럼 날씨가 더워 그들은 물론 매우 얇아야 되는 검은 양복에—너무 얇아서 옷감이 더이상 밑으로 떨어지지 않고, 몸 주위에 나부끼고 있었다—줄무늬 셔츠를 입었고, 넥타이는 조끼의 브이넥 부분에서 부활절 달걀처럼 알록달록하게 번쩍였으며, 바지의 멜빵은 폭이 넓고 알록달록한 비단으로 되어 있었다. 그는 아마 수줍은 마음에서 그랬는지 모르지만, 통용되는 관례를 충실히 지키려는 마음에서 복장에 관한 한 현재의 질서에 두말없이 따를 준비가 되어 있었다. 군대에서 장비가 제대로 갖춰지면 문제될 일이 별로 없는 것처럼 자신의 직업에 맞춰 옷을 입는 것은 그에게는 준비이자 도움이기도 했다. 현관문을 조심스럽게 닫았을 때 그는 머리를 잘 빗고 깔끔하게 면도한 젊은 은행원의 모습이었다. 그가 출근하기 전에 이나는 가끔 커피를 타 주었으므로, 이런 생활에서 그녀가 잠에서 깨어났는지가 그들에게 중요한 문제였다. 그녀는 밤에 오랫동안 마음의 안정을 얻지 못하고, 아침 무렵에야 잠이 든다고 말했다. 한스는 그나마 그녀가 아침에 잠을 자는 것만 해도 다행이라고 생각했다.

그가 계단을 내려왔을 때 한 층 밑의 집 현관문이 열려 있었다. 지금까지 한스는 그 집에 사람이 산다는 낌새를 눈치채지 못했다. 쑤아드는 그 사람들이 여행을 떠났다면서 그들은 특이하고 편협하며 다른 사람을 불신하는 사람들이라고 했다. 그는 그들에게 우편함을 비우라고 했지만, 그 말을 듣지 않은 그들에게는 다른 해결책이 있었다. 누군가가 와서 우편함에서 우편물을 가져갔던 것이다. 그는 집에 낯선 사람들이 드나드는 것을 좋아하지 않는다고 한다. 쑤아드에게 우편물은 기밀 사항이라는 것이다. 그는 독일이 자기 때문에 서신 비밀의 보장을 얻게 되기라도 한 것처럼 힘주어 말했다. 한스는 친구로서 남을 돕기 좋아하는 사람이지만 끊임없이 퇴짜를 놓아야 하는 것이 쑤아드의 운명이라고 이해했다. 침대를 반환하는데도 외교적 수완이 필요했는데, 한스는 그럼에도 쑤아드가 밤의 모임에서 새로운 세입자들의 배은망덕함에 대해 속마음을 털어놓았다고 확신했다.

중간 길이의 불그스레한 머리칼을 한 젊은 여자가 그의 앞에 서 있었다. 우윳빛 피부에, 아름다운 눈은 회색이고, 도톰한 입술은 창백했다. 그녀는 미소지으며 요청하는 듯 그를 바라보았다. 그녀는 계단실에서 낯선 여자처럼 그냥 건성으로 인사를 받으려고 하지 않았다. 새로 온 세입자인지? 그는 그렇다고 했다. 반갑다고 그녀가 말했다. 자기들이 없는 사이에 그런 일이 일어나야만 하는 것처럼 자기들이 여행을 떠날 때마다 위층의 세입자가 바뀐다는 것이다.

그들은 호감을 가지고 서로를 바라보았다. 젊은 여자는 수수한 올리브색 여름옷을 입고 있었다. 그녀는 사막에서 이동하려는 것처럼 보였고, 머리가 붉은 사람들이 으레 그렇듯이 옷은 그녀의 피부색과 아주 잘 어울렸다. 남자든 여자든 사람들은 그녀의 머리칼 색깔을 결코 잊지 않을 것이다. 두 사람은 잠시 이야기를 나누었다. 계단에서 나누는 아무 부담 없고, 특별히 재미있지도 않은 대화였지만, 단순히 기분좋고 예의바른 태도에서 나오는 것을 넘어서는 미소가 한스에게서 사라지지 않았다. 거기에는 무언가 즐거워하는 기색이 담겨 있었고, 그는 무언가 우스운 말을 했다는 것을 의식하지 못했다.

"정말 사무실에 갈 생각인가요?" 마침내 여자가 물었다. 한스는 자신이 검은 양복을 입은 이유를 설명해야겠다고 생각했다. 말이 난 김에 생각이 난 것처럼 그는 은행에서는 남을 가르치려는 듯한 모습을 보이지 않으려고 그런 복장을 한다고 말했다. 아니, 거기서는 그가 마구(馬具)를 달고 있는 게 분명하다고 그녀는 대답했다. 거기서는 제대로 마구를 달고 있는지? 거기서는 재갈도 물고 있어야 하는지? 그녀는 웃었고, 그녀의 두 눈은 반짝였다.

"자신을 한번 바라보세요!"

그는 그녀의 시선을 좇아, 자신의 아래쪽을 내려다보았고, 자기가 바지 멜빵을 어깨 위로 끌어올리지 않았다는 것을 확인했다. 멜빵은 정말 재갈용 고삐처럼 재킷 아래에 걸려 있었다. 마치 그런 상태로 있어야 하는 것처럼 보였다. 무언가를 수리하거나 자르기 위해 가로등이나 나무 위에 올라가는 남자들 역시 그런 허리띠를 몸에 찬다. 그는 얼굴이 붉어졌으나 이와 동시에 고마워했다. 그가 비웃음을 받을 때는 결코 그런 기분이 든 적이 없었다. 그는 지금 그 젊은 여자와 함께 진심으로 웃었지만, 그녀를 처음 만났을 때 다른 모습으로 나타났으면 좋았을걸 하고 생각했다. 그녀는 그가 재킷과 조끼를 어떻게 벗는지, 화려한 멜빵을 어깨 위에 어떻게 올려놓는지 유심히 지켜보았다. 왜냐하면 그의 삶에서는 그런 것이 단지 우스운 일일 뿐이지만 그녀에게 그런 일이 일어나면 보다 고약해질 수 있다는 것이었다. 그녀는 배우이고, 얼마 전에 꼭 끼는 옷을 입고 무대에 섰는데, 무대에 오를 때 멜빵이 끊어졌다고 한다. 그래서 그녀는 두 손으로 동작을 하는 대신에 거의 20분 동안 옷을 붙잡고 있어야 했다고 한다. 학생들 앞에서 공연을 하다가 생긴 일인데, 아무튼 마음이 편치 않았다는 것이다.

그들은 커다란 쓰레기통 옆에서 헤어졌다. 한스는 그녀에게 고맙다고 했다. 함께 웃었기 때문에 둘 사이에 친밀한 감정이 생겨났다. 이러한 만남은 젊은이의 아침에 잘 맞았다. "오늘 행운이 있을 거야." 그는 서둘러 은행으로 가서 검은 옷을 입은 사람들 무리 속으로 들어가면서 그렇게 생각했다.

그가 운이 없었다고 하는 것은 지나친 말일지도 모른다. 일이 순조롭게 진행된 하루였다. 오늘 그의 바지 멜빵이 갈고리에 걸리지 않을 것임을 운명이 아는 것 같았기 때문이다. 그가 집에 왔을 때 이나는 통화중이었다. 그녀는 소파에 누워 폰 클라인 부인과 속 깊은 대화를 나누는 중이었다. 아니, 그녀는 지금 아래층 사람들과 음료수를 마실 수 없는 상황인데다가, 옷도 입지 않은 상태였다. 꼭 오늘 그 일을 해야 한단 말인가? 한스는 그래야 한다고 생각했고, 약속이 너무 가볍게 잡히는 바람에 연기한다고 해서 좀더 복잡하고, 덜 즉흥적인 것으로 될 수 없었다. 그는 은행 근무복을 벗고 폴로셔츠를 입고는 냉장고에서 쇠장식이 박힌 백포도주 한 병을 꺼냈다.

아래층의 문에는 릴리엔(Lilien)과 비테킨트(Wittekind)라는 두 개의 이름이 적혀 있었다. 둘 중 어떤 것이 여자이름일까? 어떤 여배우는 사람들이 자기 이름을 알고 있기를 기대한다. 한스는 연극 구경 가는 것을 좋아하지 않았다. 그는 배우와 관객을 고려하지 않는, 무대 위의 격렬한 행동에 언제나 약간 곤혹스러운 기분이 들었다. 그는 그 모든 것이 그래야 한다는 것을, 그토록 시끄럽고, 그토록 거칠며, 그토록 보기 흉해야 한다는 것을 이해는 했지만, 그런 것을 즐거워할 수는 없었다. 그 젊은 여자는 발랄함과 외모 면에서 여배우에 대한 그의 생각과 맞지 않았다. 문 앞에서 그는 두 이름 중에 어떤 것이 더 예술적으로 들리는지 곰곰 생각해보았다. '릴리엔'과 '비테킨트' 중에 어느 것이 더 어울리는가? 둘 다 괜찮았지만 비테킨트는 젊은 여자에게 어울리지 않았다. 그녀는 보다 가볍고 투명했으며, '비테킨트'에서 그녀가 쿵쿵거리며 나타날 때 무대바닥이 덜컹거리는 소리가 들리는 반면, '릴리엔'은 춤추고 둥실 떠 있는 느낌이 들었다.

릴리엔은 사실 예명이었다. 여배우가 그런 이름을 짓게 되는 건 그것이 자신의 이력에 영광을 부여할 우아한 이름이라는 망상을 품었기 때문이다. 이는 어쩌면 평생 동안 여배우일 수는 없는 한 여자의 젊은 시절의 실수였다. 그녀는 극장을 떠나려 하고, 그녀의 목표는 아나운서가 되는 것이라고 한다. 하지만 이 말은 약간 후에야 했다.

그녀의 남편 혹은 남자친구가 — 이것은 불확실했다 — 문을 열었다. 그는 박물관에 근무하는 예술사학자인 비테킨트 박사였다. 그는 창백하고 키가 작았으며, 멋지고 훤한 이마와 크고 매우 총명해 보이는 눈을 가졌다. 그는 몸을 잘 관리하지 않았다. 그 남자의 굽은 등은 언제나 빈정대는 반어적인 미소를 띠고 그가 말하려는 것 같은 태도를 보완해주었다. "그렇게 훌륭하고 반듯하게 몸을 유지하다니 대단합니다. 그것이 나에게나 당신에게 별로 유익하지 않아도 크게 문제되지 않는다면 그렇게 하십시오."

창의 롤 블라인드는 내려져 있었다. 이층 집처럼 나뉜 공간들의 현관에 벌써 천장에까지 닿는 서가의 책들이 가득 차 있었다.

"당신을 기다렸습니다." 한스보다 열다섯살쯤은 많아 보이는 비테킨트가 말했다. 다시 그는 아까처럼 빈정대는 듯한 의미심장한 어조로 말했다. 여배우가 모습을 드러냈다. 이번에는 담녹색과 흰색 무늬가 있는 옷을 입고 있었다.

"당신에게 실망했어요 — 멜빵은 어디 있지요? 멋진 멜빵 없이 어떻게 감히 이곳에 나타날 수 있단 말인가요?" 집에는 차와 라벤더 향이 났다. 한스는 비테킨트가 있어서 처음에는 약간 마음의 부담을 느꼈으나 금방 그런 생각이 사라졌다. 그밖에 — 그가 무엇을 기다렸던가? 솔직하게 말하자면 결코 아무것도 기다리지 않았다. 그는 이 사람들 곁에서 금방 마음이 아주 편해졌고, 급기야는 더이상 떠나려고 하지 않았다.

6

얼마 지나지 않아 벌써 자기에게 말을 놓고 엘마라고 부르라고 제안한 비테킨트 박사나 꽃 같은 별명을 지닌 그의 여자 친구 브리타 릴리엔 같은 사람들은 지금껏 한스나 이나가 잘 아는 사람들 부류에 속하지 않았다. "교양이 있다고 잘난 체 하는 지식인은 꼴 보기 싫어." 폰 클라인 부인이 말했다. 그녀는 자기를 방해하는 것이 교양 자체가 아니라—그녀가 무엇을 교양이라고 이해했는지는 알 수 없다—대화를 나누는 중에 알량한 교양을 끌어들이는 것이라고 했다. 그녀는 사람들이 자기 앞에서 자기가 날카로운 말로 당장 처리할 수 없는 어떤 말을 할 때 예의에 어긋난다고 느꼈다.

한스는 그런 혐오감을 알지 못했다. 그는 자기가 저항해야 할 사람이 없다는 행복한 입장에서 태어나고 자랐다. 모든 사람들은 '상냥'했거나, 또는 적어도 얼마 후면 '상냥한 측면'을 드러냈다. 아니면 그들은 내적인 상냥함을 외부로 드러내기엔 너무 서투를 뿐이었다. 그렇기 때문에 집요하고 회의하며 심오한 정신, 심오함을 동경하는 정신이 아닌 순전히 피상적인 것, 그런 것이 상당히 그의 이목을 끌어서 그는 이나 이전에 사귀었던 소녀들, 특히 이나와 언제나, 그의 부모세대가 아직 이렇게 부르듯이 '멋진 짝'을 이룰 수 있었다. 그는 상냥함 하나만으로는 인간을 인식하는 기준으로 충분하지 않다는 것을, 그 사이에 '상냥한'이라는 단어로는 결코 충분히 묘사할 수 없을 폰 클라인 부인의 예에서 분명히 체험했다. 그녀는 '상냥한'이라는 범주의 한계를 드러내주는 잘 고른 실례였다. 사람들은 그녀의 목소리를 들을 때 그녀가 자신의 면전에 있는 '상냥한' 사람들을 그냥 참고 있을 뿐이라고 생각하지 않을 수 없었고—하지만 그런 사람들은 폰 클라인 부인이 지루함과 초조함이라는 괴물로 변하는 것에 적응을 했다. 그녀는 이나가 세상에서 '상냥한'이란 특성을 인정받지 못한 어떤 남자와 결혼하는 것을 결코 허용하지 않았을 것이고, 그러면서도 상냥함과 밀접한 관계에 있는 무해성을 용납할 용의는 결코 없었다. 한스는 오히려 무해하다는 것이고, 이나는 미래의 남편을 집으로 데려온 후에, 어머니한테서 즉각 무해하다는 말을 들을 수 있었다. 그것은 칭찬의 의미가 아니었다. 그리고 폰 클라인 부인은 자녀들에 대해 중요한 비밀이라도 있는 척하는 것을 경멸하기 때문에 한스는 결국 이런 말을 직접 듣게 되었다.

"너도 나한테 특색이 없다고 생각해?" 그는 이나가 자신의 팔을 베고 누웠을 때 물어보았다. 사랑의 신은 그녀에게 올바른 대답을 불어넣어주었다. "난 네가 어떤지를 결코 자문해보지 않아." 그는 그녀의 이런 말을 즉각 믿었고, 그것이 그의 마음을 완전히 진정시켰다.

이나가 내려오지 않은 것이 아쉬웠다. 그 커다란 공간은 빛의 줄무늬로 아늑하게 그늘진 가운데 무수한 점으로 분해되어 있었다. 롤 블라인드는 바깥으로 쳐져 있어, 창문 바깥으로 공간을 천막처럼 이어주고 있었다. 일층이라는 차이 때문인지 그곳은 그가 사는 위층보다 약간 더 시끄러웠지만, 빛이 줄무늬를 이룬 어둠속에서 여전히 작게 웅웅거리는 소리가 남쪽의 대도시라는 생각을 불러일으켰다. 작은 마드리드가 바젤 광장에 생겨난 것이다. 비테킨트와 브리타 릴리엔에게는 그 집이 전혀 이국적인 것이 아니었다. 무엇보다 대도시 주민들이 좋아하는 주제인 부동산문제를 다루는, 지금 시작되는 대화에서 두 사람은 직접적으로 실제적인 것을 넘어서서 바젤 광장에 관한 무언가를 생각했다는 걸 느끼게 하지 않았다. 프랑크푸르트는 너무 작아서 특성에 따라 뚜렷이 구별되는 도심의 구역은 걸어서 다닐 수 있었다. 연극 공연장과 박물관은 두 사람의 직장에서 몇분밖에 걸리지 않는 곳에 있었다. 두 사람은 이미 훨씬 더 큰 도시에서 산 적이 있었다. 비테킨트는 빠리에서 비교적 오래 살았는데, 그곳에서 그가 즉흥적으로 살게 된 형편에 비하면 이곳의 집은 시민적인 것 속으로 한걸음 들어와 있었다.

한스는 자신처럼 북독일 출신인 브리타가 자기와 나이가 비슷하다고 보았다. 그녀는 자기 남자친구에게는 한스가 그녀에게서 알게 된 불손한 말투를 쓰지 않았다. 그녀는 자기가 얼마나 중요한 인물과 함께 있는지 안다는 걸 분명히 하려는 것처럼, 이곳에 등장하면서 드러낸 그녀의 겸손한 태도에 존경의 표시가 엿보인 것은 아니었을까? 엘마는 이미 첫마디부터 부드럽고 체념적인 반어를 담아 말했지만, 그녀는 한스에 관한 최초의 인상을 확인하듯 이런 어조에 맞장구쳤다. "맞아요, 존경할 만하다는 것은 올바른 말이에요." 그의 쪽에서는 예의바르고 삼가하는 부드러움을 보였고, 그녀 쪽에서는 눈에 띄지 않을 정도의 억제된 관심을 보였다. 그 한 쌍은 한스 앞에서 이런 태도를 보였다. 그녀는 그가 무엇을 마실 건지 묻기 전에, 여기에 유의해야 할 생활규칙, 의사가 내린 어떤 조처가 있는 것처럼 아주 나지막한 소리로 엘마 비테킨트에게 물어보았다. 하지만 그는 그녀의 말을 이해하지 못하는 척했다.

"와인을 마시는 게 어떨까요?" 한스가 진심으로 물었다. 브리타는 처음에는 서로 상의한 후 결정하려고 하지 않았지만, 몇번 이런저런 말이 오가다가 결국 그렇게 하기로 했다. 복종하는 여자가 영향력을 갖는 법이다. 포기하는 모든 것에 대해 다른 권한을 얻게 되는 법인네, 그녀는 이런 법칙을 배우처럼 보여주려고 하는 것 같았다. 이들은 서로가 아는 유일한 사람인 압달라 쑤아드 씨에 관한 대화를 나누었는데, 두 사람은 이 이름을 부르면서 즐거워했다.

"쑤아드를 꼼짝 못하게 해야 해요." 비테킨트가 말했다. 한스는 그의 얼굴을 검은 씰루엣으로만 알아보았다. 그가 줄무늬처럼 떨어지는 빛과 적은 양으로도 눈부시게 하는 빛을 등지고 앉았기 때문이다. 반면에 브리타는 굴절이 되어 짙은 색을 만드는 그림자 속에서 약하게 빛을 받고 있었다. 그녀는 알록달록한 페르시아 융단에 덮인 작은 소파 위에 누워 있었다. 종아리의 하얀 맨살은 꺼칠꺼칠한 천에 긁혔지만, 그것이 그녀에게 좋게 작용한 것이 분명했다. 그녀는 아름다운 여인이었지만, 지금은 마치 무대 뒤에 있는 것처럼 이런 사적인 만남에서는 자신의 외모에 조금도 신경 쓰지 않았고, 그것은 그녀에게는 써치라이트 불빛 속에서 그녀의 영향력만이 중요하다는 것을 암시했다.

"있잖아요, 쑤아드는 호기심이 많아요." 비테킨트는 쑤아드의 존재 전체를 이 단어 속에 담은 것처럼 아주 의미심장하게 말했다. "그런데 난 아무것도 숨길 게 없어요. 그러니 이러한 호기심이 나에게는 말할 수 없이 성가셔요."

"쑤아드는 이 건물에서 일어나는 모든 일을 자기가 알아야 한다고 생각해요." 브리타가 말했다. 그것은 때로는 놀라운 형태로 나타나기도 한다는 것이었다. 최근에 엘마는 사소한 교통 위반을 하는 바람에 벌금 스티커를 받았다. 그런데 쑤아드가 계단실에서 그에게 거칠게 말을 걸었다. "왜 그런 사실을 내게 말하지 않았어요? 왜? 나는 이곳의 모든 경찰을 아래에 두고 있어요. 그 사람들은 내 버스를 타고 다니거든요 — 그런데 당신이 내게 아무 말 하지 않으면 나도 어쩔 수 없어요." 두 사람은 상처 받은 듯이 들리는 이런 모욕에 어이없는 기분이 들었지만 뭐라고 제대로 대답하지 못했다. 그러다가 나중에서야 불현듯 쑤아드가 경찰서장의 편지를 열어본 것이 분명하다는 생각이 들었다고 한다.

"그런 일이 가능하다고 여겨지지 않아서 우리는 처음엔 그런 생각을 하지 못했어요." 이런 돌발 사건을 우스운 측면으로만 바라보려 하는 엘마가 말했다. 브리타는 전혀 생각이 달랐지만 이러한 시각을 인정했다. 그녀는 엘마의 태도에 보다 고상한 사유 능력에서 나온 탁월한 관점이 있음을 인정한다는 것을 보여주려고 했다.

"우리는 우편함에 새로운 자물쇠를 만들려고 해요. 당신도 그러기를 권합니다." 그녀는 이런 경우에 적절하게 아무래도 상관없다는 냉정한 어투로 말했다. 하지만 엘마 비테킨트는 자신의 눈앞에서 사소한 주제들이 논의되는 것을, 또는 그런 주제들이 보다 고상한 철학적인 연관성이 없이 논의되는 것을 허락하지 않았다. 그래서 건물 관리인에 대한 대화는 전체적으로 현실적 문제에 접근하는 길이 열릴 때만 가치가 있었다. 게다가 그들은 적지 않게 마셨고, 너무 더워서 다들 목이 말랐다. 한스가 가지고 온 이딸리아산 백포도주는 진작에 다 마셨다. 그 대신에 지금은 팔츠산 리슬링 포도주병이 놓여 있었다.

그것이 이딸리아산 백포도주보다 훨씬 나은 것으로 밝혀져서 한스는 잠시 창피한 기분이 들었다.

"쑤아드는 지나치게 적응한 사례로 보입니다." 엘마 비테킨트가 무척 다정하게 말했다. 쑤아드는 전력을 다해 서쪽을 선택했고, 서쪽에 운명을 걸었다고 한다. 물론 그는 고향과 유대가 끊어지는 희생을 감수하고, 자신이 태어난 동쪽 지역에 의식적으로 등을 돌렸다고 한다. 그렇지 않은가? 쑤아드는 이러한 희생 때문에 ― 다른 쪽에서는 아마 배신자로 불렸을 것이다 ― 서쪽에서 성공할 운명이었다고 한다. 그는 서쪽을 선택한 보람이 있어야 한다는 압박을 받고 있다. 한스는 고등학교 졸업시험인 아비투어를 치르면서 '보람이 있다'는 단어의 특별한 사용법을 알게 되었다. 친절한 그 젊은 역사 선생은 구술시험에서 한스가 자신의 질문에 더듬거리면서 대답하자 그를 치켜세우면서 신중하게 말했다. "네가 플라톤과 소크라테스의 차이를 구분지은 것은 보람이 있었어." 돈이 중요한 문제가 아닐 경우에도 무언가가 보람이 있을 수 있었다.

하지만 쑤아드는 서구적 사고방식을 지닌 넓은 지역을 뚫고 들어갈 수 없다는 것을 알게 되었다고 한다 ― 이는 새로운 나라에서 수십년 동안 적응한 후에 이제 도저히 넘을 수 없는 마지막 장벽을 발견한 모든 외국인들이 겪는 어쩔 수 없는 체험이다. 이런 장벽 때문에 그들은 완전한 동화를 할 수 없게 된다 ― 게다가 엘마와 마찬가지로 자신도 빠리에서 그런 체험을 했기 때문에, 빠리에서보다 연줄이 훨씬 적은 독일로 되돌아왔다고 한다.

"쑤아드는 패배자들 곁에 있고 싶어하지 않아요." 한스는 요즘 신문에서 논쟁의 표제어로 다루어지는 단어를 사용하면서 말했다. 즉 그런 일은 쑤아드와 아무런 관계가 없었고, 이슬람교도들이 암살자들의 도움으로 북미와 치르는 게릴라전과 관계되는 것이었다. 이 경우에 원칙적으로 동향인으로서 공감하는 것 이상으로 쑤아드를 의심하는 사람은 아무도 없었다. 최근의 전적을 알지 못한 지 이미 오래됐을지라도 고향의 축구팀에 품는 감정과 같은 것이라 할 수 있었다.

"그들은 미치광이들이지요." 쑤아드가 말했다. 폭탄테러가 일어났다는 말을 들으면 정상적인 사고를 가진 그는 어느 누구보다 분노를 금치 못했다.

"세계사적인 연관관계에서 볼 때 패배자라는 개념은 매우 조심스럽게 다루는 게 좋아요." 해가 졌기 때문에, 줄무늬 빛이 그의 머리 주위를 불그스름하게 비추기 시작하는 동안 엘마 비테킨트가 그림자 속에서 입을 열었다. 빛이 좀더 약해져서 그의 얼굴 윤곽이 선명하게 부각되기 시작했다. 그는 역사의 싸움들이 선심의 점수제에 따라 매겨지지 않는다는 생각이 든다고 한다. 따라서 많은 경우에 누가 승리자이고 패배자인지 확인하는 것이 불가능하다고 한다. 한쪽이 패배하면 이는 대체로 싸움이 아직 끝나지 않았음을 의미할 뿐이라고 한다. 패배한 쪽은 역사에서 언제나 복수를 하려고 할 것이고, 때로는 5백년이 지난 후에도 물론 그러려고 할 것이다.

"전쟁은 체스게임과, 체스게임은 전쟁과 비교가 되었어요."
이제 가장 기분좋은 상태에 도달한 비테킨트가 말했다. 느긋하게 몸을 뻗은 그의 여자친구는 마치 촉구하듯 한스 쪽을 건너다보았다. 이는 귀를 쫑긋 세우고 들어야 할 일이 아닌가요?

"중요한 차이가 있기는 하지만 멋진 비교입니다. 전쟁이란 죽은 말들은 전투에 참여하지 못하는 체스게임이지요." 승리자는 최악의 부담을 지지 않아도 되고, 패배자를 마음대로 요리할 수 있으며 패배자는 승리자의 요구를 묵살할 수 없다는 것이다. "그리스인들을 생각해보십시오." 비테킨트가 그리스인을 생각해본 적이 없는 한스에게 말했다. "페르시아인에게 정복당했을 때 그들에게 무슨 일이 일어났나요? 그들은 페르시아인처럼 되었습니다."

"하지만 그 말은 우리가 — 이슬람교도는 어찌되었든 패배자가 되어야 할지 모릅니다 — 이슬람교도가 될 거란 뜻은 아니겠지요?" 한스는 마음을 진정시켜주는 그 멋진 테제로부터 벗어나고 싶지 않았다. 그의 말에는 모순이란 감정을 훨씬 뛰어넘는 놀람의 감정이 담겨 있었다.

"우리는 그런 일을 하게 될지도 모르지요. 앞으로 다가올 신권정치의 특징이 오늘날 북미 지역에서는 벌써 두드러집니다. 대통령이 하원의원이나 상원의원과 함께 일요일 예배에 참석할 날이 멀지 않았어요 — 국회의사당에는 이미 둥근 지붕이 있어요. 이와 동시에 미국의 페미니즘이 여성을 구분짓고 분리하는 새로운 형태를 띨 것으로 생각됩니다. 이는 '신성한 장소'로 불린다는 이슬람의 하렘과 그리 다르지 않습니다." 비테킨트가 흡족한 기분으로 명랑하게 대답했다.

"좋습니다, 미국인들은 그럴지도 모르지만 우린 유럽인입니다……" 한스는 이렇게 소리치고 실용적인 생활철학을 가진 자신의 근육질 동료를 생각했다.

비테킨트는 "우리는 더이상 유럽인이 아닙니다"라고 말하며 만족감을 숨기지 않았다. "우리는 페니키아인입니다. 우리는 유럽 문화를 포기했고, 페니키아 문화의 후임자가 되었습니다." 몰락했지만 큰 영향을 끼치며 역사 속으로 증발한 페니키아 민족의 모든 본질적인 문화적 특징을 유럽인은 새롭게 꽃피우고 예상외로 발전시켰다는 것이다.

브리타는 주의깊게 경청하며 두 눈을 감았지만, 한스는 어스름한 가운데 그녀가 낮의 더위에 긴장이 풀린 선잠과 흡사한 숨을 쉬면서 휴식을 취하고 있음을 알아차렸다. 그녀는 사실 종종 고통스러우리만큼 지루한 공연연습을 하는 동안 극도로 집중한 모습을 보이는 동시에 제어된 실신상태에 빠져드는 기술을 습득했다.

비테킨트는 수에 대한 우리의 관계, 즉 온갖 생활관계, 온갖 사고, 온갖 현실을 수의 연쇄로 이해하고 서술하려는 우리의 의지와 놀랄 만한 능력이 페니키아적이라고 다정하게 미소 지으며 말했다. 생산은 하지 않고 경제적이고 정치적이며 합리적 활동인 무역을 장려하는 우리의 결연한 행위가 페니키아적이라는 것이다. 우리는 예술조차 무역에 도움이 되게 하면서,

그것을 무역의 기능으로만 볼지도 모른다. 그리고 공간에 대한 우리의 관계가 페니키아적이라는 것이다. 즉 대도시들에서는 마치 자신의 나라를 등지고 살아가는 것 같다. 가령 프랑크푸르트에서는 슈페사르트나 베테라우가 아니라 토오꾜오나 뉴욕과 관계하고, 더이상 자신의 나라가 아닌 멀리 있는 맞은편 해안을 바라보는 것 같다. 또한 아름다운 예술품을 만들어내지 못하는 우리의 새로운 상황이 페니키아적이라는 것이다—그는 이때 그들에게 이국적인 오래된 예술품을 수집하는 페니키아인의 정말 끔찍한 물신숭배와 멍청한 사고를 생각한다는 것이다. 페니키아인은 우리 유럽인과 마찬가지로 자신들과 별로 관계가 없는 귀중한 그리스 조각상을 사들였다고 한다. 그렇다, 또 뭐가 있을까? 그렇다, 페니키아의 종교도 마찬가지이다. 그들이 처음 태어난 아이들을 몰록(Moloch. 소의 모습을 한 페니키아의 불의 신—옮긴이)에게 바치는 풍습은 법적으로 허용된 지금의 낙태행위에 상응한다는 것이다. "하지만 그런 것을 비교할 수는 없어요." 브리타가 선잠에서 깨어나며 말했다.

"아, 그렇지 않아, 충분히 비교할 수 있어." 그녀의 남자친구가 열의없이 말했다. "우리가 행하는 낙태도 행복하고 유복한 미래를 위한 똑같은 희생이야."

"자녀가 있나요?" 한스가 불쑥 물어보았다. 그런 말을 하지 않았으면 좋았을 테지만, 이미 입에서 나오고 말았다.

"아닙니다." 비테킨트가 대답했고, 그의 눈은 명랑하게 반짝였다. "우리는 행복하고 풍족합니다."

브리타는 시집을 읽다가 그만두었다. 그녀는 눈썹을 찌푸리고 화난 모습을 했다. 그녀는 창의 롤 블라인드를 위로 올렸다. 날이 어두워졌다. 하늘에는 영양가 높은 파이의 반쪽처럼 반달이 밝게 빛나고 있었다.

"다음번에는 부인을 데리고 오도록 하세요. 그렇지 않으면 다시 올 수 없습니다." 한스가 작별 인사를 하자 그녀가 매우 힘주어 말했다. 그녀는 그의 얼굴을 빤히 쳐다보았다. 그는 왜 이런 시선을 견딜 수 없다고 생각하는 걸까?

*

그는 계단에서 다시 언젠가 담배를 즐겨 피우게 될 것 같다는 생각이 들었다. 그의 미국 회사 사무실을 위해 그는 담배를 끊으려고 했다. 거기에서 흡연자는 곱지 않은 시선을 받았다. 그래서 그는 이나에게 돌아가는 대신에 또 한번 에티오피아인에게 가기로 했다. 그는 그의 뒤뜰 쌀롱을 다시 열었지만, 동시에 거리 바깥쪽에 있는 전혀 다른 사람들의 시중도 들고 있었다. 이들은 자신들을 제대로 평가하여 뜰 안의 사람들에게 자신의 모습을 드러내서는 안되었다. 그런데 술취한 사람은 겁없이 거리 앞쪽에서 때때로 배타적인 뒤뜰로 가보기도 했다. 한스는 뒤뜰에 들어섰을 때 쑤아드, 바르바라, 보다 젊은 다른 마른 남자를 발견했다. 금발을 길게 기른 그 남자는 썬글라스를 머리띠처럼 올려쓰고 유쾌하게 함께 어울리고 있었다. 세 사람 모두 다른 언어로 열심히 통화를 했다. 쑤아드는 아랍어로, 머리띠처럼 썬글라스를 얹은 금발의 젊은이는 프랑스어로, 바르바라는 스페인어로 말했다. 그녀가 가장 짧게 통화를 했다. 쑤아드는 서늘한 밤공기로부터 자신의 몸을 지키기 위해 노란 캐시미어 스웨터를 입고 있었다. 둥근 배를 다 가리게 둘러친 그 옷은 그를 매우 중요한 사람으로 보이게 했다. 그러나 뒤뜰의 돌 세계 속의 기온은 1, 2도밖에 낮지 않았고, 담이 좋은 난로처럼 더위를 보존하고 있었다. 에티오피아인은 각얼음이 든 큰 통을 가져왔다. 사람들은 오늘은 맥주를 마시지 않고 아동용품 상점에서 가져온 것처럼 보이는 조그만 병에 든 보뜨까를 마셨다. 바르바라는 한스에게 그녀 옆에 앉은 금발의 젊은이를 소개했다. 그런데 그가 통화를 중단하지 않아서 그녀는 그를 제대로 소개할 수 없었다. 여러나라 말을 할 줄 아는 그는 그녀의 사촌이라고 한다. 그는 그녀 자신처럼 적어도 여섯 개 언어를 유창하게 구사할 수 있다고 한다. 이는 그랑 까나리아(Gran Canaria, 스페인 라스빨마스 주에 있는 섬으로 북대서양의 까나리아 제도를 이루고 있는 섬들 가운데 하나 — 옮긴이)에서 마지막에 요리사로 일한 그의 유일무이한 재능이다. 그 남자가 변변한 인물이 되지 못하는 게 창피한 일이라고 한다. 그녀가 이혼한 후부터 둘이서 서로 약간은 힘을 합쳤을지도 모르는데, 그가 그녀에게 조언을 한다고 한다.

"나는 충고를 사지요." 그녀가 자랑스럽게 말했다. 그녀는 아무것도 거저 선물받지 않는다고 한다. 그녀의 다른 어학 지식은 어떨지 몰라도, 독일인인데도 그녀의 독일어는 불완전했다. 그녀는 매일 필요하지 않은 것은 금방 잊어버리기 때문에, 그녀의 독일어는 종종 아주 형편없다고 한다. "나는 영어를 알고, 프랑스어도 알지만 독일어만은 몰라요." 그녀는 이렇게 명랑하게 고백했다. 그녀는 아직 외국 출신인임을 보여주는 액센트로 말했다. 그래서 그녀는 자신에 대해 말할 때는, 모든 가능한 언어에서 유래했을지도 모르는 떨리는 치음(齒音)으로 우물우물하며 '이히'(Ich, '나'라는 뜻―옮긴이)가 아니라 '이쉬' (Isch)라고 말했다. 그녀는 오랫동안 떠나 있어서 지금은 다시 기반을 잡는 것이 중요하다고 한다. 사람이란 모름지기 자신이 관심이 있는 나라에서 살아야 하지 않겠어요? 그러지 않아도 그녀의 사촌은 독일로 돌아오는 것에 반대하며, 하루종일 투덜대며 참견한다는 것이다. 이 독일은 그의 마음에 들지 않는다지만, 쑤아드는 어떻게든 그녀가 여기 독일에 살기를 바란다고 해서, 그녀는 두 개의 맷돌 사이에 끼인 형국이라는 것이다. 그녀는 이 장소에 대단히 만족하는 것 같았다. 그녀의 길고 텁수룩한 머리칼은 덥고 축축한 날씨에 무너져 내려서, 이제 그녀의 뾰족한 코는 머리카락에 에워싸여 있었다. 그녀는 두 사람이 뭐라고 잔소리를 늘어놓은 보뜨까를 남자들보다 훨씬 잘 견뎠다. 오늘 시내에서 그녀에게 들켰기 때문에 쑤아드는 화가 났다고 한다. 그는 오페라 광장의 어떤 까페에서 피부가 무척 흰 어떤 여자와 앉아 있었다고 한다. 아름다운 피부색과 아주 작은 이중 턱에 은장신구를 단 매우 속물 같은 여자였다고 한다.

"쑤아드, 이 여자가 당신 아내야?" 이러한 질문은 쑤아드가 욕을 시작하기에 충분하다는 것을 한스는 주목해야 한다고 한다. 그녀는 이를 즉각 또 한번 그에게 주지시키는데, 이것은 확실하게 효과를 발휘한다고, 말하자면 이미 네 번이나 효과를 발휘했다고 한다.

택시 한 대가 뜰의 문앞에 멈추었고, 뻣뻣한 다리로 마무니 부인이 아주 조심스럽게 차에서 내렸다. 택시기사가 그녀를 모시고 뜰로 들어왔다. 그녀는 처음 보았을 때와 같이 재단한 옷을 입고 있었는데, 다른 커튼으로 만들었다는 것만 달랐을 뿐이다. 택시기사는 그녀 옆에 그대로 앉았다. 그는 그녀의 가신에 속했다.

"이 전화기를 보면 마음이 즐거워져요." 그녀는 한스에게 속삭이며 말했다. "'합스부르거 호프'가 물건너갔다는 것을 알게 되면 그들이 어떤 표정을 지을지 궁금해요. 이 사람들은 모든 것을 알고, 할 수 있지만, 그들이 사업가는 아니에요—어쨌든 내가 이해하는 그런 자들은 아니에요."

7

그 택시기사는 터키인으로, 품위있어 보이는 남자였다. 그는 회색을 띤 검은 머리를 바짝 깎았고, 수염은 손톱가위로 우아하게 다듬었다. 마무니 부인이 마치 변호사를 데리고 온 듯한 모습이었다. 그런데 그 남자는 곧장 에티오피아인한테 가서 어울렸다. 주인은 주로 술집 앞쪽으로 부지런히 움직이고 있었다. 그는 요식업에 천부적인 재능이 있었고, 뒤뜰에 언제 무엇이 부족한지 카운터에서 알고 있었으며, 그러면서 택시기사와 태연히 대화를 나누었다. 그는 사실 원칙적으로 어디에도, 그를 둘러싼 어떤 상황에도 가담하지 않았다. 그는 자유로웠고, 자명한 마음의 평정을 통해 이러한 자유로 이득을 보았다. 그는 마무니 부인한테도 거리를 유지했지만, 이는 쉬운 일이었다. 왜냐하면 그녀는 독립과 신중함에 대해 낭만적인 관계를 견지했기 때문이다.

"난 그에 대해 아무것도 알지 못해요. 또 어떤 것도 알고 싶지 않아요." 사람들이 이 간이식당 사업에 쓸데없이 간섭을 하면 물론 온갖 것을 알아낼 수 있다는 듯한 어조로 그녀는 고자세로 말했다.

"남자들을 이해할 수 없어요." 그녀는 말을 계속했다. 그녀가 두 번 결혼한 결과로 이런 생각을 하게 되었는가, 아니면 이전부터 벌써 그런 생각을 하고 있었던가? 물론 그녀는 여자들과는 훨씬 덜 어울리려고 한다고 했다. 그녀는 평생 동안 남자들과 일했는데, 그녀의 아버지는 재산을 다 날리고 빈털터리가 되어 그녀와 영원히 이별하면서 ─ 나중에 약간 형편이 좋아졌지만, 예전만큼 풍족한 상태가 되지는 못했다 ─ 이렇게 간절히 충고했다고 한다. "항상 남자들에게 의지해라. 여자들하고는 상종하지 마라. 너는 남자들을 위한 여자다." 그런데 실제로 그렇게 되었다고 한다. 하는 일마다 실패를 맛본 그녀의 아버지가 ─ 그도 결국 한 명의 남자였다 ─ 그녀의 사업적 스승이 되었다는 것이다. 그녀는 다른 스승을 결코 만나지 못했다. 그녀는 아주 좋기도 하고 아주 나쁘기도 한 체험을 많이 했지만 ─ 언제나 남자들과 한 체험이었다고 한다.

"난 섹스에는 아무 관심이 없었어요." 그녀는 한스의 과격한 제안으로부터 자신을 지켜야 한다는 듯한 어조로 말했다. 하지만 그녀가 억센 손으로 그의 아래팔을 잡았기 때문에 그는 도저히 뒤로 물러날 수 없었을지도 모른다. 쑤아드와, 그러는 사이에 네덜란드어로 말하는 사촌과 기다란 손톱으로 머리를 이리저리 긁으며 이제 영어로 말하는 바르바라는 — 그녀는 머리를 박박 긁음으로써 기진맥진한 상태에서 벗어나려고 안간힘을 써야 했다 — 서로를 바라보는 것을 피하고, 그 대신 대화를 하는 데 필요하지 않은 눈으로 한스와 마무니 부인을 찬찬히 들여다보았다. 이들 그룹의 각자가 대화에 몰두한 채, 편한 자세로 같이 앉아, 서로 관계를 맺고 있지만, 서로에게 신경을 쓰지 않으면서, '싸끄라 꼰베르싸찌오네'(Sacra conversazione, 성인들이 옥좌에 정좌한 성모 마리아와 같은 방에서 대화하는 장면 — 옮긴이)라는 예술사적인 용어가 — 이런 생각이 한스에게 떠올랐다 — 새로운 현실성을 얻었다. 그런데 이러한 관찰이 사실 이나가 쓰고 있는 석사논문의 일련의 주제에 속하지 않았는가?

"왜 결혼하지 않으셨나요?" 때이르게 낳았다는 아이를 떠올리며 한스가 물어보았다. 레반트 지방의 귀부인이 — 레반트 지방 귀부인의 모범이자 국가적 표본이 — 깜짝 놀라게 한 쎅스라는 단어를 그녀의 입으로 말하지 않았더라면 그는 결코 이런 질문을 하지 않았을 것이다. 사람들은 카이로의 어린이 유곽을 속속들이 알고 있지만, 이 세계에서 나온 무언가를 결코 곧이곧대로 말하지 않고, 언제나 아는 것을 틀에 박힌 듯 암시적으로 말한다는 그녀의 말을 믿었다. 그녀가 쎅스에 관해 말할 때 표정이 풍부한 그녀의 얼굴에 사실 무언가 눈에 띄는 모습이 나타났다. 쎅스(Sex)라는 단어의 X가 그녀의 온 얼굴에 퍼지더니 X라는 글자의 네 끝을 끌어당겼다. 그녀는 한스의 질문을 기다리는 것 같았다. 그녀는 질문에 답할 준비가 되어 있었고, 어찌 보면 너무 준비가 잘되어 있어 그 답이 너무 신속하게 나왔으며 전력을 기울인 나머지 아무 걱정 없는 태연한 표정으로 바뀌었다.

"당신은 무얼 원하세요—나는 사람들과 어울리고 싶었어요. 사업적인 성공에만 매달리는 것으로는 충분치 않아요. 그러지 않아도 이건 나의 아버지의 충고대로 당연한 사실이에요. 하지만 사람이란 저녁에는 때로 영화 구경을 가고 싶기도 하고, 여름날 저녁에는 바깥에서 무언가를 마시고 싶기도 해요. 나는 그런 것에 돈을 쓸 준비가 되어 있고, 그거야 뻔한 사실이지요. 난 그런 것에도 늘 돈을 써왔어요."

한스는 담배 한 갑을 피우고 있는 중이었다. 그는 에티오피아인에게 담배를 한 개비만 달라고 부탁했었다. 하지만 그 남자는 빵 한 조각을 주는 것 같은 몸짓을 하면서 그에게 담배 한 갑을 통째로 넘겨주었다. 그가 담배 한 갑을 몽땅 태울 수 없을지는 몰라도 이미 열 번째 담배를 피우는 중이었다. 흡연이 그에게 전례없이 좋은 작용을 했다. 그의 내부에는 마음을 불안하게 하는 작은 공허함이 있었다. 그는 이런 공허함을 거의 알아채지 못했고, 이를 담배를 끊은 금욕적 생활과도 연결시키지 않았다. 하지만 담배를 첫 모금 빨면서 담배 연기가 유일하게 이런 빈 공간을 채워주고 불안한 마음을 진정시켜줄 수 있다는 것이 증명되었다. 그가 무슨 마음을 먹든 이제 아무래도 상관없었다. 그는 너무나 명백하게 자신의 부족함을 느끼고 있어서 이를 채우지 않을 수 없었다.

"담배를 피우세요. 내가 상대한 남자들 모두가 골초였어요. 딱 한 사람 테스파기오르기스만 제외하고요." 그를 주의깊게 바라보던 마무니 부인이 말했다. 그녀는 아무튼 이처럼 멀리 떨어진 지구의 한 귀퉁이에서 이런 간이식당을 운영하는 한 아무런 결핍도 없어 보이는 에티오피아인을 가리켰다.

이날 저녁에는 평소의 자리배치에 변화가 일어났다. 마무니 부인은 사업할 때 여성에 관심이 없다고 힘주어 말한 것에 모순되게 바르바라를 자기 옆에 앉도록 했다. 이는 마치 그녀가 바르바라에게 어떤 제안을 할 게 있는 것으로 보였다. 그 대신 쑤아드는 그 시간을 이용해 바르바라의 사촌을 호되게 나무랐다. 사촌과 쑤아드 사이에서 마치 맷돌에 짓눌린 것 같다는 바르바라의 말이 그의 머릿속을 맴돌았다. 그는 사촌과 서로 힘을 합쳐서 그녀를 짓누르는 것이 아니라 뭉개버리는 것이 더 낫지 않을까 하고 생각했을지도 모른다.

"이곳은 나의 도시가 아닙니다." 사촌이 하소연하는 투로 말했다. 쑤아드는 짐승 같은 갈색 눈으로—그 눈에는 흰자위가 거의 보이지 않았다—깡마른 사촌을 응시하는 동안 슬픈 표정을 짓고 진심으로 대꾸했다. "우리 좀 솔직해지도록 합시다. 이곳이 내 도시라고 생각하나요? 이곳은 내 도시도 아니거든요."

한스가 가게 안으로 들어가자 쑤아드는 사촌을 보고 있다가 그에게서 눈을 떼고는 뿌루퉁한 표정으로 툴툴거리는 어조로 말했다. "건물 주인이 오늘 여러분에게 온다는 것을 왜 내게 말하지 않았나요?" 한스는 아무것도 몰랐다. 쑤아드는 약간 무례해졌다.

"아니야, 아무것도 모르는 것처럼 하지 마세요. 그는 몇시간 동안 저 위 여러분 집에 있었어요. 그가 무슨 말을 했어요? 그가 무슨 말을 했는지 좀 말해보세요!" 한스는 말을 낮췄다가 높였다가 하는 것에는 신경쓰지 않았지만, 마지막 시간을 어디서 보냈는지 설명하기 시작하면서 이런 성가신 질문과 툴툴거리는 어조가 얼마나 부적절한지 갑자기 분명히 깨달았다. 그는 쑤아드의 말을 끊고 이렇게 말했다. "그게 당신과 무슨 관계가 있단 말이오?"

"맞는 말이에요, 쑤아드." 바르바라가 소리쳤다. "당신은 뭐든지 알려고 해요. 모든 사람이 다 나처럼 참을성이 많은 것은 아니에요."

바깥에서 이제 다들 낄낄거리고 수다를 떨기 시작했지만, 한스는 더이상 거기에 끼지 못했다. 무표정하게 닫혀 있는 듯한 비테킨트의 문을 지나 그는 5층의 자기 집으로 올라갔다.

*

이나는 거실에서 비테킨트의 소파와 거의 흡사한 소파 위에 누워 있었지만—방이란 그 안에 사는 사람에게 집의 설비를 지시하는 고유한 방식을 자체적으로 갖고 있는 게 아닐까?—
자고 있지는 않았고, 아무것도 읽지 않았고, 텔레비전을 켜놓
지도 음악을 듣고 있지도 않았다. 그를 기다리고 있었던가? 그
녀는 쌀쌀맞은 태도로 생각에 잠겨 있었다. 방 안은 밝았는데,
수많은 노란색 전등갓이 방을 은은하게 밝혀주고 있었으며,
부드러운 빛들만이 공간을 비춰주고 있었다. 맞은편에는 아무
런 물체도 없었고, 창 앞에는 탑에서 내려다볼 때처럼 넓은 지
역이 펼쳐져 있었다.

그녀는 그가 있는 곳을 내다보지 않고 엄마와 대화를 했다
고 했다. 그녀가 엄마에게 창녀에 관한 그의 이론을 들려주려
고 했다고 하자, 한스는 무슨 이론이냐고 화가 나서 물었다. 자
기의 어떤 생각이 폰 클라인 부인에게 소개된다는 사실이—
그리고 이때 제대로 설명되지 않을지도 모른다는 사실이—
그의 마음에 들지 않았던 것이다. 그런데 오늘날 여대생처럼
보이는 창녀들에 대한 한스의 생각—아무튼 그녀 자신은 이
런 사실을 확인할 수 없다는 것이다. 그녀는 거리 맞은편의 창
녀들이 자신이 늘 생각한 것과 똑같은 모습으로 있는 것을 보
았다고 한다. 그녀가 그런 여자들을 금방 알아채는 것이 그 증
거라는 것이다. 그런데 폰 클라인 부인은 그가 대체 어떻게 그
런 생각을 하게 되었는지 알고 싶어한다는 것이고, 이나 자신
은 그런 것을 알고 싶지 않지만, 어머니가 한 그런 질문을 한스
에게 전해준다고 한다.

얼마 지나지 않아 그는 벌써 두번째로 답변을 요구받았다.

사람들이 어떻게 알고 있느냐, 무엇을 알고 있느냐? 그것이 언제나 그렇게 정확히 확인될 수 있다면 좋으련만. 그 지역의 창녀를 함께 찾아가는 것이 전우 의식(儀式)에 속하는 군대시절을 제외하고는 그는 창녀를 거의 한번도 경험하지 않았다. 그는 고주망태가 되어 있었기 때문에 자기가 어떤 여자와 관계했는지 하나도 기억나지 않았다. 하지만 이런 것을 떠나서 ─ 사람들이 그렇게 말하고 서술하고 주장하는 것 ─ 어디서 이모든 것을 경험한단 말인가? 책이나 영화를 보고 그런 것을 꾸며서 말할 수 있는 경우는 드물다. 공중을 퓨우 하고 날아가는 현실의 파편들이 뇌 속의 파리잡이 끈끈이 위에 달라붙어 있는 것처럼, 사람들이 알거나 안다고 생각하는 것이 어디에서인가 갑자기 들이닥친다. 하지만 그러한 약점을 확실히 감지하는 것이 폰 클라인 부인의 본능에 속했다. 그녀 자신은 자기를 확실히 알고 있었기 때문에, 그녀가 경솔하게 마구 지껄일 때는 여성이 보호받아야 할 권리를 주장했다.

한스는 장모의 질문을 두고 계속 토론하는 대신 "쑤아드의 말로는 집주인이 우리를 찾아왔다는데" 하고 말했다.

"그야 물론 그럴 만도 하지." 이나가 대답했다. 그러나 안타깝게도 그는 찾아오지 않았다고 한다. 그녀는 그에 대해 보고하기 전에, 그의 곁에 좀더 머물러 있고 싶을 생각이 들 정도로 너무나 중요한 인상을 받은 것처럼 꿈꾸듯이 말했다. 그녀가 머리칼을 말릴 때 초인종 소리가 울렸다. 불시에 찾아와 초인종을 울리는 사람은 이나가 머리칼을 말리지 않는 순간을 낚

아채기가 힘들 거라고 한스는 혼자 중얼거렸다. 그녀는 한스가 저 아래 사람들한테 갔다가 돌아온 것이라 생각하고 테리천(목욕가운 등을 만드는 굵고 성긴 직물—옮긴이) 두건을 머리에 쓰고 문을 열어주었다. 그런데 문 앞에는 특이한 모습의 낯선 남자가 서 있었다. 그녀는 그렇게나 뚱뚱한 사람을 지금껏 그렇게 가까이서 본 적이 없었다. 그가 몸을 움직일 때마다 그의 몸통에서 자라나온, 땀이 흘러넘치는 작은 머리 주위로 물이 찰랑거리는 소리가 났다. 이 남자의 조그만 눈이 애원하고 수줍어하는 표정을 띠고 있어 그녀는 한순간도 걱정되지 않았다고 한다. 그의 머리카락은 회색이었지만 그는 매우 젊어 보였고, 그의 손 피부는 젖먹이의 피부처럼 연하고 부드러웠다. 그는 자기소개를 했다. 그의 이름은 지거, 우르반 지거이고, 집주인이라고 했다.

"들어가도 된다면 기쁘겠습니다. 내가 자주 이 위에 올라올 수 없을 것이기 때문입니다. 내 사정이 좋지 않거든요." 그는 안락의자에 자리를 잡을 때처럼 소파 위에 앉았다. 소파는 그의 몸과 균형이 잘 맞았고, 그는 이미 더이상 기괴한 인상을 주지 않았다.

"행복한 한 쌍이 다시 이곳에 살게 되어 얼마나 다행인지 모릅니다." 지거가 말했다. "그런데 당신들은 결혼하셨겠지요?" 그는 이미 몇년 전부터 이곳에 살고 있으며, 그 당시에는 자신의 형편이 더 좋았다고 한다. "나는 그때 결혼해서 아직 결혼생활을 하고 있습니다만, 더이상 행복하지 않아요. 모든 것이

망가져버렸어요." 그는 그 당시 안에 있는 모든 것을 버리고 집을 떠났는데, 그것들을 다시는 볼 수 없었다고 한다. 그의 아내는 사용할 수 있는 것을 다 가지고 나왔다고 한다. "이는 그녀의 정당한 권리였어요. 내가 가진 모든 것은 그녀 것이기도 하니까요—나는 이 집에 있는 것을 마음대로 처분하게 했습니다." 지거가 처분이란 단어를 말하는 동안 그의 작은 두 눈이 뒤집혀 머릿속으로 들어가는 것 같았다. 이나가 입을 열었다. "내게는 유리 눈알이 가끔 뒤집히는 인형이 하나 있었어요. 갑자기 인형의 눈이 먼 것처럼 보여 나는 인형을 흔들었어요. 그러면 홍채와 함께 눈동자가 다시 돌아왔지요. 하지만 지거 씨를 흔들 수는 없어요—자기를 밀어도 그는 이를 조금도 알아채지 못할 거예요."

그후로 집의 세입자가 자주 바뀌었고, 세입자마다 자신의 마음에 드는 것을 가져갔다고 한다—사실 그는 아직 남아 있는 것이 무엇인지 보려고 온다고 한다. 저길 보세요, 그의 아버지의 책상—그는 기둥 다리가 비틀린 검은색 가짜 바로크식의 흉물스러운 물품을 가리켰다. 그의 아버지는 언제나 이 책상에 앉았고, 이 책상과 떨어질 수 없는 관계가 되어 흡사 책상 스핑크스가 되었다고 한다. 이 책상은 마지막까지 이 집에 남아 있기가 너무 어려울 거라고 한다. 이나는 모든 것을 보여줄 준비가 되어 있었고, 반드시 그래야 하는 것이기도 했다. 공간들을 가득 채우는 새로운 물건 중에 지거의 가재도구가 들어 있기 때문이었다.

"저것도 아직 여기에 있군요." 그녀가 욕실에 걸어놓았던 엘츠 성의 부식 동판화를 가져오자 그는 수줍어하며 고마워하는 마음으로 말했다. 그것은 여류화가로 부유한 남편과 결혼해 경제적 여유가 있던 그의 고모한테서 받은 것이라고 한다. 그녀는 그림으로 큰 성공을 거두지는 못했다고 한다. "그녀는 실은 예술가가 아니었다"고 지거 씨가 말했다. 참된 예술가란 어떤 존재인지 그가 안다는 말인가, 또는 그가 가족회의에서 평가한 것을 그대로 말하는 것일까? "그러한 조그만 물건들, 삽화가 그려진 작품들이 고모의 취향에 맞았지요."

"그 그림을 가져가지 않을 건가요?" 이나가 물었다. 그는 격렬하나 진지하게 거부했다. 아닙니다, 결코 아닙니다, 그는 이제 ─ 그는 한숨을 지었다 ─ 그것이 아무런 쓸모가 없다고 한다. "그 조그만 그림을 전에는 어떻게 활용하셨는데요?" 이나가 물었다. "그냥 걸어놓으면 되는데요. 여기에 걸어놓을 수 있으면 댁의 집에도 그럴 수 있잖아요 ─ 걸어놓는 것이 활용하는 것과 같은 뜻이 아닌가요?" 한스가 즉각 이해한 바로는 그것은 가르치려는 투의 말이 아니라 매우 다정한 말이었다. 그는 익숙하지 않은 말을 하다가 걸려 넘어지는, 그 일을 제대로 알고 싶어하는 이나의 방식을 알고 있었다.

"이곳은 전쟁 전엔 전형적인 시민계층의 거주구역이었어요. 우아한 곳은 아니었지만 우리는 여기서 살 수 있었고, 나의 부모님은 존경할 만한 사람들이었어요." 지거는 대답하는 대신에 이렇게 말했다. 그에게는 자신의 출신을 자랑하는 것이 아니라 철두철미 고정된 거주지(stabilitas loci)를 계속 고집하면서도 자기 주위의 모든 것이 달라져 보이는 불가사의한 현상을 새로이 주목하게 만드는 것이 중요했다. 그는 변화를 유감으로 생각하지 않았다. 다른 세상에서 깨어나기 위해 잠을 자서 독재군주의 횡포를 잊어버렸다는 7인의 성인(200년 동안 자고 깨어났다는 전설 속의 성인—옮긴이)에 비유하기 위해, 그는 이 집이 전쟁중 역 주위에 특히 많이 쏟아진 포격을 어떻게 견뎌냈는가에만 관심이 있을 뿐이었다.

그가 부엌 곁의 조그만 공간을 또 한번 살펴보도록 그녀가 허락을 했는지? 그것에는 특별한 기억이 결부되어 있다고 한다. 소파에서 일어났을 때 그는 아래로 굴러가는 것처럼 보였다. 그녀는 예전에 뚱보가 민첩하게 움직이는 것을 본 적이 있는데, 여기서 그것이 확인되었다. 그가 이나의 앞에서 걸어갔다. 그가 한발짝씩 걸을 때마다 방바닥이 조용히 떨렸다. 그녀는 그의 바지를 관찰했다. "우리 둘이 큰 침낭 속에서처럼 그 바지 속에 살 수 있었을지도 몰라. 각자 한 개의 바짓가랑이 속에서." 지거는 자동기계처럼 몸을 앞으로 밀고 갔다. 왼쪽 다리의 걸음은 왼쪽 어깨의 움직임에 의해, 오른쪽 다리의 걸음은 오른쪽 어깨의 움직임에 의해 앞으로 나아가는 것처럼 보였다. 하얀 셔츠가 천막처럼 그의 등에 붙어 있었고, 그 안에 러닝셔츠의 윤곽이 비쳤다. 그는 뭐가 새로 들어오고 수리되었는지 알지 못했다. 자신이 이미 알고 있는 것만 그를 감동시켰을 뿐이다. 부엌 옆의 방은 이 집의 장점이었다. 금방 색칠

한 흰 서가가 놓인 그 방은 널찍했다. 새 집들에는 이제 그런 곁방이 없지만, 그런 것이 있어야 한 층이 살아갈 수 있는 공간이 된다. 이제 그런 형태의 방이 많이 사라졌고, 앞으로도 사라질지 모른다.

"내 아내는 신발이라면 사족을 못 썼고, 지금도 그렇습니다." 지거 씨가 말했다. 그녀는 매일 새 신발을 사들였는데, 대개 비싼 신발은 아니었다고 한다. 이 말은 기억을 되살리는 것처럼 들렸고, 그의 말에는 비난이 담겨 있지 않았으며, 그는 그녀의 그런 과도한 수집벽을 허용했다. 그녀의 발은 폭이 좁고 무척 예뻤지만 비교적 길었다고 하는데, 그는 나쁜 인상을 불러일으킬지 모르므로 크다는 단어를 일부러 피한다고 한다. 그녀는 이 발에 맞는 신발을 찾기가 쉽지 않았다. 수집벽은 그녀에게 맞는 한켤레의 신발을 사는 습관과 함께 시작되었다. 그녀는 자기에게 맞는 신발을 금방 다시 찾지 못할까봐 늘 두려워했기 때문이다. 그런데 이런 크기의 신발이 그리 드물지 않았다. 그녀는 단지 그 크기 때문에 많은 신발을 사고는 마음에 들지 않는다고 아예 신지 않았다. 그녀는 집에 신발들이 있으면 아무렇게나 다루었고, 그것들을 이 방에 그냥 던져넣어 버렸다. 마침내 그녀는 발에 맞는 두 켤레의 신발을 간신히 고를 수 있었다고 하는데, 그러고는 다시는 그 방에 들어갈 생각을 하지 않았다. 그런데 그때 그녀는 하루 동안 그 방을 청소하고 신발을 정리하는 일에 착수했다고 한다.

"나는 여기서 무릎을 꿇고 있었어요." 이렇게 말한 그는 기억에 너무 강하게 사로잡혀서 감히 이나를 쳐다보지 않았다. 그때는 덥기도 했고, 공기는 가죽냄새, 닳은 가죽냄새로 가득 차 있었다. 지거 씨가 말했다. "닳은 신발에서 나는 그런 따뜻한 가죽냄새를 생각하면 외지인은 역한 기분이 든다는 것을 난 알고 있어요. 내게도 그 냄새가 때로는 역하게 느껴졌지만, 또한 매력적이기도 했어요. 그것은 아주 강력하고 심오한 체험이었어요. 급기야는 3백 켤레의 신발이 여기에 군인들처럼 도열해 있었어요— 그 당시 무언가가 망가진 게 분명해요— 내가 그녀에게 그 방을 보여주었을 때 우리는 서로 다투었고, 그녀는 밖으로 나갔다가 다시 돌아왔어요. 그녀에게 그 신발 방을 보여준 것이 아마 잘못된 일인 것 같아요."

그러고 나서 그는 여행하면서 모은 동전들을 호주머니에 넣은 다음 다시 필요할 수 있을 거란 희망에 집 어딘가에 보관해 두었는데, 각 나라의 조그만 동전들이 가득 든 그 유리병을 창문턱에서 발견했다.

"그것은 여전히 저곳에 있어요. 지금까지 아무도 내버리지 않았네요. 참 이상한 일이지요." 지거가 말했다. "보이지요? 페니, 프랑, 리라— 동전을 보면 그것과 결부된 여행을 당신에게 말해줄 수 있을 겁니다. 사람들이 작은 액수의 돈을 얼마나 소중히 여기는지 몰라요. 가구나 책은 다른 곳으로 옮겼지만, 이 동전은 여전히 그대로 있는데, 이제 더이상 아무 가치가 없는 거지요."

"우리도 이미 몇개를 더 넣었어요." 이나가 말하고, 그에게 미국 동전인 쎈트를 가리켰다. 지거 씨는 그것을 환영했다. 하지만 그다음에 그는 당황해하더니, 이례적인 질문을 해도 되는지 물어보았다.

"당신은 혹시 이달치 월세를 이미 냈는지요?"

이나가 말했다. "네, 물론이지요. 내가 직접 송금했어요."

"누구한테 보냈는지요?"

"합의한 대로 쑤아드 씨한테요."

지거 씨는 깊은 생각에 빠졌고, 혼자 뭐라고 중얼거렸다. 물론 그렇게 합의했을 테니 그렇게 하는 게 정상일지도 모른다는 것이다. 혹시 그 돈이 들어가지 않았는지요? 그런 것은 결코 아니라고, 보통은 벌써 들어왔을 거라고, 쑤아드 씨가 아무런 불평을 하지 않았다고 지거 씨가 말했다.

"쑤아드 씨와 이야기해보세요." 이나는 이 말을 요청하는 투로 했지만, 그 말은 마치 질문처럼 의외로 막연하게 들렸다. 아닙니다, 지거는 쑤아드와 이야기하지 않을 거라고 분명하게 말했다, 결코 이야기하지 않을 거라고. 그에게 현재 한 푼도, 단 한 푼도 없다 하더라도 결코 그러지는 않겠다고.

그에게 아쉬운 대로 50유로를 드려도 되는지 이나가 물어보았다. 그녀는 놀란 나머지 이런 제안을 한 것이다. 지거 씨는 잠시 두 눈을 굴렸지만, 다시 그녀를 자기 마음대로 하게 되었으며, 지금까지와는 달리 위엄있게 이나의 눈을 엄한 눈초리로 들여다보면서 말했다.

"이 제안을 기꺼이 받아들이겠어요."

8

한스도 이나도 예상하지 못한 어떤 일이 일어났다. 건강한
젊은이는 삶의 변화, 즉 새로운 직업, 새로운 사랑, 커다란 성
공, 새로운 사람들, 새 도시, 새 나라를 언제나 외적인 사건으
로 상상한다. 현명한 사람은 이런 경우에 있을 수 있는 불행도
고려할지 모른다. 우리가 얇은 얼음 위에서 살아가고, 우리의
발걸음은 인생 경험이 풍부한 사람이 들을 수 있는 삐거덕거
리는 소리를 내며, 어느날 얼음이 깨지는 일이 생길 수 있다.
행운을 타고난 한스에게도 그런 일이 하나씩 일어났다. 사람
들은 중요한 약속에 서둘러 가기 위해 옷을 입고, 자전거에 올
라타서 돌멩이 하나하나까지 잘 아는 익숙한 길을 쏜살같이
달리며, 맞은편에서 오는 자동차를 피하려고 앞바퀴를 연석

(緣石)에 바짝 붙여 가장자리를 따라 달리다가 급기야는 핸들 위로 날아 아스팔트에 부딪히게 되었다. 바지가 찢어졌고, 땅을 짚은 손에 찰과상을 입어 피가 났다. 뼈가 부러졌는지 무릎이 아파왔고, 뢴트겐 검사를 해야 했다. 약속은 취소되었고, 그다음 날들은 계획한 것과 완전히 다르게 진행되었으며, 이 모든 일은 단 일초 만에 결정되었다. 이를 제대로 파악해서 거기서 결론을 끄집어낸다면 이는 철학적인 순간이라 할 수 있었다. 성인이라면 그러한 불의의 사건을 감수하고 받아들이고 극복해야 했다. 모든 계획이 어긋날 수 있다는 점도 항상 고려되어야 했다.

그런데 어떤 고약한 일이 일어나지 않는다면 무슨 일이 일어나겠는가? 즉 아무도 죽지 않고, 아무 집도 불타지 않고, 잘못도 질병도 없다면, 그리고 예상하고 희망하고 애쓴 대로 계속 발전해가는 삶이 알지 못하는 사이에 새로운 색깔을 띠고, 예상치 못한 냄새가 나며, 빛이 흐려지는 것을 감수해야 한다면, 공기가 더 짙어져서 숨 쉬는 것이 고역이 된다면.

이나는 다른 세기에 지어진 그의 집, 이젠 사람들이 계획한 대로 되지 않은 세계에 있는 그의 집에 대한 지거 씨의 말을 생각했다. 스스로 변화하지 않는 바람에 그 집은 갑자기 볼품없고 초라한 것이 되었다. 그녀 자신의 건강상태로 말하자면, 그것을 그 집과 비교할 수는 없지만, 그녀는 지거의 말을 통해 하나의 단서를 얻었다. 그녀는 얼마나 잘 지내고 있는가. 둘이 몇년 동안 애쓴 결과 한스와 결혼해 그의 아내로 사는 것이 얼마나 기뻤던가—결혼 허락을 받으려고 이나가 어떻게든 어머니를 설득해야 했기 때문에 약혼기간이 길어졌다. 처음에 그럴 희망이 보이지 않자 그녀는 그래도 한스와 결혼을 하겠다고 선언했다. 이날부터 폰 클라인 부인은 즉각 반대 의사를 접고, 심지어 처음부터 이 결혼에 찬성했다면서, 그러나 젊은 사람들은 자신들이 바라는 것이 무엇인지 결코 알지 못할 것이라고 주장했다. 이나가 지금 영위하는 이러한 삶이 그녀의 희망과 의도에 얼마나 부합하는지, 또한 낯선 도시에 살면서 은둔생활을 하는 것을 어떻게 생각하는지. 두 사람은 자기들에게 이런저런 까다로운 요구를 하는 많은 사람들에게서 벗어나는 것을 꿈꿔왔다고 여러 차례 밝혔다. 집을 수리하고 집을 위해 물건을 사들이는 것을 그녀는 얼마나 만족하게 생각했던가—이 모든 것은 그녀에게 의심의 여지없이 행복을 안겨주었다.

모든 것은 그렇게 되어야 하는 그대로였지만, 이와 동시에 모든 것은 희망하고 기대했던 것과 완전히 다르기도 했다. 그들이 함께 있을 때면 줄곧 불타오른 기쁨의 불꽃이 꺼져버렸다. 하지만 정확히 언제? 폰 클라인 부인과 이딸리아 여행에서 돌아온 후에야 비로소? 이 여행 동안에? 그후에? 이처럼 식은 것이 여행과 관계가 있었던가? 이나는 여행을 갔던 것을 몰래 자책했다. 그녀는 어머니가 자기에게 요구한 것이 무엇인지 이제 깨달았다. 즉 그것은 젊은 남편을 낯선 새로운 장소에 혼자 놓아두고, 여행에서 돌아와 적당한 둥지에 들어가라는 것이었다. 그녀는 본격적으로 자책에 빠져들진 않았다 하더라도 책임을 자신에게서 찾았다. 한스는 그녀를 비난하지 않았고, 예전과 마찬가지였으며, 사랑에 빠져 있었고, 그녀를 바라볼 때는 미소지었다. 그밖에 그는 은행 일에 관한 한 전례가 없을 정도로 열심이었고 능숙했다. 단지 그녀는 그러는 사이에 그 변화, 모든 것을 그늘에 덮어버리고 꼼짝 못하게 하는 이런 뭐라고 말로 표현할 수 없는 변화가 그에게도 일어난 것은 아니란 사실을 불안한 마음으로 알아차렸을 뿐이었다.

잠시 그녀는 자신 위에 달린 커다란 날개, 그 아래 부분이 더 어두운 이러한 날개에 대해 아무것도 알아차리지 못하기를 바라는 헛된 희망에 잠겼다. 이처럼 흐릿하게 물들이는 것이 객관적인 사건이 아님이 분명하고 그녀만 감지할 수 있다는 사실이 그녀에게 위안을 주고 마음을 진정시켰다. 그런 다음 그녀는 자신이 받은 인상을 그냥 무시하고, 모든 게 예전과 다름없는 것처럼 그의 주의를 끌지 않게 행동해야 한다고 생각했다. 하지만 의외로 그녀는 자신의 위선적인 겉치레가 품위없다고 생각되었다. 왜 그녀는 그럴 기분이 아닌데도 기쁨을 보여야 한단 말인가?

"무슨 일이 있어?" 블라인드를 아직 내리지 않았기 때문에 어느날 밤 달이 침대보를 비출 때 한스가 물어보았다. 그녀는 이런 질문에 이미 수없이 같은 대답을 했다. "아무 일도 없어." 하지만 그녀는 잠시 침묵하다가 그래도 이런 말을 덧붙였다. "너와는 아무 관계가 없어." 한스는 귀를 쫑긋하면서 들었지만 이 말을 나쁘게 받아들이진 않았다.

*

처음으로 비교적 큰 다툼이 ― 충돌이라는 할 수 없었지만, 이는 두 사람에게는 이례적인 일이었다 ― 있었다. 폰 클라인 부인이 '비테킨트 가족'이라 말하는 4층 사람들이 저녁식사를 하자고 요청했을 때였다. 한스는 이 제안을 진심으로 기뻐했다. 그는 자신이 그 집을 방문한 이야기를 이나에게 감격에 차 열렬한 어조로 들려주고, 어떻게 하면 관계를 돈독히 할 수 있을지 곰곰 생각했다. 이 한 쌍의 남녀를 초대하는 것이 적절한 일인지? 그때 먼저 브리타가 전화를 걸어 '이웃집에서 간소한 식사'를 하자고 제안했다. 하지만 이나는 기뻐하지 않았다. 그녀는 한스의 이야기를 들어도 호기심이 생기지 않았다. 그녀는 수줍어했고, 자신의 사교적인 범위 밖으로 좀체 나가지 않았다. 집에 그처럼 책이 많은 남자는 분명 그녀를 지루하게 생각할 것이다. 그런 남자에게 무슨 말을 하지? 그가 식탁에서 나누는 대화에 더이상 토를 달 수 없을 정도로 책을 많이 읽은 것이 독자의 대화폭을 좁게 만들기라도 하는 것처럼, 그녀는 어쩔 줄 몰라 하며 물었다. 그 여배우가 예쁘게 생겼다 하더라도 그 여자를 본다는 생각도 역시 그녀에게는 언짢게 생각되었다. 한스는 여배우가 예쁘게 생겼음을 강조해서 말했지만 이나는 조금도 질투심을 보이지 않았다. 그녀 자신도 예뻤고,

자신들이 교제하는 사람들이 예쁘다는 것을 당연하게 생각했다. 그녀는 이러한 술어를 관대하게 보아 넘겼고, 이러한 점에서 같은 여자에게 악의를 품고 곱지 않은 비판적 눈길을 던지는 많은 여자들과 달랐다. 이나는 여자들이 예뻐서 한스의 마음에도 들기를 바랐다. 그녀는—그녀의 경험을 넘어서서 타고난 성향으로—예쁘다는 것과 에로틱한 매력이 서로 아무런 관계가 없는 별개의 사실임을 매우 잘 알고 있는 것 같았다. 또한 그녀 자신은 모든 위선적인 겉치레를 단호하게 거부하더라도, '예쁜 여배우'와 하룻저녁을 보낼 만한 가치가 있다는 의미에서 그녀는 여배우들이 '흥미로운 사람들' 부류에 속한다고 생각했다. 하지만 그녀는 자신에게 불가사의하고 불분명한 체질을 지닌 이 '흥미로운 사람들'을 방문할 수 없다고 느꼈다. 그러다가 잘못된 결과를 초래할지도 모르는 일이었다.

그녀는 한스에게 그런 사실에 관해서는 아무 말도 하지 않고—"다른 집 사람들과 그렇게 금방 친교를 맺는 것이 현명한 일이라면"—그 혼자 가는 것이 좋겠다고 제안했다. 자칫하면 크게 부담스러운 일로 발전할 수 있다는 것이다. 그녀는 그 사람들을 매일 우호적으로 배려해야 하고, 서로를 초대해야 한다는 압박을 받고 산다는 것이 마뜩찮다는 것이다. 그리고 계단실에서 발소리가 들리기 때문에 결국 집을 떠나는 일이 생길까봐 불안하다는 것이다. 한스가 이 모든 주장을 인정하지 않고, 무엇보다 혼자서는 그곳에 결코 가지 않을 생각이라면—"두 번이나 어떻게 혼자 갈 수 있는가"—그녀는 어머니를 핑계로 둘러대려고 했다. 오늘 그녀는 외출하지 않고 혼자 집에 측은한 모습으로 있는데, 오늘은 폰 클라인 부인이 전화하는 날이라고 한다.

이는 사실 대화를 하고 싶어 안달하는 폰 클라인 부인의 욕구에 호소하는 것이었다. 한스는 갑자기 장모의 소망과 안부에 대해 더이상 아무것도 알고 싶지 않았다. 그는 폰 클라인 부인이 초대를 받지 않은 저녁에 무슨 일을 하든 상관없다는 것이다. 그녀가 잠자리에 들 때까지 다른 사람들과 환담을 나누지 않는 무료한 시간을 어떻게 보내든 그는 관심이 없다는 것이다. 폰 클라인 부인이 오늘밤 지루한 나머지 가려움증에 걸린다 해도 그는 신경 쓰지 않는다는 것이다. 폰 클라인 부인도 다른 사람들의 안부에 하등 관심이 없고—그리고 이러한 무관심한 점에서는 그야말로 으뜸이라는 것이다—, 무엇보다 자신의 딸에 대해서도 언제나 완전히 무관심했다는 것이다. 그녀는 딸의 이름을 한번도 제대로 부른 적이 없었다. 이나— 그것은 이름이 아니라 어떤 이름을 줄인 것이라고 한다. 하지만 이러한 이나라는 이름으로 단 하나의 목적만을 추구한 폰 클라인 부인은 그것이 게오르기나, 알베르티나 또는 마르티나를 뜻하는 말인지 알지 못한다는 것이다. 즉 그녀의 은제품 모노그램(사람 이름의 첫 글자를 도안화한 것—옮긴이)은—그녀는 이르마로 불렸다—나중에 거기에 아무것도 새겨지지 않으려면 딸에게도 맞는 게 좋았다. 사실 가족들 사이에서는 어머니와 딸의 모노그램이 실제로 똑같은 것이 이따금 화제에 올랐는데, 이는 멀리 앞날을 내다보는 안목을 칭찬하는 의미에서였다. 이나는 한스가 이제 장모를 비방하기 위해 이렇게 가족이라는 주제를 끄집어낸 것을 음흉하다고 생각했다.

그녀는 참을성있고 외교적이기도 한 한스가 지금까지 그런 공격을 한 적이 없었기 때문에 상처를 받았다. 그녀는 한스 역시 자신의 어머니를 참고 견딜 수 있다는 사실과 그가 장모의 기분을 따라야 하는 필연성을 그녀 자신과 마찬가지로 인식한다는 점에서 그와 의견이 일치한다고 생각했었다. 이 점에서 그녀가 위협적으로 느끼는 틈새가 벌어졌다. 그녀는 한스가 폰 클라인 부인과 권력다툼을 벌이는 것을 결코 용납하지 않을 것이다. 그녀의 기분상 자신의 안정된 삶을 흔들리게 할 권리가 있는 사람은 아무도 없었다.

한스와 이나가 목욕을 하고 원기를 회복한 후 가벼운 여름옷을 입은 채 산뜻하고 즐거운 모습으로 이미 언급한 '멋진 한쌍'인 릴리엔과 비테킨트 집의 초인종을 눌렀을 때 이는 주인들이 보기에 무척 멋있는 겉모습일 뿐이고, 그 뒤에는 심각한 분위기가 숨어 있었다. 두 사람은 서로 화해할 시간이 없었고, 그럴 생각도 없었으며 방금 말다툼을 한 뒤 집을 나섰다.

위층은 넓고 밝으며 가구가 별로 없는 반면, 여기 아래층은 온통 소굴 같았고, 그 때문에 약간 더 좁아 보이기도 했다. 더운 여름날에 생기있는 두 여자의 모습만이 기분을 상쾌하게 했다. 마치 그들의 몸에서 시원한 공기가 나오는 듯했다. 그들은 나이가 비슷해 보였지만, 이나가 더 어린 것으로 드러났으며, 브리타는 사실 그럴 기분은 아니었지만 무대경험이 있어 여유만만한 태도를 취할 수 있었다. 잔뜩 쌓인 책더미 사이에 작은 식탁이 놓여 있었고, 촛대며 아이스박스며 우뚝 솟은 포도주 병으로 제대로 된 티쉬라인-덱-디히(Tischlein-deck-dich, 진수성찬을 먹고 마실 수 있게 해주는 식탁으로, "식탁아, 상을 차려라"라는 주문을 외우면 음식이 차려진다는 그림동화에 나오는 요술식탁에서 유래함—옮긴이)가 차려져 있었다. 편한 실내복 상의를 입고 자연스럽게 아이러니가 섞인 말을 던지는 집주인은 이 모든 것이 차려지는 동안 책상에서 거의 눈을 떼지 못하는 것 같았다. 말하자면 브리타는 배우 출신이라 준비하는 데 시간이 걸리지 않았지만, 비테킨트는 누가 그곳에 있든 간에 자기 일만을 능숙하게 해치웠다.

차가운 음식들만 나왔다. 나륵 잎, 차가운 구이, 콩 쌜러드가 든 식힌 토마토 수프와 마지막으로 레몬 맛이 나는 아이스크림은 이나의 마음에 든 것이 분명했다. 그녀가 한스의 시선을 계속 피하기는 했지만, 그가 눈길로 확인했다고 생각한 것처럼 그녀는 긴장이 풀렸고, 비테킨트는 이나를 격식을 차려 정중하게 대했지만, 한스는 크고 약간 튀어나온 그의 눈이 과연 그녀를 제대로 보기나 했는지 자못 의심스러웠다. 그는 한스에게 고개를 돌릴 때는 활기있게 말하면서 달빛에 어린 선량한 표정으로 이나의 몸을 꿰뚫어 보는 것 같았다.

그들은 이렇게 더운 저녁에 이처럼 만나기 전에 집 대문 근

처에 흐르는 마인 강으로 수영하러 갔으면 얼마나 좋았겠느냐고 말했다. 전쟁 전에는 강물이 지금보다 더 더럽긴 했지만 당시에는 으레 그렇게 했다고 비테킨트가 말했다. 사람들은 그 시절에는 순진하게도 강물을 커다란 배수관으로 생각했다고 했다. 오늘날에는 강을 준설해서, 커다란 예인선이 지나다닐 수 있게 되었기 때문에 물살이 자연스럽게도 훨씬 더 강하다고 한다. 이제 강물 속에 들어가는 사람은 아마 자신의 옷가지를 벗어둔 곳에서 아주 멀리 떨어진 곳으로 다시 나올 거라고 한다. 그럼에도 도시 주민들이 다시 강물 속에서 수영을 한다면 도시에 대한 주민의 관계가 완전히 달라질 거라고 한다.

"그렇지만 당신은 결코 수영하러 가지 않아, 바닷가든 수영장이든." 브리타가 말했다. 비테킨트는 이 말을 친숙하고 태연한 표정으로 인정했다, 그렇다, 그 자신은 결코 수영을 하지 않고, 수영을 할 수 있는지 알지도 못한다는 것이다. 그는 초등학교 때 강제로 깊은 물속에 들어간 게 마지막이었기 때문이라고 한다. 한스가 저번에 혼자 왔을 때 브리타는 정신을 집중하여 주의깊게 귀를 기울였는데, 자신의 남자친구의 말이 점차 설교조로 될 때면 그녀는 그런 태도를 보였다. 그녀 자신이 지혜의 샘에서 가장 많이 즐긴다는 감정을 한스에게 전달했었지만, 오늘 그녀는 반론을 제기했고, 비테킨트의 태연한 태도를 방해하려는 듯 그를 비꼬았다. 반어적인 실내복 상의에는 사실 쇠사슬을 넣어 만든 뚫을 수 없는 갑옷이 숨겨져 있었으므로 그래봤자 물론 소용없는 일이었다. 한스는 이나가 있어서 브리타의 태도가 변했다고 생각했다. 보아하니 그녀는 다른 여자 앞에서는 수동적인 모습만을 보이려고 하지 않는 것 같았다.

요즘 그녀는 매우 진지하게 대단히 집중력을 요구하는 일을 하고 있다고 말했다. 현재 알렉산더 루츠와 함께 일하고 있다고 한다—다른 사람들이 그 이름을 꼭 알아야만 한다고 했다. 그리고 이것은 하나의 기회이지만 가혹한 도전이기도 하다는 것이다. 그녀는 이 작품에서 큰 역할을 하지 않았고, 현재는 일부러 큰 역할을 하지 않으려고 하지만, 루츠는 그녀의 작은 역할을 눈에 띄게 부각시켜, 정확한 연기로 거의 그날 저녁의 중심인물이 되는 세밀한 그림을 만들어낸다고 한다. 브리타는 연인에게서 버림받고, 이제는 미치게 될 고통을 두려워하는 어떤 여자의 역할을 묘사했다. 그런데 루츠는 이처럼 미치게 되는 일을 어떻게 구상한다는 말인가? 텍스트로는 아무것도 유추해낼 수 없는 거나 마찬가지라는 것이다. 그런데 대본을 처음 읽을 때는 광기를 놓치는 일이 있다면서, 그녀는 처음에는 그런 것을 전혀 알아차리지 못했다고 한다.

"그 여자는 자신이 지금까지 사랑하고, 굳게 믿은 유일한 사람인 그 남자가 자기를 배신하고 이미 멀리 달아난 사실을 이해하게 되었어요."—이런 상황이라고 한다. 그런데 이런 미묘한 상황에서 어떤 행인이 그녀에게 역으로 가는 길을 묻는다고 한다.

"그녀는 이 질문을 운명이 그녀에게 던져준 구원의 반지라고 이해해요. 이런 질문은 그녀의 걱정과 그녀가 겪은 배신을 알지 못하는 세계에서 온 것이거든요. 그 세계에는 그녀를 괴롭히는 이런 두 가지 힘이 이제 존재하지 않아요. 그녀가 이 질문에 대답하는 동안 자신의 끔찍한 현실에서 벗어나 고통이 없는 현실, 고통당하는 사람이 없는 철저한 객관성의 영역으로 들어가게 돼요. 그 영역에서는 어떻게 하면 역에 가장 빨리 갈 수 있느냐는 실제적 질문을 해결하는 것만 중요하지요." 루츠는 계속 귀찮게 설교하며 그녀에게 이런 사실을 설명했다고 한다. 모든 동료들은 이런 짧은 장면을 위해 어떻게 말하고 작업하게 될 것인지에 대해 기대하며 놀라워했다고 한다.

"그들 모두를 압도해버려요." 루츠가 그녀의 귀에 대고 속삭였다고 한다. 그 일에 관여할 용의가 있다면 사실 유일한 방법이라는 유명한 '루츠 히스테리'를 불러일으키기 위해 모두가 서로에 맞서 덤비도록 부추기는 것이 그의 방법이라고 한다. 그래서 지금 그 일은 그녀의 가슴에 칼이 박힌 것처럼 더없이 고통스러운 가운데 행인이 일부러 묻는 듯이 보였다. 그리고 이제 그녀는 시시콜콜하게 열심히 길을 설명하기 시작하고, 홀린 듯 정확하게 길을 가리켜줘서 모두들 그녀가 이 작품의 객관성에 얼마나 매달리고 있는지 확연히 느끼게 된다. "그녀가 설명하는 동안 사실 고통을 잠시나마 잊는 것이 분명해져야 해요. 칼이 박힌 자리는 무감각해지고요 — 그녀가 어떤 상태에 있는지 관객이 이해하는 이런 순간 동안은 말입니다."

공연 연습을 하면서 이날 저녁을 위한 자극도 주어진 것 같았다. 루츠는 자신의 생각을 얼마나 알아듣게 설명할 수 있는 지에 대해 자못 자랑스러워했다. 그녀에게 부여된 과제는 물론 어려웠다 ─ 유창한 말에 꿈쩍하지 않고 귀를 기울인 비테킨트가 '아마 해결할 수 없을 거라고' 말했다. 환한 여름밤은 눈에 잘 드러나지는 않지만 좀더 어두워졌다. 그렇지만 잠시나마 그래도 밝은 상태를 유지하며 아주 어두워지지는 않았다. 한스는 지난번에 그랬던 것처럼 다시 그림자가 드리워진 자리에 앉아 있는 비테킨트 쪽을 쳐다보았다. 이제 뚜렷이 나타난 그림자가 그의 얼굴을 치장해 새로운 모습으로 보이게 했다. 그것은 득의만만한 표정으로 차갑게 조롱하기 위해 일그러진 가면처럼 보였다. 촛불에 그의 두 눈이 악마처럼 번쩍거렸다. 그의 속에서 일어난 변화를 아무도 알아차리지 못했단 말인가? 브리타는 사적인 공연을 보여준 후에 다시 조용해졌다. 지금 그녀는 많은 배우들이 연기를 하고 난 후에 그렇듯이 허전한 기분에 시달렸다. 그들은 최선을 다하지만, 그들 중 얼마나 많은 사람들이 관객에게 호평을 받을지는 우호적으로 박수갈채를 받은 후에도 불확실했다. 한스와 이나가 일어서려고 하자 그들은 진심으로 작별인사를 했다.

서로 멀어진 부부라 하더라도 다른 사람들을 같이 조롱하는 가운데 다시 옛날로 돌아가 때로는 서로의 공통점을 발견하기도 한다. 그들은 같은 어조로 말하게 되고, 비슷하게 닮으며, 같은 것에 대해 웃는다. 공동생활의 지속과 부부의 평화라는 관점에서 볼 때 부부가 악의적으로 험담하는 것은 도덕적으로 완전히 정당화될 수 있다. 결혼생활의 평화도 사실 댓가를 치르게 된다. 한스와 이나는 오늘 저녁 처음으로 다시 서로를 발견하기 위해 이런 길을 걷는 기분을 느꼈다. 아무도 그녀에게 말을 거는 사람이 없기 때문이기도 했지만, 그녀도 남의 말에 귀기울이느라 저녁 내내 아무 말이 없었다.

"나는 불현듯 그 여자가 한 말이 모두 거짓말이라는 느낌이 들었어. 어떤 내용이든 상관없이 그녀는 자기가 한 말이 모두 거짓말처럼 들리게 했어. 예컨대 '나는 올리브유를 좋아하지 않아요'나 '나는 일을 하려면 샴페인 한 병이 필요해요'나 '나는 주역을 맡고 싶지 않아요, 나는 아직 그 정도까지는 되지 않거든요'나 '우리는 당신들을 뵙게 돼서 미칠 정도로 기뻐요'나 '나는 로마를 싫어해요'나 또는 '나는 음악을 좋아해요'와 같은 말이 — 이 모든 말이 꾸며낸 주장이고, 그 반대말도 마찬가지로 옳을 수도 틀릴 수도 있어. 그리고 너는 그녀의 말에 귀를 기울였지만, 그 남자친구는 멍청하지 않아서, 그에게는 이 모든 것이 말도 못하게 곤혹스러웠을 거야."

한스는 그가 릴리엔의 말에 귀기울였음에도 그런 사실을 반박했고, 그녀의 입술이 열리고 닫히는 것만 관찰했을 뿐 그녀의 말은 경청하지 않았다고 했다 — 얇은 층을 이룬 침이 젖빛으로 반짝이는 릴리엔의 담회색 입술을 생각할 때면 그는 '조개 모양'이 떠올랐다. 하지만 그는 브리타가 했던 여러 가지 말을 이나가 열거해대자 진심으로 웃었다. 이나는 자기 어머니의 경우를 제외하고는 잘못된 말을 그냥 봐주는 법이 없었지만, 그래도 어머니에게 훈련받은 대로 악의없이 열심히 경청해주었다. 이나는 한스에게 자기를 안아달라고 했다. 그들은 비테킨트를 이용해 서로 화해했다. 그들이 떠나간 후 저 아래층에서 다툼이 벌어졌다고 자신있게 말하면서 그녀는 기분이 흡족해졌다. 그녀는 두 집의 욕실 창문들이 나 있는 수직 통로에서 날카롭게 설전을 벌이는 소리를 들었다고 했다.

9

오늘밤은 보통 때와는 달랐다. 그녀는 몸을 마음대로 뻗지도 못하고, 어머니가 혼수품으로 마련해준 선물인 침대 시트로 몸을 덮었다. 거기에는 모서리가 다섯 개인 조그만 귀족 관(冠, 작위가 없는 귀족용의 관—옮긴이) 아래에 대문자 I가 수놓여 있었다. 그들이 전에 늘 그랬듯이 대화를 나누다가 잠을 자기 위해 그녀에게서 고개를 돌린 한스가 혼자 깨어 있는 동안 그녀의 눈이 감겼다. 뒤따라 그는 잠을 청하려고 했지만 뜻대로 되지 않았다. 처음에는 잠이 오지 않아 실망스러웠다. 이나에 대해 좋은 기분으로 돌아온 뒤여서 그녀와 대화를 조금 더 하고 싶은 생각이 들었을까? 서로에게 익숙해진 부부의 사랑에는 나름대로 작은 의식(儀式)이 있는 법이다. 이 두 사람의 경우에는 열정이 욕정의 형태를 띠거나 어떤 자극적인 일을 통해 실현되는 것이 아니라 연기와 같은 성격을 지녔다. 다행히도 현장에 없는 외부인들은 이를 어리석다고 말할 수 있을지 모른다. 그 어리석음은 무엇보다 이나의 책임이었다. 그녀는 한스의 첫번째 애인이 아니었음에도 그런 사항은 잘 이해하지 못하고 또한 모른다고 생각하고 우쭐해했다. 그렇지만 사람들은 이 문제를 무척 중요하게 여길지도 모른다. 한스 쪽에서는 '그가 그녀의 마음을 아프게 하는지'를 관례처럼 물었는데, 그녀에게서는 망설임 끝에 그렇지 않다는 답변이 돌아왔다. 한스가 이나에게 그가 그녀의 '마음을 아프게' 하는지 한동안 묻지 않았다고 해서 그가 행복한 것은 물론 아니었다. 이나는 깊이 잠들어 있었지만, 잠을 자면서도 더위에 시달렸고, 그래서 시트를 밀쳐버렸다. 아직 구릿빛으로 살짝 그을린 그녀의 어깨와 하얀 가슴이 시트에서 삐져나와 있었다. 한스는 그녀를 관찰할 시간이 있었다. 그녀는 나지막한 소리로 이를 갈았고, 눈썹을 찌푸렸다. 그녀는 자신이 발을 들여놓게 된 그 가깝고도 먼 나라에서 언짢은 일을 당했다.

그는 애정이 담긴 생각, 또는 보다 정확히 말해 실현될 희망이 없는 탐욕스러운 생각으로 그녀를 바라보았지만, 이런 식으로는 최근의 시간들을 생각해볼 기회가 결코 존재하지 않았다. 한스는 이나가 예기치 않게 통찰력있는 눈으로 관찰하는 것에 놀랐다. 그녀가 얼마나 가차없고 비판적이었던가. 이때 브리타는 이런 '조개의 순수함'이라는 점에서 이나의 누이일 수 있었을지도 모른다 — 이것은 이상한 말이지만 한스는 이를 아주 특정한 것으로 이해하려고 했다. 그 조개 모양은 순수하고 맑은 액체 상태로 향기나는 침을 생각나게 할지도 몰랐다. 한스의 식욕을 가장 돋우는 것, 즉 침이 고인 그러한 순수하고 달콤한 입술에 빠져드는 것이 그가 가장 바라는 점이었다.

자신에게 솔직히 해명하자면 그는 이나가 끊임없이 '거짓말'을 했다고는 도저히 생각할 수 없었다. 아무튼 그것은 너무 심한 말이었고, 이나가 아직 너무 어려서 청소년 같은 도덕심을 갖고 있다고 말할 수 있었다. 브리타는 좀 요란하게 떠벌렸다. 그녀는 손님을 맞이한 여주인이었으므로 그들을 즐겁게 해주어야 했다. 이러한 태도가 손님들을 관객으로 보는 것을 의미한다면 여배우라는 점에서 볼 때 그것이 더이상 옳고 지당하다고 할 수 없었다. 바로 그 때문에 거짓말이라는 심각한 개념이 여기서는 완전히 부적절했다. 여배우는 결코 거짓말을 하지 않았다. 그녀는 자신의 역할을 한 것이었다. 막이 내려온 후에는 그런 연기를 사적으로 미심쩍게 본다 해도 이는 사교상의 위법행위였지만 그래도 눈감아줄 만했다. 사실 광적으로 진리를 추구하는 자들은 무엇이 그들에게 사실에 입각한 말과 고백을 하라는 요구를 했는지 스스로에게 가끔 물어본 적이 있을까? 대체 무엇 때문에 낯선 사람들 앞에 자신을 드러내야 할 의무가 있단 말인가?

그는 이나가 자꾸 비판적으로 언급하는 것에 대해 소리내어 웃었다. 그녀가 자신을 버려두고 여행을 가버렸다는 생각에 웃음을 터뜨리며, 이제 약간 언짢은 기분이 들었다. 그는 배신을 저지르는 것처럼 웃었지만 그래봤자 아무런 보람이 없었다.

한스가 이나에게 충실한 것은 당연한 일이었다. 그는 본성이 부도덕한 사람이 아니었다. 예전에 작은 모험을 할 기회가 있긴 했지만 그는 여자들에게 언제나 아무 사심 없이 포도주를 따라주었고, 누군가를 속이는 것에 즐거움을 느끼지 못했다. 이런 점에서 한스가 '솔직하다'는 폰 클라인 부인의 평가는 옳았지만, 이나는 이러한 단순함을 장점으로 보고 단순하게 살아가려고 했으며 자신도 단순해지려고 했다. 사실 이나는 이런 애인이라는 오래되고 멋진 말이 뜻하는 완전하고 도취적이며 감각적인 의미에서의 한스의 애인은 결코 아니었다. 그들 사이에는 애초부터 에로틱한 남매 같은 분위기가 있었다. 어린 소년 소녀 들이 성적으로 성숙하기 전 약혼한 상태로 오랫동안 함께 자라는 민족들에게서 아마 이런 경우를 볼 수 있을지도 모른다. 그래서 마침내 결혼하는 순간이 오면 그들은 함께 말하는 것을 배우고 함께 숨바꼭질 놀이를 했기 때문에 이미 평생 동안 서로 알아왔다고 생각한다. 충실은 여기서 삶의 법칙이었다. 한스는 이나와 함께 자라지 않았고 5년 전에야 그녀를 알게 되었음에도 — 두 사람은 금방, 거의 동시에 결혼할 결심을 했으므로 언제 정식 결혼신청을 했는지 명확한 날짜를 알 수 없었다. 그는 이전부터 그녀를 알고 있는 듯한 느낌이 들었다. 그럼에도 그는 신의를 어겼다는 부담을 가져야 했고, 이는 작지 않은 일이었다. 그런데 이나에게 이처럼 신의를 어기는 것은 여러 해 동안의 모든 만남과 체험으로 볼 때 결코 있을 수 없는 일이었다.

한스가 이나와 함께 서 있는 충실이란 받침대는— 건축학적으로 말하자면—그러므로 토대가 무척 튼튼했고, 바위처럼 단단하게 세워져 있어서 그가 마음속으로 브리타를 떠올렸을 때도 아무런 딴생각도 하지 않았다. 충실하지 못하다는 것이 무엇인지 알지 못하는 사람은 그 최초의 징조도 감지할 수 없는 법이다. 그는 자기 옆 달빛 속에서 곤히 자며 달빛을 받아 달의 모습으로 변한 나체 상태의 이나로부터 조금도 떨어져 있지 않다고 생각하면서 브리타 생각에 잠겼다. 이나는 희미한 빛을 받아 빛나는 것 같았다. 직업 연기자의 법칙으론 관중 앞에서 몸을 사리는 게 금지돼 있는 여배우가 그러는 것처럼 이 소녀는 오늘밤 무방비상태로 그에게 자신의 모습을 뚜렷이 드러냈다. 자발적으로 호감을 갖지 않는 것, 그것은 매우 용감한 일이 아니었던가?

그러나 비테킨트는 느릿느릿 빈정대는 말을 하며 그런 용감함을 제대로 평가할 줄 알았던가?

날이 너무 더워서 누워 있는 것이 불편했다. 그는 자리에서 일어나 부엌을 지나서는 열린 창가로 갔다. 기온이 너무 높아 도시 전체의 활동이 멈춰 있었다. 시원한 은행에서도 작업 속도가 떨어졌다. 뜨거운 밤에 녹초가 된 사람들은 아침에 땀에 젖은 채 사무실로 갔고, 그래서는 안되지만 오랫동안 낮잠을 즐기고 싶은 기분을 느꼈다. 많은 사람들이 휴가를 받았고, 일상적인 활동을 하기가 불편했다. 한스는 냉장고에서 시원한 미네랄워터 한 병을 꺼냈는데, 그것이 너무 차가워서 갑자기 이가 시렸고, 위도 편하지 않았다.

이제 한스가 알게 되었듯이 창문턱에는 지거 씨의 여행기념품인 동전들이 가득 찬 유리병이 놓여 있었다. 그는 식탁에 앉아 많이 불어난 동전들을 쏟아부었다. 그것들은 카드놀이의 칩들처럼 판 위로 굴러떨어졌다. 한스는 그것들을 활용할 수 있겠다고, 어쩌면 겨울에 다시 카드놀이를 시작할 수 있겠다고 생각했다. 하지만 비테킨트 부부는 카드놀이 같은 것을 결코 하지 않을 테니, 그들과는 분명 같이 하지 못할 거라는 생각에 약간은 아쉬운 마음이 들었다. 폰 클라인 부인이 지식인을 좋아하지 않는 이유는 바로 그들이 카드놀이를 하지 않기 때문이었다. 카드놀이를 하지 않는 사람은 대화를 통해 위협을 가하는 법이다.

지거가 이나 앞에서 그랬듯이 이제 그는 동전들을 하나하나 앞에 내놓았다. 수십년의 세월이 흐르는 동안 둥근 동전에 부조(浮彫)를 새겨넣는 기념패 조각가의 능력이 현저하게 줄어들었음이 눈에 띄었다. 최고의 기술을 가진 사람들은 영국에서 살고 있는 것 같았고, 북미 사람들도 좋은 부조를 만들었으며, 가운데에 머리가 멋지게 조형적인 모습으로 자리잡게 했다. 하지만 그것은 옛날식 구상이었고, 북미 사람들이 그런 공적인 증거자료에 얼마나 보수적인지를 생각하면 정말 놀랄 정도였다. 유럽 사람들은 그렇게 하지 않으면 마치 시계가 멈출 것처럼 계속 생각을 달리해서 새로운 모습을 만들어냈다. 한스는 동전들을 분류해서 페니와 뻬쎄따(스페인의 동전─옮긴이)로 조그만 탑 모양을 만들었다. 그래서 '데이 그라치아 레기나' (Dei gratia regina, '신의 은총으로'라는 뜻으로, 영국 엘리자베스 여왕의 초상화가 그려진 캐나다의 동전─옮긴이)와 '뽀르 라 그라시아 데 디오스 까우디요'(Por la gracia de Dios Caudillo, '신의 은총을 입은 위대한 지도자'라는 뜻으로, 프랑꼬의 초상화가 그려진 스페인 동전─옮긴이)가 옆에 나란히 높이 솟아 있었다.

그런데 그것은 무엇이었던가? 흐릿한 동전더미 속에서 뜻하지 않게 붉은 금색이 번쩍였다. 결혼반지, 안에 지워진 이니셜과 읽을 수 없는 날짜가 기입된 가는 고리였다. 지거 씨는 이미 흔치 않은 한 명의 후원자였다. 운명을 담은 조그만 반지가 잘 숨겨져 있었다. 유리병과 그 내용물을 유심히 살펴보지 않은 자─어떤 분별 있는 사람은 이미 그것을 살펴보았다─그 자는 그 반지를 발견하지 못할 것이다. 지거 씨 자신은 이 안에 무엇을 보관했는지 분명 잊어버렸을 것이다. 또는 자신의 소유물을 의도적으로 이처럼 눈에 띄도록 아무렇게 놓아둔 것일까? 어떤 남자나 여자가 반지를 돌려받는 것을 거부했던 것일까? 결혼이 깨질 때 그 문제를 민법으로 풀어나가는 것을 거부한 것일까? 혹시 누군가가 그 반지가 떠돌아다니는 한 그 결혼생활이 어떻게든 계속 유지된다고 생각한 것일까? 이혼할 때 결혼반지를 깨부수어 녹여야 하는 것이 아닐까?

그는 동전들을 다시 유리병에 채우고, 병이 반쯤 찼을 때 그

속에 반지를 넣었다. 나머지 동전들은 손바닥을 오목하게 해 그 위에서 흘러내리게 했다. 이제 그 반지는 다시 잘 파묻혀 있게 되었다.

두시 반이었다. 새벽녘이 되려면 아직 한참 있어야 했다. 그는 컴컴한 거실로 가서, 모든 창문을 열고는 소파에 드러누웠다. 부드러운 미풍이 그의 몸에 닿았다. 그는 다행히 아무것도 생각하지 않을 수 있었다. 자동차의 헤드라이트가 드문드문 비치며 천장을 환하게 밝혔다가 다시 컴컴하게 하는 어둠속을 그는 두 눈을 뜨고 응시했다. 한스는 소음들을 정확히 떠올렸다. 멀리서 굉음을 내며 질주하는 소리, 멀리 떨어진 곳에서 들려오는 구급차의 싸이렌 소리, 어떤 거대한 종 아래 있다는 느낌. 그리고 그가 그곳에 누워 종 생각에 매달려 있는 동안—그는 갑자기 아주 가까이서 조용하고 밝은 목소리를 들었다. 흥분하거나 힘을 주지 않고 "한스, 한스" 하며 부드럽지만 분명하게 그의 이름을 부르는 소리였다.

그는 몸을 일으켰다. 그 목소리가 귀 가까운 곳에서 들린 듯했다. 밝은 목소리였다—남자 목소리일까? 여자 목소리일까, 아니면 아이의 목소리일까? 그것은 답할 수 없을지도 모른다. 그 점은 분명했다. 그것은 엄밀히 말하자면 부르는 소리가 아니었다. 어쩌면 그것은 그를 직접 부르는 소리가 아닐지도 모르고, 어쩌면 이 목소리의 주인은 오래 곰곰 생각한 후에 한스라는 이름이 불현듯 생각났을지도 모른다. 이렇게 해서 그가 "한스, 한스" 하고 말했다면 차분히 깊이 생각해서 그 이름을 불렀을 것이다. 아니면 그 목소리가 상상에 지나지 않는 것일까? 그 소리는 녹음된 것이 아니었고, 게다가 의심의 여지없이 그와 가까운 곳에서 들려왔던 것이다. 그것은 바깥에서 들려온 소리였고, 그는 그 점을 분명히 구별할 수 있었다. 이것은 그의 머리나 가슴속의 생각이 아니라 무언가 그와는 무관한 것이었다.

이나가 잠에서 깨어난 것일까? 그녀가 그에게 한 말이었을까? 그 목소리는 잠이 덜 깬 소리가 아니었고, 아주 침착한 상태에서 나온 것이었다. 이 부근에서 누군가가 한스에 관한 꿈을 꾸고, 깨어나서 자기의 꿈을 확인한 것일까? 그 자신은 꿈꾸지 않았다. 그는 일어나서 한동안 꼼짝도 하지 않았다. 그는 복도에 나가보았다. 혹시 아래층 비테킨트의 욕실에서 한스에 관해 말을 한 것일까? 뜰이나 거리에서 훈풍에 실려온 소리였을까?

그는 창밖으로 머리를 내밀었다. 정말로 아래쪽 뒤뜰에는 아직 불이 켜져 있었다. 에티오피아인은 그곳에 일종의 스탠드 같은 것을 내놓았다. 한스뿐 아니라 다른 사람들도 잠을 청할 수 없는 처지에 있었다. 그는 몰래 침실에 들어가 셔츠와 바지를 입었다. 하지만 그가 옷을 입는 동안, 그런 다음에 꽹꽹 울리고 덜컹거리는 소리가 나는 계단실을 내려오는 동안 "한스, 한스" 하고 말한 목소리에 대한 어떤 자연스러운 설명을 할 수 있게 된다 해도 — 쑤아드가 멀리까지 울리는 그의 밝고 쉰 목소리로 불렀든, 브리타가 욕실에서 불렀든, 또는 가끔 알 수 없는 소리로 뭐라고 중얼거리며 그랬듯이 이나가 잠결에 말했든 간에—그로 인해 이러한 체험의 원래 의미는 아무 영향을 받지 않았다. "한스, 한스" 하는 말은 부르는 소리거나 통고하는 소리였다. 이것은 오로지 그와 관계된다는 것을 의미했다. 그의 삶이라는 책에서 책장이 하나 넘겨졌다. 대개는 이런 사실을 훨씬 나중에야 알아채는 법이다. 하지만 그는 이런 결정적인 순간에 현장에 있게 되었다.

뜰에서는 늘 그곳에 있는 무리가 보초를 서고 있었다. 바르바라는 가는 멜빵이 달린 꼭 끼는 상의를 입고 있었다. 그녀는 온몸을 노출해 쇄골과 관절, 가슴과 갈비뼈가 훤히 드러났으며, 이것들은 텁수룩한 그녀의 머리칼로도 가려지지 않았다. 목덜미에 밤바람을 느끼려고 머리카락을 높이 세웠기 때문이다. 사촌은 핑크빛 상의를 입고, 그에 맞춰 폴로셔츠와 진 바지를 입었지만, 이러한 밝은 색깔에도 불구하고 늘 그렇듯이 언짢은 표정이었다. 언제나 자신만을 위한 맞춤 비단 스리피스를 입은 마무니 부인은 기품있는 그레이하운드 무리에 두 다리가 둘러싸인 듯한 태도로 접의자에 앉아 있었다. 이번에는 옷에 커다란 보라색 여름 꽃무늬가 찍혀 있어 그녀의 모습을 더욱 연약해 보이게 했다. 늦은 시간이라 다행히도 통화를 하는 사람은 아무도 없었다. 현재 이곳 사람들은 다른 시간대에 있는 사람들과도 전화 연락을 취하려고 하지 않았다. 사람들은 소리 죽여 인사하며 한스를 맞았다. 그는 귀를 쫑긋 세웠다. 거기서 '한스' 하고 말한 어떤 목소리가 그가 거실에서 들은 목소리와 같은 것이었을까? 그는 확실한 결과를 얻을 수 없었다. 이미 말했듯이 그것은 아무 의미가 없는 것이기도 했다. 쑤아드는 언제나 그렇듯이 뜯어보는 듯한 눈초리로 그를 찬찬히 바라보았지만, 다른 중요한 일에 몰두해 있어서 한참 후에야 한스에게 알은 체를 했다.

"내 말 좀 들어보시오." 그는 자주 그러듯이 명령조로 말했다. "당신에게도 재미있는 일입니다." 그는 사촌과 힘을 합치려는 시도를 아직 그만두지 않았다. 이러한 생각은 그릇된 것이 아니었다. 그 사촌은 현재 바르바라의 삶에서 가장 중요한 사람이었다. 그녀는 지금까지 살아오면서 하루라도 혼자 지낸 적이 한번도 없었다. 이런 점에서 볼 때 그녀는 이혼을 하면서 극단적인 상황에 처한 셈이다. 그녀의 남편은 사촌에게 그녀를 감시하게 했고, 그녀가 새로운 남자친구를 얻으면 돈을 지급하는 걸 중단하겠다고 통고했기 때문이다. 사촌은 그녀 남편의 신뢰를 받았고, 식당 운영에 실패하면서 이미 오랫동안 그의 신세를 지고 있었으며, 말다툼이 길어진 후 두 남녀 사이에 전화 연락이 끊어지면 심지어 연락원 역할을 맡기도 했다. 그런데 쑤아드는 이미 한 시간 동안이나 사촌에게 부근에 있는 모로코 식당을 칭찬하고 있었다. 식당을 확장하기 때문에 새로운 출자자가 필요하다는 것이다. 이제 쑤아드는 그곳에서 시중드는 여자들에게 관심을 보였다. 그에게 전적으로 헌신하고, 그의 모든 소망에 응할 준비가 되어 있는 사촌이 실제로 말했듯이, "이기기 어려운 팀이었다." 그 자신은 이런 여자들을 건드리지 않는다고— 이 모로코 여자들은 결코 건드리지 않는다고 한다.

"그래요, 쑤아드는 착실해요." 바르바라는 이렇게 말하며 쑤아드의 무릎을 쓰다듬었다.

"당신에게는 맞는 말이겠지요." 쑤아드는 이런 애무를 신경 쓰지 않고 말했다. "첫번째 여자는 다소 신랄하고 분별있는 북유럽의—금발에 회색 눈을 지닌—리프 카빌린이지요. 좋은 가문 출신의, 견실함과 원칙을 지닌 여자로 동작이 빠르고 냉정하지요. 아무튼 말하자면 종업원이나 하녀가 아니지요. 그녀는 손님 편이고, 손님은 자신이 무언가를 팔아주고, 충고를 받는다는 느낌을 갖지 않아요. 그녀는 언제나 객관적인 인상을 주지요. 느긋하게 환담을 나누고, 언제나 한결같이 행실 바르고 신중하지요. 공격적이지 않고, 성숙하고 다 자란 소녀이며, 둥그스름한 아름다운 이마를 가졌지요. 물론 정숙하고, 약간 평발이긴 하지만 그래도 동작이 빨라요. 그 레스토랑에는 없어서는 안되지요." 두번째 여자는 아양을 잘 떠는 여자로, 빈정대기 잘하고 심지어는 약간 뻔뻔스럽기도 하지만, 또한 비굴한 면도 있다고 한다. 그녀는 눈 아래 깊은 그림자가 드리워져, 이미 약간 팔팔하지 않다고 하는데—그래도 그, 쑤아드는 이런 점을 좋게 봐주지만, 아주 팔팔한 여자들은 뭐가 중요한 문제인지 아직 이해하지 못한다는 것이다. 이때 그는 사촌의 흉곽이 있다고 생각되는 부위의 핑크빛 셔츠를 밀쳤다. 사촌은 바싹 말랐고, 옷이 그의 몸 둘레에 나부꼈기 때문이다. 아양을 잘 떠는 여자는 허물없는 태도를 너무 과시하듯 드러내고, 보란 듯이 킥킥거리며, 토라지고, 매력적으로 눈을 깜박거리고, 짐짓 순진한 척 눈을 치켜뜨고는 유치한 질문을 한다는데 피부색은 다소 검다고 한다. 그녀는 착실하고 재빠른 종업원이긴 하지만, 그는 그녀가 일을 그만두게 하려고 한다는 것이다. 세번째 여자는 사촌과 몸집이 잘 어울리나, 크고 굼뜨고 우울한 표정의 여자로 뺨이 포동포동하고, 약간 기름기가 많다고 한다. 옐라바(Jellabah, 모자가 달린 길고 헐렁한 남녀 공용의 원피스 형의 옷—옮긴이)를 두른 표정이 우울하고 키가 큰 그 여자는 그리 반듯하게 자라지 않았는지, 걸음걸이로 보아 어쩌면 안짱다리일지도 모른다고 한다. 아랫입술은 두툼해서 그 자체로 좋은 징표라고 할 수 있지만, 입술 어딘가에는 언제나 붉게 충혈된 부위가 있다고 한다. 그녀의 동작은 아름답고 우아한데, 언제나 알 수 없는 슬픔에 잠겨 있다고 한다. 그녀는 일을 잘하지만, 굴욕감을 느끼는 사람처럼, 억지로 끌려온 사람처럼, 보다 고상한 일을 해야 하는 사람처럼 시중을 든다는 것이다. 깊이 생각에 잠겨 있는 여자라고 한다. 물론 그녀의 생각은 사랑에만 가 있었다. 하지만 얼마 전에 곤충에 쏘이는 바람에 다리에 염증이 생겼는데, 다리를 절면서도 씩씩하게 돌아다닌다고 한다.

"난 어떤 곤충인지 알고 있어요." 쑤아드는 이렇게 말하며, 다 안다는 듯 히죽거리며 사촌을 웃음에 끌어들이려고 했다. "벼룩이지요—이런 굴욕적인 슬픔이 때로는 아주 좋을 때도 있지만 그렇다고 더 낫다고는 할 수 없지요." 최고의 여자는 거리를 두는 성격이지만 환한 표정을 짓는 네번째 여자이다. 그녀는 노래도 부를 줄 안다는데, 화장을 하지 않았을 때는 약간 밋밋하고 무미건조하지만, 그녀가 화장을 하면 사람들이 놀라 눈을 동그랗게 뜨게 된다고 한다. 엄밀히 말해서 그녀가 예쁘지는 않지만 화장을 하면 그림처럼 예쁘게 보일 수 있고, 춤도 잘 추고, 그럴 때면 마구 내달리는 암말처럼 기다란 머리칼을 출렁인다. 그녀는 독립적인 여자로, 레스토랑 일 말고 다른 일도 하고 있다고 하는데, 쑤아드는 이를 그리 좋게 보지 않는다고 한다.

"나는 닭들이 밤에는 모두 닭장에 있으면 좋겠어요." 그는 말하며 다시 동의를 구했다. "어디 가는 거지?" 그가 물으면 그녀는 "자유시간을 가지려고요"라고 대답한다고 한다. 그러면 그는 아무튼 모든 사람의 온갖 입장을 쉽게 이해할 수 있듯이 이를 쉽게 수긍할 수 있다고 한다. 하지만 이미 정복한 땅을 그런 자화자찬으로 다시 얼마나 많이 잃어버렸는지 쑤아드는 아마 결코 알지 못할 것이다. 그는 말을 많이 해 지치기는 했지만 좋은 기분으로 매듭을 짓듯 이렇게 물어보았다. "그럼 이 네 여자 중에 어떤 여자더러 오라 할까요?"

사촌은 바르바라 쪽으로 고개를 돌렸다. 그의 목소리는 따분하고 싫증난 것처럼 들렸다. "우리는 이곳을 떠납니다. 그래도 이곳은 아무렇지 않고, 아무 문제도 없겠지요." 하지만 바르바라는 그를 쑤아드와 똑같이 취급하고, 기분이 좋으면서도 짐짓 절망한 척 소리쳤다. "여러분 모두는 나를 무리하게 잡아 끌어요. 나는 여자라서, 이렇게 끌어당기면 이때 녹초가 돼요."

한스는 마무니 부인을 바라보았다. 그녀는 말없이, 하지만 큰 관심을 갖고 대화에 귀기울이며 날카로운 눈빛으로 두 사람을 쳐다보았다. 그녀는 영화관에 앉아 영화를 보는 것 같았다. 갑자기 그녀가 한스에게 말했다. "너무 비싸요. 젊은 여자는 주의해야 해요. 나는 사업을 하며 크게 되었어요. 나는 언제나 가격을 중시했어요. 가격을 검토하는 것은 너무나 중요해요. 하지만 가격을 검토해보지 않더라도 그가 너무 비싸다고 하면 대개 맞는 말이에요. 가격을 내리도록 하세요." 그녀는 이 말을 하며 인상을 쓰는데 위협하듯 보여서 한스는 그녀가 이런 방법으로 성공을 거두었을 거라고 생각했다. 마음 약한 사람은 이런 눈이 자신을 완전히 꿰뚫어본다고 느낄 것이다.

그녀는 힘들여 몸을 일으켰다. 그러나 다리가 너무 변형되어 모조 뱀가죽 샌들을 신은 발로 잘 걷지 못했다. 에티오피아인은 가게를 닫은 후에 야간 수위 일을 하는데, 야간 수위의 아침 교대시간이 다가왔다. 그는 여주인에게 신호를 보냈다. 한스는 밤에 이 아래에 있는 것에 실망하지 않았다. 사람들은 그가 거실에서 혼자 외로운 시간을 갖고 이런저런 생각에 잠겨 있다 지금 뜰에서 잡담하는 것을 긴장을 풀려는 일로 여기겠지만 이는 크게 빗나간 생각이었다. 인생사에서 새로운 생활에 대한 생각이 그를 놓아주지 않았고, 그래서 그가 이런 최초의 새로운 시간에 겪은 모든 것이 철사 바구니에 가득 든, 금방 씻어 물이 뚝뚝 듣는 어린 양상추처럼 물이 올라 싱싱하고 신선하게 생각되었다. 대체 자정이 지난 후 이렇게 오랫동안 어디서 이러한 영상이 황량한 뜰로 날아왔단 말인가? 그렇다, 백합같이 흰 손으로 그런 철사 바구니를 이리저리 흔들었던 브리타의 부엌에서, 한 더미의 접시를 밖으로 운반해갔던 한스에게 샐러드가 묻어 미세한 얼룩이 지게 되었다.

10

한스는 어둠속에서 다시 침대에 누워, 그가 옆에 없었던 사실을 눈치채지 못했을 이나의 숨소리를 듣고 잠이 들면서 저 아래 뜰에서의 모임을 또 생각해보았다. 그는 그 모임이 정말 마녀 회의처럼 생각되었다. 그다지 특별히 호의적이지 않은 이 사람들을 줄곧 모이게 하고, 끊임없이 붙어 있게 하는 것은 무엇일까? 이러한 질문에는 벌써 상상력이 좀 부족하다는 뉘앙스가 담겨 있었다. 그는 무엇이 폰 클라인 부인으로 하여금 사람들과 매주 브릿지 게임을 하도록 했는지 마찬가지로 자문할 수 있었을 것이다. 그녀는 그들 중 한 사람은 아주 노골적으로 경멸했고, 두 사람은 너무 지루하다고 생각해서 이미 지긋지긋할 지경이 되었다. 뒤뜰에 각양각색의 사람들이 모여 있다는 사실은 금방 눈에 띄었지만, 대부분의 사교모임이 그런 식으로 구성되어 있지 않은가? 클럽에 모이는 사람들, 대도시의 외국인 거주지에 눌러앉아 살아가는 사람들, 극장의 매점이나 다방, 소도시의 그럴듯한 단골손님용 식탁에 함께 앉아 있는 사람들은 피차 서로를 힘겹게 받아들였다. 사람들은 전체적으로만 서로를 참아내려고 하고, 이러한 무리에서 개개인은 못마땅하게 생각되기도 할 것이다. 숲이 나무들을 모두 합한 것 이상이듯이 사회는 거기에 참여하는 사람들을 모두 합한 것 이상이기도 하다. 사회가 충분히 크다면 그것은 심지어 영혼을 지닌, 개별적인 참여자와는 무관한 살아 있는 존재가 된다. 사람들은 감동의 박수를 치는 순간 뜻하지 않게 한마음으로 용해되는 연주회장에서 특히 이를 멋지게 체험한다. 하지만 개개인은 그런 직후 헤어질 때는 사실 자신이 그토록 감동했던 것을 더는 인정하지 않을지도 모른다. 그런 집단의식을 형성하기에는 물론 뒤뜰 회의가 너무 작았다. 한스는 그것을 흔들림 없는 확고한 기관으로 체험했지만, 실제로 그렇지는 않았다. 그 모임은 더위 때문에, 보다 시원한 밤바람을 쐬려는 욕구 때문에 생겨났다. 그리고 이 지역에는 정원이 있는 술집이 없었다. 바깥에 의자를 내놓은 술집은 여름밤이 끝나기 한참 전인 자정 무렵에 문을 닫았다. 그래서 사람들의 얼굴이 기괴한 가면처럼 하나하나 그의 눈앞에 떠오르는 가운데 저 아래의 작은 무리가 늘어놓는 잡담을 들으며 그는 점점 더 깊은 잠 속에 빠져들었다.

그가 깊이 잠에 빠져들수록 떠들고 잡담하는 소리가 더 시끄러워졌고, 꿈에서 말하는 사람들은 오리처럼 생각되었다. 보통 사람들 입에 잘 오르내리지 않은 비테킨트 부부가 맨 처음 화제에 올랐다. 비테킨트 부부와 쑤아드는 서로를 정중하게 대하는 관계였다. 비테킨트 부부는 그를 제대로 알아보지 못하는 것처럼 행동했지만—폰 클라인 부인이 이를 틀림없는 사실로 간주했듯이—그것을 지금 보복하지는 않았다. 쑤아드는 조롱이 담긴 흡족한 기분으로 비테킨트와 그의 여자친구에 관해 말했다.

"그들은 여행중에 짐을 잃어버리고, 하루종일 트렁크 없이 앉아 있었어요." 이처럼 짐을 잃어버림으로써 그들의 성격적 결함이 바깥으로 드러난 것처럼 그는 참석한 모든 사람에게 단호하게 딱 잘라 말했다.

"그것은 우연히 일어난 일이 아니에요." 대화 중간에 끼어들 줄 아는 마무니 부인이 몹시 차가운 어조로 말했다.

"그래요, 당연히 일어날 수밖에 없는 일이에요." 바르바라가 말했다. 그녀의 뾰족한 코는 이런 기온에서도 회색으로 얼어붙은 모습이었다.

이젠 한스의 눈에 비테킨트와 그의 여자친구가 남쪽 거리와 아스팔트가 파괴된 먼지 나는 신축건물 지역을 지나가는 모습이 보였다. 그들은 지금까지 늘 그랬듯이 신선하고 미적 감각이 있는 옷을 입었는데, 그 옷은 금방 세탁하고 갓 다림질해서 풀을 먹인 것 같았다. 더운 바람이 브리타의 희미하게 빛나는 곱슬머리에 붙었고, 짐을 분실한 것이 인간사회에서 추방된 사실과 관계있는 것처럼 슬픈 표정을 하고 앞으로 나아가는 동안 그들은 서서히 시들어가기 시작했다. 그것은 생기를 잃고 지저분해져가는 과정이었다. 보통은 그러려면 여러 날이 걸렸겠지만, 지금은 이런 산책을 하는 동안 발걸음을 옮길 때마다 그런 과정이 급속히 진행되었다. 브리타의 머리칼이 무너져내렸다. 두 사람은 땀을 뻘뻘 흘렀다. 브리타의 화장이 흘러내려 눈 주위에 검은 얼룩이 번졌다. 그와 동시에 여름옷의 겨드랑이에는 땀자국으로 인해 테두리 모양이 생겼다. 비테킨트의 양복은 흠뻑 젖었고, 두 사람의 신발은 모래빛 먼지로 잔뜩 뒤덮였다. 그들은 앞으로 나아가는 동안 부쩍 더 늙어버렸고, 손은 끈적거렸으며 손톱은 검게 변했다. 브리타는 거의 알아볼 수 없는 모습으로 바뀌었고, 또는 오히려 그녀가 한스에게 보여주었던 사진 속의 모습과 비슷해졌다. 그 사진에서 분장사는 베께뜨나 고르끼나 주네의 작품을 위해 그녀에게 분칠을 해서 그녀를 매독에 걸린 창녀로 만들어놓았다.

그들은 자신들을 아름답게 치장하기 위한 도구를 트렁크에 몽땅 넣어두었단 말인가? 이런 온갖 종류의 화장품 병이나 크림, 금방 풀 먹인 세탁물이 없어도 아주 멋지게 보였던 아시아와 아프리카의 민족들은 대체 어떻게 했단 말인가? 그것은 문명의 비밀이었다. 인간은 결코 몸을 씻지 않거나, 아니면 그들이 이런 규칙을 한 번 어겼을 경우, 그때부터는 언제나 매일 씻지 않으면 안되었던 것이 분명했다.

그런데 비테킨트와 그의 여자친구가 그들의 현 상태에 대단히 괴로워하고 있고, 비테킨트는 면도도 하지 않고 더러운 옷깃에다 얼룩이 묻은 넥타이를 매고 돌아다니는 것을 너무 창피해하고 있다는 사실이 분명해졌다. 이와 동시에 그들은 혐오감에 가득 찬 시선으로 서로를 유심히 살펴보기 시작했다. 한스는 밤에 환영(幻影)을 보며 꿈을 꿀 때 후각은 개입하지 않음을 분명히 알고 있었다. 그런데 현실에서는 여기에 또 무언가가 덧붙여졌다. 곤경에 처한 두 사람은 둘 다 파멸하기보다는 한 사람만 파멸하는 것이 견디기가 더 쉬운 것처럼, 그들이 각기 상대방이 자기에게서 없어지기를 바라는 것을 그는 보았다. 사정이 그러한 것이 분명했고, 꿈에 나타난 형상들은 합리적이었다. 그들이 트렁크가 있는 곳에 다시 도달한 후, 현대식 공항 호텔에서 시원하게 목욕을 하고, 이발사한테서 면도를 한 후 서로에게 혐오감을 느끼게 된 이러한 체험을 완전히 다시 잊을 거라고 생각할 수 있을까? 아니면 다시는 그런 느낌이 생겨서는 안될 정도로 그 느낌이 너무 좋지 않았기 때문에 어떤 감정이 남아 있게 될까? 한스는 그 커플이 지금까지 어떤 모습으로 나타났는지 생각해보았다. 그때 이미 어떤 분명한 징조가 눈에 띄었던가?

"물론이에요." 이나가 큰소리로 단호하게 말하고는 금세 다시 눈앞에서 사라졌다. "그것이 문제지요." 이제 다시 친숙한 모습으로 잘 손질이 되고, 더이상 눈이 붉거나 퀭하지 않은 비테킨트가 말했다. 그에 대해 집중적으로 이야기하는 바람에 마침내 나타난 것처럼, 뒤뜰의 모임에 낀 그는 되젊어진 모습이었다. "인간을 내용물이 주둥이까지 가득 찬 밀폐된 병에 비유할 수 있을까요? 모든 것을 언제나 자기 자신에게서만 발전시켜가는, 즉 모든 감정, 모든 감동, 사랑과 미움, 두려움을 언제나 오로지 자신의 내용물에서만 끄집어내는 밀폐된 병에—아니면 인간은 텅 빈 병, 그것도 바깥에서 넣는 모든 것을 담아, 병 속으로 번개가 치면 충만, 채움, 불어넣음, 깨달음으로 존재하는 열린 병이 아닐까요?—당신은 어떻게 생각하세요? 이러한 두 가지 학교가 있어요. 인간은 그 자신 말고는 아무것도 아니라는 것이 하나의 학교이고, 인간이란 그에게 흘러드는 모든 것을 담는 저수조일 뿐이라는 것이 다른 하나의 학교입니다."

"인간은 저수조이자 텅 빈 병일 뿐이죠." 마무니 부인이 딱 잘라 말했다. "나는 이것을 판단할 수 있어요. 나는 나 자신만 평가할 수 있으니까요. 나는 섹스에 아무런 관심이 없었고, 지금도 없어요—나는 이러한 점에서 텅 빈 그릇이었고, 지금도 그래요. 하지만 난 비정상적인 사람은 아니에요. 나는 정상적이고 건강에 전혀 이상이 없으며 분별력이 있어요. 그리고 이러한 사실은 육체적 사랑에 대한 경향이 바깥에서 내 속으로 흘러들지 않았다는 것을 보여줘요. 병은 텅 비어 있었고, 지금도 비어 있지만 언제라도 채워질 수 있을지 몰라요. 그런데 이런 일은 결코 내게 일어나지 않았어요. 그 점에서는 아쉬워할 게 없어요. 텅 빈 형식은 그 자체로도 아름다우니까요—세면 대나 병 같은 것들에 역겹기 짝이 없는 국물을 채울 수 있겠지만, 내 경우에는 그런 일이 일어나지 않았어요."

모두들 그녀의 말에 동의했다. 그녀의 말이 옳다는 것이다. 키스를 할 때 키스하는 자의 영혼이 풀쩍 뛰어 한 입에서 다른 입으로 들어가는 식으로는 되지 않는다는 것이다—그리고 결국 인간의 내부에 빈자리가 있을 때만 그런 일이 가능한데, 빈자리가 없을 경우에는 다른 자의 영혼이 들어오면 내부가 너무 가득차게 된다는 것이다.

한스는 얼굴을 보지 않고도 그렇게 말하는 사람이 쑤아드일 것으로 생각했다. 한스는 그의 말에 동의하지 않을 수 없었다. 사실 이나와 그의 사이가 그러했는데, 키스할 때 둘 사이에는 영혼들이 이리저리 뛰어다녔고, 침에 젖은 상대방의 입술이나 혀에 자리를 잡았다—그 때문에 한스는 이제 이러한 거친 키스 행위에 육욕적인 요소가 결여되었다는 생각을 떠올렸다. 이것은 관능적인 향락이 아니라 깊은 신앙심으로, 그러니까 경건하게 상대방을 끔찍이 사랑하는 행위였다.

물론 그런 상황은 지나갔다. 그가 이나에게 마지막으로 키스한 게 언제던가? 잠을 자는 지금 그에 관한 어떤 영상도 떠오르지 않았다. "인간은 완전히 텅 빈 존재이고, 빈 공간으로만 이루어져 있을 뿐이야." 바르바라가 아는 체하며 말했다. 혈관과 장, 배와 허파뿐만 아니라 마지막으로 모든 세포도 텅 비어 있으며 질 좋은 살코기도 아주 조그만 빈 공간이 잇달아 이어져 있을 뿐이라고 한다. 그녀는 평소에 화보에서 발견한 어떤 내용을 낭독했을 때와 마찬가지로 높고 가는 소리로 우쭐거리며 말했다. 한스는 인간의 속이 비어 있다는 것과 수많은 빈 공간을 다룬 이 기사를 그녀가 실제로 언젠가 낭독한 기억이 났다. 그녀는 자기 몸이 그래서는 안된다며 즐거워하면서도 분노하며 말했었다—그녀의 남편이 자기를 화나게 하기 위해 특별히 이 기사를 썼다는 것처럼.

그리고 이제 잠자는 자의 마음의 눈앞에 또다른 영상이 떠올랐다. 꿈속에서는 으레 있는 일이듯, 사람들은 장소를 바꿔 어두운 마인 강가에서 모임을 가졌다. 그들은 곧장 반짝이는 밤의 강물과 수많은 중국식 등으로 화려하게 불이 밝혀진 레스토랑의 정자 사이에 있게 되었다. 이 레스토랑은 전도유망하고 앞날이 크게 기대되는 곳에 있지만 언제나 텅 비어 있었는데, 그래서 한스는 이 지역을 돌아본 후 밤에는 화려하게 불이 밝혀진 텅 빈 작은 궁전으로 보이던 것이, 낮에는 쓰러질 것 같은 건물이라는 것을 확인했다. 그래서 아무도 그곳에 앉으려고 하지 않은 이유가 밝혀졌다. 등으로 가득 찬 정자 전체가 밤에는 커다란 등 자체가 되어, 모임에 참석한 사람들은 이를 심각한 마음으로 살펴보았다.

"그것이 인간이고" 하면서 마무니 부인이 손님이 없는 레스토랑 정자를 가리켰다. "비로 깨끗이 청소하고 등으로 밝힌, 텅 비고 전도유망한 집이에요." 이 말의 메아리가 편안한 미끄럼판으로 바뀌었고, 그 위에서 마침내 한스는 보다 깊은 잠으로 빠져들었다.

*

    그들은 다음날 저녁 모임에 오라는 초청을 받았다. 사무실
에서 같이 근무하는 운동선수 같은 그 동료가 어떤 독일 여자
를 알게 되었는데, 그녀는 침대와 욕조를 갖춘 집, 엄밀히 말해
큰 집을 자기의 재산이라 불렀다. 그런데 이 여자와 폰 클라인
부인이 서로 아는 어떤 관계를 넘어서 서로 전화하는 사이라
는 사실이 밝혀졌다. 폰 클라인 부인은 전화에서 이런 초대를
'매우 중요하다'고 설명했고, 이런 때 어떤 옷을 입을 것인가
를 이나와 상의했다. 사람들은 프랑크푸르트에선 한스와 이나
가 함부르크에서와 같은 어떤 사교 생활도 하지 않을 거라는
데 의견이 일치했고, 프랑크푸르트에서는 아무도 사귀지 않았
으면 얼마나 좋겠냐며 그들이 서로에게 다짐을 시켰던 기억을
떠올렸다. 하지만 이제 이나는 진정 이러한 초대를 즐거운 마
음으로 기다려왔다는 것과 초대하는 사람들이 결합되는 방식
에 그녀가 특히 많은 의미를 두었음을 보여주었다. 그 운동선
수는 한스와 연결되었고, 반면에 그의 여자친구는 폰 클라인
부인과 연결된 것이다! 평소에는 서로 맞지 않는 조합이 이번
에 이뤄지게 되었다.

    축제는 토요일 저녁에 열릴 예정이었다. 한스는 밤에 여러
가지 모험을 겪은 후에 잠이 드는 데 성공해서 잠을 푹 잘 수
있었다. 그는 점점 더워지는 데도 방해받지 않고 계속 낮잠을
잤다. 그가 깨어나 보니 이나는 이미 오래전에 일어나서 옷을

입고 앉아, 그녀의 어머니가 전화를 걸었을 때는 이미 식기를 치운 식탁에서 통화를 하고 있었다.

한스는 애석한 일이라 생각했지만, 이러한 애석함이 무엇과 관계되는지는 아직 알지 못했다. 그는 욕실에서 이를 분명히 알게 되었다. 그는 이나와 침대에 누워, 아침이면 늘장 부리며 장난을 치다가 점차 애무로 넘어가면서, 으레 그렇게 발전되어가듯 그러다가 그녀와 잠자리를 가지려고 했다. 그것은 하나의 분위기이고 기분이며 의향이었지만, 그 순간을 놓친 지금은 무언가 다른 상황이 되었다. 말하자면 무관심의 배후에 숨겨진 명백한 욕망이 투덜대며 꿈틀거렸다. 그녀의 머리가 베어졌고, 이제 그녀의 남은 몸통이 덩그러니 웅크리고 있었으며, 거기에서 좋지 않은 긴장감이 조성되었다. 혈관을 굵게 하려고 그 속에 무언가를 주입한 것처럼 심지어 손에서도 그 긴장감을 느낄 수 있었다. 그는 몸이 좋지 않은 결과 필연적으로 생기는 언짢은 기분에 빠지지 않으려고 했다. 그 대신 그는 면도를 하면서 외출하기 전 어떻게 해서든 이나를 침대로 끌어들여야겠다고 차분히 결단을 내렸다. 그것은 그가 외출하기 전 메일에 답변하고, 이미 이나가 하루종일 그에게 부탁한 대로 욕실에 옷걸이를 설치하려고 했던 것처럼, 이제 프로그램의 한 항목이 되었다.

그가 아침식사를 한 후 이나는 산책을 가자고 했다. 그녀는 이런 바람을 쉽게 말하지 않았다. 한스는 일순간 그녀가 집에서 조만간 무슨 일이 일어날지 알아챈 것처럼 생각했다. 그는 별말 없이 앉아 커피를 마셨다. 그들은 할 수 없이 결국 산책을 나갔다.

거리에서는 난로에서 나오는 것 같은 친숙한 열기가 그들을 맞아들였다. 그렇지만 언젠가 한번, 사실 더 시원해지면 사람들이 아쉬워할 거라고 한스가 말하자, 이나는 그 말에 동의했다. 그러므로 이런 점에서는 두 사람의 의견이 언제나 일치했다. 이런 날씨에 강가에 산책을 나가려는 사람들이 그들 말고도 있었다. 가벼운 옷을 입은 사람들이 부두를 따라 움직이고 있었고, 잔디밭에는 옷을 벗은 사람들이 누워 있었다. 비테킨트가 요구한 도심의 강변 수영장 영업이 이미 시작된 것 같았다. 물에서도 원기가 회복되지 않았다. 도시 구역들 사이에 강물로 형성된 골목에 따뜻한 바람이 불어왔다. 강물에서는 모기가 가득한 물웅덩이처럼 불쾌한 냄새가 나지는 않았지만, 좋은 냄새도 나지 않았다. 이런 물에서 비린내가 날 거라고 상상할 수 있었다. 그들은 수상가옥의 갑판에서 아이스커피를 마셨다. 한스가 느꼈던 것처럼 그것은 다시 하나의 리타르단도(점점 느리게 된 악장—옮긴이)였다. 동방박사 교회 탑시계의 황금 바늘이 양심적으로 가리키는 것을 보니 이미 네시 반이었다. 한스와 이나는 낯선 도시에 와서 약속한 특정 시간이 될 때까지 시간을 죽여야 하는 사람들처럼 행동했다. 한스는 무뚝뚝한 표정을 짓지 않으려고 무척 노력했지만 긴장한 나머지 말이 나오지 않았다. 그는 어쩌면 이나를 위해 특별히 애쓰고, 그녀와 웃으려는—지금까지는 항상 그럴 수 있었다—은밀한 소망, 또는 유혹적인 여행계획을 가지고 그녀와 환담을 나누거나 그녀가 예뻐 보인다고 말하려는 은밀한 소망을 가졌을지도 모른다. 하지만 이 모든 것은 아무튼 문제가 되지 않았다. 비교적 오랫동안 혼자서 이나 없이 지낸 후 그는 여러 해에 걸친 남자친구이자 새신랑으로서 이제 특별히 이나의 비위를 맞추고 그녀를 기분 좋게 해줄 필요가 없다고 생각했다. 그는 지금까지 그녀의 습관에 비추어 그녀도 그의 기분이 어떤지 스스로 알아야 한다고 생각했다. '부부의 의무'와 같은 표현은 그의 입에서 나오지 않겠지만, 그의 가슴에 담겨 있으면서도 차마 입밖에 낼 수 없었던 일단의 은밀한 소망과 생각은 이런 법률적 용어 속에서 명백히 드러날 수 있을 것이다.

여섯시가 되기 직전에 그들은 집에 돌아왔고, 일곱시에 다시 집을 나서야 했다. 사랑의 축제에 가기에는 그리 많은 시간이 남지 않았다. 그들이 집에 오자마자 한스는 이나를 격정적으로 껴안기 시작했다. 그녀는 그것에 딱히 동의하지는 않았지만 그가 하는 대로 내버려두었다. 그러다가 어떤 결과를 낳는지 그녀는 알고 있었지만, 몇시나 되었나, 내키지 않은 듯 급히 일을 끝내야 한다든가 하면서 탐탁지 않은 태도를 취하지는 않았다. 차라리 그들이 조금 더 일찍 그곳을 나설 수는 없을까? 내일이 월요일이므로, 오랫동안 사람들 곁에서 참고 기다릴 필요가 없다는 것이었다. 하지만 그는 자신의 주장을 굽히지 않았다. 그는 지금 사랑을 미뤄놓고, 이런 언짢은 상태에서 오늘 오후에 있는 이 축제에 갔다가, 밤늦게 돌아와서는 피곤한 몸으로 사랑을 나눌 힘이 없을 거라 생각했다. 아니야, 지금이야. 그는 그녀를 침실로 데리고 갔다. 그녀는 별달리 저항하지 않고 침대에 누웠고, 그가 옷을 벗기는 대로 가만히 있었다. 그는 자신의 두 손이 신속하게 움직이는 것을 확인했다. 그는 이런 사실을 숨기려고 했다. 그는 그녀 곁에 누워 그녀를 어루만졌고, 그녀는 그가 하는 대로 가만히 있으면서 꼼짝도 하지 않았다. 그녀는 기다렸다. 그는 그녀에게 키스를 했고, 그녀는 그가 키스하게 했으며, 피하지 않았지만 그를 냉담하게 쳐다보았다.

 "시간이 그리 많지 않아." 그녀의 벗은 몸을 그가 어루만지는 동안 그녀는 자명종을 바라보았다.

 "지금은 안된다고 그랬지." 그녀는 보다 사랑스러운 소리를 내려고 애쓰며 말했다. 그는 그녀가 자기에게 조그만 다리를 놓아준 것에 고마워하기까지 했다. 그가 열망하던 일이 일어나지는 않았지만 그들은 머리칼이 헝클어졌고, 얼굴은 붉게 물들었으며, 몸은 땀으로 젖었다. 욕실에서 그들은 서로를 쳐다보지 않으려고 했다. 머리를 감고, 요란한 소리를 내며 나오는 더운 바람에 머리를 말리고, 화장하고 옷을 입어야 하는 일이 이나를 기다리고 있었다. 그녀는 동작이 빠르고 숙달되었지만, 그것은 어차피 시간이 걸리는 일이었다. 그는 심지어 더운 바람이 요란하게 나오는 소리 듣기를 고마워했다. 그 소리가 모든 것을 충족시키고 난 후 곤혹스러운 마음의 표현이었던 정적을 날려버렸기 때문이다.

그들에게 시가 지도가 있었지만 그들을 초대한 사람의 집을 찾기는 쉽지 않았다. 그 집은 도시 남쪽 외곽의 유달리 보기 흉한 새 빌라 지역에 있었다. 이 위쪽의 거리들은 쥐죽은듯 조용했다. 폰 클라인 부인이라면 이 거리들에서 귀마루 지붕의 방갈로식 주택을 많이 발견하고 마음이 편안해졌을 것이다. 미송(美松) 숲이 집들 주위를 촘촘하게 에워싸고 있었고, 낮은 단철(鍛鐵) 정원 문을 통과해 우편마차의 놋쇠 나팔로 장식된 우편함을 지나면 현관문이 나올 때까지 균형이 맞지 않게 석판이 깔려 있었다. 현관문에 문을 두드리는 거대한 놋쇠 고리가 눈에 들어왔다. 그들은 마침내 찾던 집을 발견했는데, 막다른 골목 끝의 12번지였다. 그 집은 이 지역에서 탐낼 만한 집이었다.

그들은 금방 주차할 공간을 발견했다. 한스는 이상하다고 생각했다. 많은 사람들이 초대를 받지 않았던가? 주위는 조용했다. 그들이 너무 일찍 온 것일까? 사실 좀 이른 시각이긴 했다. 그들은 말없이 차 안에서 5분 동안 기다렸다가 이윽고 차에서 내려 초인종을 눌렀다. 안에서는 아무런 기척이 없었고 롤 블라인드는 내려져 있었다. 그들은 정원으로 통하는 문을 열고 집을 빙 돌아 정원으로 들어갔다. 거기에는 앙상한 풀이 자라고 있었고, 커다란 창문들은 철제 격자로 막혀 있었다. 이 나는 귀를 기울였다.

"목소리가 들렸어." 한스도 유리창에 귀를 댔다. 정말 그것은 사람의 목소리였고, 게다가 약하게 음악 소리도 들렸다.

"텔레비전에서 나는 소리야." 그는 잠시 후에 말했다. 이웃 집 정원에서 물이 철벙거리는 소리가 났다. 한스가 미송(美松) 가지 사이로 보니 중년남자가 러닝셔츠 차림으로 물 호스를 들고 있었다. 축제는 어젯밤에 있었는데, 끔찍하게 시끄러워서 경찰을 부르고 싶은 심정이었다고 그 남자가 말했다. 그는 아직까지 화가 나 있었다.

"문을 열어주지 않는 것을 보면 집에 아무도 없는 모양이지요." 그는 퉁명스럽게 말했다.

이런 거야 흔히 일어나는 일이니까 어쩔 수 없다 하더라도, 이날 저녁에는 이런 실수가 일어나서는 안되는 건데. 이나는 마음을 다잡으려고 애를 썼고, 그래서 소녀다운 그녀의 모습에 전혀 어울리지 않게, 매우 우아하긴 하지만 나이 들어 보였다. 두 사람은 손님들이 변장하고 노는 축제가 벌어진 현장에서 아이들처럼 어쩔 줄 모르고 서 있었다. 집의 창문이 닫힌 가운데 하늘은 점차 회색으로 변하고 있었다. 축제는 하루 전에 벌어졌고, 이제 돌이킬 수 없는 일이란 것을 알자 이나는 마음의 침착성을 잃었다. 그녀는 한스에게 쌀쌀맞게 등을 돌리고, 망연자실한 심정을 달래기 위해 혼자 천천히 거리를 내려 갔다. 그녀는 지금 호되게 그를 야단치고 싶은 기분을 느꼈다. 이게 뭐란 말인가? 여기서 얼마나 커다란 분노의 둑이 터졌던 가? 그녀는 말할 수 없는 분노를 느꼈다.

"그건 적절하지 않아." 폰 클라인 부인이 야단치는 소리가 들리는 것 같았다. "넌 도를 넘고 있어." 이 말은 이나가 어릴 때 듣던 가장 혹독한 비난이었다. 그는 오늘도 그녀의 마음을 헤집어놓았다. 자동차가 그녀 곁으로 굴러오자 한스가 안에서 문을 열어주었고 이나는 차에 올라탔다. 그들은 말없이 바젤 광장으로 갔다. 그런데 그들은 계단에서 비테킨트와 그의 여자친구를 또 만났다. 그렇지만 이나는 다시 자신의 마음을 다잡으며, 축제가 벌어진 날을 잘못 알았다고 한스가 기분 좋게 알리자 상냥하게 미소 띤 모습을 보였다. 브리타 릴리엔이 두 사람을 초대해 같이 한잔하며 이런 끔찍한 일을 잊자고 했지만, 이나는 요컨대 이날 저녁의 일이 어긋나게 되어 행복하다고, 그렇지 않아도 좋은 기분이 아니었다고 설명했다. 한스가 덜컥 그 초대를 수락했다고 해서 그를 나쁘게 볼 수는 없었다. 단둘이 계속 같이 있는 것이 그녀의 마음에 걸렸기 때문이다.

11

이날 밤 어떤 일이 벌어질지 미리 알았다면 마지막 한잔하자는 비테킨트의 초대를 한스가 받아들였겠는가? 아니면 그가 여기 미래의 상자에 그를 위해 무엇이 숨겨져 있는지 진작부터 알았기 때문에, 그리고 그것이 거기서 나오기를 기대했기 때문에 그 초대를 받아들였을까? 또는 그가 궤도 위를 움직여서, 언제인가 그 위에 앉은 후에 그 궤도가 택한 방향으로 그냥 미끄러져 가야 했는가?

이나가 고개를 돌리지 않고 계단을 올라갈 때 그녀의 머리칼은 계단실의 어둠침침한 조명을 받아 비단결처럼 반짝였다. 그녀는 뒷모습도 아름다웠고, 무엇보다 아이 같은 살 속에 든 싱싱하고 부드러운 무릎이 눈에 띄어서 그냥 보기만 해도 젖

냄새가 날 것 같았다. 이제 한스는 현관문이 찰칵 하고 닫히는 소리를 들었다.

브리타는 와인을 원하지 않았고, 좀 독한 술을 각얼음에 섞으려고 진이 든 커다란 병을 냉장고에서 가져왔다.

"기적의 냉장고지요. 열기만 하면 안에 커다란 진 병이 있거든요." 비테킨트가 말했다. 브리타는 자신이 현재 진을 마시는 단계에 있다며, 잠시 도를 넘고 있어서, 그러면 너무 취하게 되어 엘마가 "그만" 하고 말한다고 한다. 그래서 그녀는 지금까지 그렇게 해왔다고 한다. 고통스러운 날이었나? 마지막 순간까지 이나가 한스에게 쌓아올린 짐이 이제 그에게서 떨어져, 한스는 수많은 촛불과 침착하고 친절하지만 비웃기 잘 하는 이런 사람들이 있는 이 서재에서 무척 고마워하며 홀가분한 마음으로 숨 쉬고 즐기게 되었나? 그는 두 사람 중에 누가 더 재미있는 사람인지 결정하기 어려웠다. 엘마 비테킨트는 아무튼 흡족한 마음으로 15년 동안 간직한 우월감에서 한스와 브리타의 수준으로 내려와, 자신의 말을 듣고 있는 사람들을 위해 끊임없이 '제정신이 아닌 발언'을 해댔다 ― 한스는 감히 자신들이 평가할 수 없는 것을 모두 '제정신이 아니라'고 지칭한 자기 부모의 말을 자신도 모르게 따라하면서 그가 하는 말을 그렇게 불렀다. 그날 저녁을 망친 책임을 그에게 전가할 수 있는 권리가 이나에게 어느정도 있었을 텐데도 이제 그는 그렇지 않다는 생각이 들었다. 운동선수 같은 동료와 마지막으로 대화한 사람이 바로 한스였던 반면에, 알다시피 먼 북쪽에서 축제에 관한 소식을 전달받은 폰 클라인 부인이 전화 통화에서 분명히 토요일 저녁이란 말을 여러 번이나 했지만, 이나는 이에 신경쓰지 않았다. 사실 그녀는 그의 말을 믿었다. 그런 불상사가 일어났는데도 즉각 책임자에게 따지지 않은 것은 그녀의 성격이 좋아서였을까? 물론 책임을 져야 할 사람은 아무도 없었다. 아니면 이렇게 책임 소재를 따지지 않은 것이 혹시 더 고약한 일이 일어날 징조였을까? 그 침묵은 그녀가 이처럼 괜한 발걸음을 한 것을 그들에게 일이 제대로 풀리지 않을 거라는 증거로 간주한다는 뜻이었을까? 이러한 침묵은 족히 재앙을 초래할 만했고, 이는 화를 낼 이유가 되지 않았다. 운동선수 같은 동료가 이 집주인보다 더 근육질이라 해도, 그가 사무실에서 나와 여기에 있으면 아마 좋은 몸매를 유지하지 못할 거라고 한스는 엘마 비테킨트의 시선을 바라보며 혼잣말을 했다. 한스는 자신이 폰 클라인 부인의 영역에서 풀려난 한 여자와 든든하게 연결되어 있다며 느닷없이 자신에게 불리한 말을 하기도 했다. 그 자신의 경우는 이와 사정이 달랐다. 사람들은 사위인 그도 마찬가지로 폰 클라인 부인에게 편입시켰을지도 모르지만, 그는 이나를 그녀 어머니의 집에서 빼내 구해주었던 것이다. 그런데 그가 이나를 정말로 구해주었던가?

"우리는 지나치게 조정된 우리의 인생역정에서 예정된 계획대로 진행되는 것에 감사해야 합니다." 브리타와 한스에게 진을 넘겨주고 와인을 마신 비테킨트가 말했다. "기대에 차서 축제에 갔다가, 집에 아무도 없는 것을 발견하는 것—그것은 삶이 우리에게 만들어주는 시적인 마지막 선물에 속합니다. 나는 그것을 체험이라 부릅니다." 그는 로마에서 짐을 잃어버렸을 때 브리타에게 이렇게 말했다고 한다. "더이상 모험은 없어. 다만 열차 시간표만 있을 뿐이야. 하지만 그 열차 시간표가 모험이야." 그런 다음 엘마에게 맞지 않고 단시일 내에 맞게 될 것 같지도 않은 양복을 사주는 것이 무엇보다도 모험이라고 브리타는 말했다. 갑자기 엘마가 키가 훨씬 더 작고 팔은 더 길어보였다고 한다.

"기괴한 것은 언제나 손해를 끼치게 마련이지요." 엘마 비테킨트가 냉담하게 대답했다. 처세에 능한 사람은 그렇게 생각하는 것 같았고, 이 남자에게는 지상에서 아무 일도 일어나지 않을 거라고 한스는 생각했다. 그들은 음악을 들었다. 비테킨트와 브리타는 30년대 유명가수가 부른 이딸리아의 오페라, 비테킨트가 그 내용을 그에게 해석해준 아르헨띠나의 탱고, 아랍 음악, 루마니아와 아일랜드의 집시가 엉터리로 연주한 바이올린 곡이 담긴 음반들을 갖고 있었다. 그들은 한스가 전문가라도 되는 양 작품마다 그에게 물어보았고, 자신 없지만 술김에 대담하게 대답하는 그의 말을 아주 진지하게 받아들였다. 그러나 그들이 계속 이런저런 것을 물어보는 바람에 그는 얼마 안 가 자신이 한 말도 더는 이해하지 못하게 되었다.

"그들은 나를 상당히 멍청하고 무식하다고 생각하는 모양이야." 그런 언급을 자제하는 것이 더 낫다는 것을 알았지만 한스는 언젠가 그렇게 말해야 한다고 생각했다. 사실에 부합하는 답변을 하자면 그 말이 맞다고도 할 수 있지만, 한편 바르바라의 입장으로는 아양을 떠는 것이 중요할지도 모른다. 물론 그녀는 그런 아양 떠는 표현을 써도 되었고, 실제로도 자주 그랬다. 하지만 엘마 비테킨트가 그에게 선수를 쳤다. 다행히도 한스는 지식인이 아니라는 것이다! 그들 둘은 이미 서로에게 그런 사실을 거듭 말했다며, 그는 활기 없고 약삭빠른 이런 녀석들과는 달리 잘난 체하지 않고 호기심이 많다는 것이다. "그래서 우리는 당신을 이토록 사랑하는 겁니다."

얼마 후에는 당신이라는 말도 사라졌다. 그들은 와인과 진을 마시면서 허물없이 말을 놓게 되었다. 이날 저녁은 얼마나 기분을 상쾌하게 하고 마음을 해방시켜 주었던가. 자기 집에서 단 한 층 아래인 여기에서 그 운동선수의 축제에서 일어날 수 있었을 것 같은 그토록 많은 흥미로운 일이 벌어졌다는 건 예기치 않은 선물이었다. 한스의 머리 위에 몰려들었던 구름이 걷혔다. 그는 마치 쌍둥이처럼 이나와 떨어질 수 없는 관계이고, 이와 다른 모습은 그에게 바람직하게 생각되지 않았을 거라고 고백해야 했기에 그는 당연히 결코 '나'가 아니라 '우리'라고 말했다. 하지만 지금 그는 다시 혼자가 되었다.

브리타는 오늘 다시 말없이 귀기울이며 열심히 듣는 자세를 취했다 — 이나의 마음에 썩 들지 않은 유창한 말을 결국 실제로는 다른 여자에게만 했다는 것인가? 릴리엔이라는 여자는 좌우간 말로 표현하지 않고 다른 식으로 표현할 줄도 알았다.

"내가 그녀 마음에 들 수 있을까?" 진을 많이 마셨는데도 먹을 것을 더 가져오려고 그녀가 민첩하게 일어설 때, 그리고 밖으로 나가면서 서늘한 손가락 끝으로 자신의 목덜미를 부드럽게 훑었을 때 한스는 그런 생각을 했다.

한스가 전에 언젠가 브랜디 한 병을 친구나 군인인 동료와 다 비웠을 때는 심상치 않은 결과가 일어났다. 그들은 혀 꼬부라진 소리로 말했고 비틀거렸으며, 아주 적은 내용을 말하기 위해 평소와 다른 생각을 하게 되었다. 오늘은 상황이 달랐다. 이 사람들과 즐긴 알코올이 대화를 촉진했고, 활기찬 대화를 나누는 가운데 서로에게 빠져들었다. 커다란 진 병이 실제로 거의 비었지만, 그들 중에 취한 사람은 아무도 없었다. 그럼에도 술을 그만 마시고 일어서야 했다. 빈 술병이 이제 밤이 끝났음을 알려주는 특수한 종류의 시계처럼 덩그러니 놓여 있었다. 그가 작별했을 때 그들 모두의 눈이 흥분되어 반짝였다. 이제 한스가 브리타의 뺨에 키스를 했는데, 그 뺨은 새로 산 비누처럼 단단하고 부드러우며 서늘했다.

계단실에서 이뤄진 장면 전환보다 더욱 대조적인 일은 없을 것이다. 집 안에는 하늘거리는 촛불, 번득이는 눈들, 웃음과 우호적인 분위기가 있었던 반면, 여기 밖은 황량하고 불편했다. 딱딱한 계단에 웅크리고 있는 것, 그는 이제 이런 상태를 몇시간 동안 실컷 맛볼지도 모른다. 집 열쇠를 이나에게 주어서 그는 집에 들어갈 수 없었기 때문이다. 그가 초인종을 마구 눌러 댔지만 아무 기척도 없었다. 한스는 이유를 알 수 없었다. 이나는 최근 들어 어머니의 결혼선물인 핑크빛 밀랍 마개를 조그만 귀에 넣고 있었다. 이나 어머니의 설명에 따르면 남편 옆에서 견디려면 밀랍으로 된 그런 마개를 귓구멍에 계속 넣고 있어야 한다는 것이다. 한스는 이 밀랍 마개에서 자신의 퇴각 장면을 보았고, 이나는 그 위에 다리를 놓고 고립되었으며, 그의 말에 대꾸할 수 없게 되었다. 결국 그가 그녀의 어깨를 건드렸을 때에야 그녀는 혼자 행복하게 있던 깊은 바닷속에서 떠올랐다. 그처럼 완벽하게 귀를 틀어막고 있어서 그녀는 전화벨 소리도 역시 듣지 못했다. 또한 그녀는 한술 더 떠서 자신의 잠이 방해받지 않도록 스위치를 끄기도 했다. 그러므로 그가 젖빛 판유리가 높이 달린 현관문을 아무리 두드린다 해도 성공할지 불확실했다. 미친듯이 문을 두드리면 건물의 모든 사람이 깨어날지 몰라도 이나만은 그러지 않을 것이다. 그런 상황에서 처세에 능한 그 남자는 어떻게 할 것인가? 그는 열쇠 수리공을 부르거나 호텔 방을 잡을 것이다. 에티오피아인은 '합스부르거 호프'에서 야간 수위 일을 하므로 그에게 아마 방을 얻어줄지도 모른다.

공간을 밝혀주는 발광체가 몇분간은 자신의 직무를 제대로 수행했지만, 언제나 2분 후에는 다시 계단실의 불이 꺼졌다. 그런 다음에 그가 단추를 누르면 밝아졌다. 아래층에서 브리타는 아직 방을 치우며 이리저리 움직이다가, 현관문의 창유리를 통해 계단실이 어두워지지 않았다는 것을 알아챘다. 그녀는 문을 빠끔 열고는 낮은 목소리로 묻는 듯이 말했다.

"한스?"

그는 계단을 살금살금 내려갔다. 엘마가 이미 잠들었기 때문에 브리타는 계속 소리를 죽여 말했다. 그녀는 차분하고 침착했으나, 자신의 말에 반대하는 것을 참지 못했다. 한스가 그들 곁에서 몸을 뻗고 잘 정도로 침대가 넓으니, 그러면 아주 간단히 해결이 될 거라고 한다. 그녀는 이미 수가 놓인 아랍산(産) 녹색 비단 잠옷을 입고 있었고, 머리는 풀어헤쳐져 있었다. 그녀는 사방의 불을 끄고, 앞장서 침실로 들어갔다. 더이상 보름달이 비치지는 않았지만, 찌를 듯한 초승달이 하늘에 하얀색으로 떠서 비테킨트의 숨소리가 나지막이 들리는 어스름한 방을 비추고 있었다. 침대는 정말이지 무척 넓었다. 브리타는 침대 발치로 가서 무릎을 꿇고는 가운데에 자리를 잡았고, 한스는 상의, 셔츠, 바지와 신발을 벗고는 그녀의 몸에 닿지 않으려고 무척 조심하며 그녀 옆에 누웠다. 그는 왼쪽 팔을 바닥에 내려뜨릴 정도로 멀찌감치 떨어져 침대 가장자리 쪽에 누워 있었다. 그는 어둠속을 응시하며, 관대(棺臺) 위의 조각상처럼 가만히 누워 있었다. 브리타의 숨결에서 향긋한 치약 냄새가 났다. 그는 제대로 잠들 수 있을지 자신할 수 없었다. 침대 밖으로 삐져나간 팔이 벌써 저려오기 시작했다.

그리고 나서 한스는 브리타의 몸이 다가와 자신에게 바짝 밀착하는 것을 느꼈다. 그녀의 몸에 닿은 그의 피부의 모든 부위가 단단하고 부드러운 실과 연결된 기분이 들었다. 두 몸이 들러붙었다. 그는 그녀의 움직임에 응답했고, 그녀의 몸을 더듬었다. 그의 손이 닿은 모든 부분이 부풀어올랐다. 그렇지만 그는 브리타가 그의 귀에 속삭일 때까지 그녀에게 완전히 몸을 돌려 감히 그녀를 껴안지 않았다. 이러한 입김에 그의 목덜미 털이 곤두섰다. "그는 내가 행복하길 바라니 그를 상관하지 마세요. 그는 반대할 이유가 없어요. 당신의 경우는 전혀 문제가 없다고, 우린 그 문제에 대해 이야기를 나눴어요." 그녀가 연출을 떠맡았다. 비테킨트가 다시 깨어나게 해서는 안 되었다. 전 가족이 함께 기거하는 몽골식 텐트 속에서처럼 남편을 옆에 두고 아주 은밀히, 동작이나 행동을 그리 크게 하지 않고, 재빠르고도 노련하게 사랑이 이루어졌다. 그렇지만 한스가 나중에 또 한번 깨어나 고개를 돌리자 — 한순간 그는 자신이 어디에 있는지 알지 못했고, 그의 손은 이미 스위치 쪽으로 급히 움직였다 — 그때 그는 침대에서 비테킨트의 썰루엣이 팔꿈치에 비치는 것을 보았는데, 얼굴은 무척 검게 보였지만, 바깥에서 들어온 빛이 그의 튀어나온 커다란 눈에 어른거리며 차가운 빛을 내며 희미하게 타오르다가 모든 것이 다시 어둠속에 잠겼다. 한스는 즉각 두 눈을 감았다. 옛날 그가 어릴 때 품었던 확신이 그 권리를 보장받았다. 내가 보지 못하는 것은 나를 보지 못한다고.

그러한 사건이 어떻게 풀려나갈까? 좋지 않은 큰일이 벌어지거나, 또는 마치 아무 일 없었다는 듯이 일상으로 돌아가게 된다. 이미 말했다시피 한스는 잠자기 시작한 지 얼마 안 되더라도 때때로 필요한 시간에 정확히 깨어날 수 있었다. 그는 곰곰이 생각하지 않고 옷가지를 주섬주섬 주워모으고는 살며시 집에서 나갔다. 자신의 집 앞에서 그는 옷을 입었다. 그는 밤새 춤을 춘 것처럼 먼동이 틀 무렵에 곧장 다시 야회복을 입고 문 앞에 앉아 있었다. 그리고 잠시 후에——이미 반시간 정도 웅크리고 앉아 있었을지도 모르는데, 아무튼 그냥 웅크리고 있기에는 너무 오랜 시간이었다——그는 이렇다 할 희망 없이 또 한번 초인종을 눌러보았다. 이번에는 문이 열렸다.

이나는 일찍이 잠자리에 들었기 때문에 일찍 일어났고, 자기 혼자 침대에 있는 것을 확인하고는 마음이 불안해졌다. 거실 소파에도 한스는 없었다. 그때 초인종이 울렸다. 그녀는 불쌍한 남편이 계단에서 밤을 지샜다고 생각했다. 한스는 유감과 죄책감을 함께 느끼면서도 그녀가 잘못 생각한 것을 고쳐주기 위한 아무런 말도 하지 않았다. 한스는 밤에 자신이 겪은 일에 어울리게 얼굴이 황폐해 보였다. 아마 진이 가장 악영향을 끼친 것 같았다. 이나는 황폐해진 남편의 모습을 보고, 예전에 그랬듯이 측은한 마음이 들었다. 그녀는 부엌에 가서 커피를 끓였다. 그러는 동안 그는 욕실로 사라졌다. 샤워를 하면서 그는 구원받은 느낌이 들었다. 그는 브리타의 냄새, 바나나 냄새가 섞인 매우 은은하지만 그녀 특유의 담백한 바닷소금 냄새가 아직 자신에게도 난다고 생각했다. 분명 그에게도 그런 냄새가 날 것이다. 그는 이제 차가운 물을 맞으며 몸에 묻은 밤의 흔적을 씻어내렸다. 이것은 과거의 모든 때를 벗고 씻어내리는 세례와 같은 것이었다. 몸을 씻은 사람은 좋은 사람이다. 하수구에서 기절했다가 정신을 차리고 병원에 실려간 후 그곳에서 깨끗한 침대에서 깨끗이 씻긴 모습으로 깨어난 술취한 부랑자가 분명 그런 기분을 느낄 것이다.

하지만 거품이 이는 그의 손 위에 물줄기가 쏟아져내리고 부풀어오른 거품 아래에서 피부가 다시 드러나자 도덕적으로 원상회복된 감격스러운 마음에 끔찍한 공포감이 그에게 스며들었다. 한스는 멋진 손을 가지고 있었다. 그는 자기 손을 보고 깜짝 놀랄 필요가 없었을 것이다. 모든 손가락이 그대로 있었고, 손들은 온전하고 아름다웠다. 그리고 그 손들은 그 주인이 벌거벗은 것처럼 맨손이었다.

그런데 결혼반지가 사라지고 없었다. 한스는 결혼반지 끼는 것을 여전히 좋아하지 않았다. 붉은 구릿빛 금색이 도는 멋진 고리가 무척 가늘었지만 그는 그것을 귀찮게 여겼다. 그는 커다란 파리 한마리가 손에 앉아 있는 느낌이 들어서, 항상 같은 자리에서 느끼는 약간의 성가신 부담감을 잊기 위해 손에 꽉 끼여 있지 않는 반지를 돌리며 장난치는 것을 좋아했다. 하지만 그는 반지를 결코 빼놓지는 않았다. 결혼식을 하기 전에 그들은 반지 때문에 작은 말다툼이 있었다. 그는 이나에게 멋지고 소중한 오래된 반지를 선물하려고 했고, 그렇게 되어야 했다. 그녀가 그 반지를 ─ 물론 결혼반지와 비슷하지 않은 커다란 보석을 ─ 껴야 했고, 그 자신의 손에는 반지를 끼지 않았다. 이나는 반지에 담긴 뜻을 기꺼이 받아들이려 했지만, 결혼반지의 문제를 자신과 관련시키지는 않았다. 한스는 반지를 끼면 질트 섬의 새 우리에 있는 고리 낀 기러기처럼 생각된다고 말했다. 하지만 이나는 그가 바로 그런 존재이고, 모든 결혼식 예식의 목적이 바로 그 때문이라고 응수했다. 고리를 끼우는 것, 이는 사실 기러기의 경우처럼 감시를 뜻하기도 한다는 것이다. 아무튼 그녀가 다른 여자들이 덤벼들지 않게 하는 결혼반지의 효능에 대해서까지 말하진 않았지만, 그와 유사한 의미를 갖는 걸로 생각하는 것은 분명했다.

"넌 결혼반지를 끼고 다녀야 해." 이나가 말했다. 그리고 그는 좌우간 오늘 아침까지는 그것을 끼고 있었다.

반지가 어디로 사라졌단 말인가? 그것은 절실한 문제였다. 반지가 없어졌다는 것을 언제 이나가 알아챌 것인가? 그것은 다른, 보다 절박한 문제였다. 그는 미묘한 삶의 상황에 맞는 전문용어를 잘 지어내는 프랑스인들이 '악의 없는 거짓말'이라 부르는 선의의 거짓말을 할 수도 있었다. 자기도 모르게 반지가 그의 손가락에서 빠졌을 수 있으며, 그래서 여자들은 계속 반지를 잃어버리곤 했다. 폰 클라인 부인은 걸핏하면 장신구를 잃어버렸고, 그럴 때는 '악의 없는 거짓말'로 핑계를 대면서 보험회사와 연락하느라 많은 시간을 보냈다. 하지만 결코 이런 식으로 반지를 잃어버릴 수는 없었다. 그리고 그에게는 반지를 분실한 것이 불길한 징조가 될 수 있는 상황이었지만 그로서는 그것을 잃어버린 것을 있을 수 있고 충분히 일어날 수 있는 일이라고 간주하지 않을 수 없었다.

이나는 커피와 간소한 아침식사가 든 쟁반을 거실로 가져왔다. 그녀는 그에게 음식을 멋지게 차려주려 했고, 그가 냉장고 앞에서 빵을 게걸스레 먹게 하려고 하지 않았다. 그녀가 창문을 열자 끼익 하는 날카로운 소리가 그에게까지 들렸다. 줄에 끌려간 듯이 그는 욕실에서 부엌으로 갔다. 거기엔 여행에서 쓰다 남은 지거의 지저분한 페니히 동전들과 함께 유리잔이 놓여 있었다. 그가 손가락으로 그 속을 휘저어보니, 붉은 금색이 빛났다. 그 반지는 아주 잘 맞았고, 잃어버린 반지보다 좀 작아 보였다. 그는 아직 벗은 몸이었지만 이제 옷을 제대로 완전히 입은 것 같은 느낌이 들었다. 그는 이 순간 심지어 문 앞으로 간 듯한 느낌이었는지도 모른다.

그가 사무실에서 아무 방해를 받지 않고 브리타에게 전화를 걸어 반지에 대해 물어보면 된다고 쉽게 생각할 수 있을 것이다. 중년 남자인 비테킨트가 어젯밤 젊은 한스를 무척 즐겁게 해준 수많은 슬로건들 중 하나가 그에게 떠오른 것일까? "어떤 상황에서도 기대한 대로 행동하지 않는 데에 익숙해져야 합니다. 사람들은 늘 이렇게 자문한다고 합니다. 지금 쉽게 떠오르는 생각이 무엇일까? 그런 다음 그 반대의 일을 한다고 합니다." 하지만 그러한 즐거움을 누리고 사실 더없이 경탄해마지 않았지만 지금은 그런 기분이 아니었다. 그는 브리타와 이야기하기가 꺼려졌고, 심지어 결혼반지에 대해 말하는 것도 내키지 않았다. 결혼반지는 그녀와 아무런 상관이 없었다. 그는 그것이 어제나 오늘 새벽의 일과 어떤 관련이 있는지 알지 못했다. 그는 이럴 때도 프랑스 전문용어의 의미에 의식적으로 쓰이는 규칙이 있는 것처럼, 어떻게 행동해야 하는지 알지 못했다. 그는 이미 며칠 전부터 브리타와의 포옹을 진심으로 갈망해왔음을 인정했다. 그는 이상한 우발적인 사건들이 연속적으로 일어나서 그 팔에 빠져든 것이 아니라, 자신이 이를 의식적으로 조종한 것처럼 아주 반듯한 길 위에서 그러한 일이 일어났다고 생각했고, 사실 자신이 행동하는 자가 되었던 것이다. 한스는 책임을 맡는 것을 좋아했고—그의 이런 면모를 아는 사람은 이를 다양하게 이용할 수 있었다. 좋은 성격에서 비롯된 일종의 과대망상이 중요한 문제였다. 하지만 지금 무슨 일이 일어나야 한단 말인가? 그것이 어떻게 계속되어야 하는가? 사람들은 서로를 어떻게 대해야 할까? 비테킨트의 눈을 어떻게 쳐다볼 것인가? 그러면서 그가 이미 그날 밤 그의 눈을 보았다는 생각이 들어 몸에 소름이 끼쳤다. 일어난 일을 벌어지지 않은 것으로 간주하고, 만취상태에서 꾼 꿈으로 치부할 방도가 대체 없단 말인가? 사람의 뇌와 혈관에서 움직이는 모든 것이 드러나야 한단 말인가? 그것들이 분위기있게 밝혀진 집의 촛불에 비춰 드러나고, 거기서 더는 의지에 영향을 받지 않는 결정적인 사실이 되어야 한단 말인가? 인간이란 지금은 다소 불분명하게 기억 속에 나타나는 그러한 탈선의 짐을 평생 동안 져야 한단 말인가—아무튼 그것에 대한 몇몇 부수적 상황이, 대부분의 사람들이 그들이 누린 쾌락에 극도로 신의를 저버린 태도를 취하는 반면 한스는 그 쾌락을 뼛속 깊이 담아두었기 때문이다. 인간의 몸을 구성하는 빈 공간들이—누가 그런 의견을 개진하고 주장했던가?—그의 경우에는 터질까 염려될 정도로 가득 채워져 있었다.

*

축제를 벌인 운동선수의 집에 사전 연락 없이 참석하지 않은 데 대해 용서를 구하는 일은 이날에 벌어진 언짢은 일 중에 가장 사소한 일이었다. 비록 실망한 집주인이 스포츠정신에 맞지 않은 사건을 스포츠정신에 맞지 않게 받아들여, 한스의 사과를 어느정도 힘들게 했지만 말이다. 하지만 밤에 집에서 그에게 일어난 일에 비하면 그게 무슨 대수였던가! 이나는 오전에 마신 커피 잔이 아직 그대로 있는 거실에 앉아 골똘히 생각에 잠긴 채 그가 그녀에게 인사를 건넸을 때 꼼짝도 않고 있었다. 불길한, 아주 불길한 예감이 그를 엄습했다. 그녀는 누군가와 대화를 나누고 있었다. 그녀는 계단에서 비테킨트를 만났다. 그녀는 그 일을 알고 있었다.

아니, 이 모든 것과 관련된 일이 아니었다. 무언가 이해할 수 없는 더 고약한 일이 일어난 것이다. 그녀가 자기를 보도록 그가 그녀의 머리를 억지로 들어올리자 그녀는 처음에는 그를 외면하다가 격렬한 울음을 터뜨렸다. 그러자 익히 아는 수문(水門)이 열렸다. 그녀는 아이처럼 온몸을 들썩이며 꺼이꺼이 울었다. 그녀는 좋은 말로 부드럽게 설득해도 듣지 않았다. 약간 진정이 되자 그녀가 입을 열었다. 그녀의 목소리는 더욱 흥분되어 있었다. "난 이 집에서 미쳐버릴 것 같아. 여기서 파닥거리며 죽어간 비둘기부터 벌써 아주 불길한 징조였어. 이제 그런 일이 계속 벌어질 거야." 무슨 일이 계속 벌어진다는 말인가?

사실 더이상 정상적인 일이 일어나지 않고, 더는 올바른 일이 일어나지 않는다고 한다. 한스는 그녀가 화가 나서 자기를 고소할지도 모른다는 각오를 했지만, 그는 귀찮은 일을 당하지는 않았다—그가 이런 흥분된 분위기 속에서 자신이 귀찮은 일을 당하지 않았다고 여긴다면. 이나는 자신의 눈을 더이상 신뢰할 수 없다고 한다. 그가 나간 후 그녀는 거리를, 쑤아드의 자동세차장 쪽을 내다보았다고 한다. 그런데 그 세차장이 마치 애당초에 없었던 것처럼 갑자기 사라졌다는 것이다. 그녀는 오랫동안 아래쪽을 내려다보았다. 세차장이 사라진 빈터가—거기에는 이미 거대한 차고 문이 있었다—빈틈없이 채워졌으며, 이곳에 언젠가 이런 형편없는 세차장이 있었다고 아무도 짐작할 수 없을 거라고 한다. 그녀는 두 눈을 비비고, 창에서 물러나 마음을 진정시키고 정신을 차린 후에 결국 다시 창가로 가서 밖을 내다보았다—그런데 그곳에 다시 세차장이 있었다고—소리도 없이 다시 나타났다. 세차장이 돌멩이며 문이며 창을 옆으로 밀어놓고, 이제 다시 원래 자리에 있다는 것이다. 그는 그것에 대해 하고 싶은 말, 한 가지뿐만 아니라 모든 말을 할 수 있었다. 그녀가 보았다는 것을 보지 않았을 것이라고. 그녀는 이제 단순히 귀기울이는 자의 입장에서 자신의 말을 부당하게 믿지 않는 것에 맞서야 한다는 것처럼 서둘러 냉혹하게 이 말을 했다.

12

한스의 마음은 불안감과 안도감 사이를 오락가락했지만, 안
도하는 마음이 더 컸다. 이나가 그를 비난하지 않고, 간밤의 일
에 대한 해명을 요구하지 않자 그는 안도의 한숨을 쉬었다. 이
나가 쳐다보지 않을 때면 두려움과 후회스러움을 극복하여 배
려하고 관심을 보이며 우월감을 느꼈고, 그러면서 은밀한 미
소를 띠기도 했다. 그녀는 그의 시선을 외면했고, 지난 며칠 동
안 자꾸 기분이 바뀌다가 이제 계속 그렇게 지속되었다. 그는
눈에 띄게 차분히 질문을 제기했다. 그녀가 어디에 서 있었는
지? 어떤 모서리에서 창밖을 내다보았는지? 그는 왼쪽과 마찬
가지로 집들이 늘어선 바깥 풍경이 보이는 오른쪽 창으로 그
녀를 데려갔다. 여기에는 잡색 사암으로 지은 집들도 드문드

문 있었고, 그 사이에는 재건축된 집들의 빈약한 전면이 보였다. 이는 다른 창에서 본 모습과 비교가 되었지만, 쑤아드의 자동세차장은 보이지 않았다. 그녀가 처음엔 한쪽 창에서, 다음엔 다른 쪽 창에서 내다보았을까? 한스 자신은 좌우를 구별하는 것이 여전히 힘들다고 했다. 그는 이처럼 농담삼아 자신의 작은 약점을 고백하다가 오히려 경멸적인 시선을 받게 되었다. 그러자 그는 다른 방식으로 그녀에게 접근하려 했다. 일찍이 그런 말은 하지 않았지만, 요컨대 그녀의 체험은 그 자신의 느낌과 일치하고, 아마 많은 사람들의 그것과도 일치한다는 것이다. 사람들이 어둡지만 낯익은 방에 들어가서 불을 켤 때 체험하는 것도 실은 기적이 아니겠는가? 모든 게 사람들이 기억 속에 간직한 것과 같은 상태에 있으면 매번 은밀한 놀라움을 주는 것은 아니지 않겠는가? 어린시절 그 자신은 오랫동안 사물들이 어둠속에서 자리를 바꿔 쉬고 있다가, 스위치를 누르면 원래 자리로 되돌아가고, 밝아지면 흡사 숨도 쉬지 않는 것처럼 거기서 부동자세로 있다고 생각했다고 한다 — 하지만 눈여겨본 사람은 안락의자와 장롱이 공기를 얻으려고 애쓰는 모습을 볼 수 있었고, 가구들은 은밀하게 자립성을 키우는 활동의 일환으로 군사훈련을 했다.

"무슨 말을 하려고 그래?" 이나가 물었다. 그녀의 목소리에는 분명한 거부감이 담겨 있었다. 그는 이러한 어린이다운 상상이 사람들이 도저히 생각해낼 수 없는 어떤 현실과 연관이 있음을 확신한다고 했다. 이러한 현실은 대상들이 자신들을 눈에 보이지 않게 하는 경험이라는 것이다—그것들이 관찰자의 눈을 현혹시키든지, 또는 실제로 자기 자신을 눈에 보이지 않게 하든지—물론 깊은 갱 속으로 들어가 사물세계의 진정한 본질을 캐는 것에 해당되는, 모든 사람들이 일상적으로 살아가면서 겪는 경험들이라고 한다. 또는 그녀가 찾는 물건이 내내 바로 코앞에 있는데도, 절망적인 심정으로 구석구석을 뒤지며 열쇠와 지갑을 찾는 경험을 해본 적이 아직 없는 게 아닌가? 사람이란 자신이 마음속으로 염두에 둔 것만 볼 수 있다는 점도 유념해야 한다고 한다. 남태평양을 탐험한 사람들은 그곳의 주민들이 아직 한번도 대양 횡단 증기선을 본 적이 없는, 멀리 떨어진 섬들에 관해 보고했다. 따라서 그들은 자기네 섬의 만(灣)에 들어온 그 증기선도 보지 못했다—그것은 사실 너무 큰 배라서 눈에 보이지 않았던 것이다. 이와 유사한 현상이 현재 그녀에게도 나타나고 있었다. 그녀는 쑤아드의 세차장을 볼 기분이 아니었다는 것이다—그는 이런 식으로 이해했는데, 왜냐하면 쑤아드는 기분나쁘게 치근대는 녀석이기 때문이다. 그래서 그녀는 자신의 정신적인 혐오감에 맞서 현실이 자신의 주장을 관철할 때까지 오랫동안 세차장을 보지 못했다는 것이다.

"난 쑤아드가 비테킨트만큼 기분나쁘다고는 생각하지 않아." 이나가 말했다. "내 생각에 넌 비테킨트처럼 말하고, 그를 모방하고 있어. 분명히 말하지만 그건 너에게 안 어울려."
요컨대 실제로는 모두 그의 체험과는 관계없을지도 모르는,

억지로 꾸며 맞춘 그의 성찰과 탈선의 배후에서 그가 그녀의 말을 믿지 않는다는 한 가지 사실만은 알아챌 수 있다는 것이다. 그녀가 한 말이 퉁명스럽고 무뚝뚝하게 들리기는 하지만 그녀도 마음이 진정되었다. 마음 약하게 훌쩍거릴 때 그녀의 표정은 예쁘지 않은 낯선 여자처럼 바뀌었지만, 어느새 그것은 그녀가 거의 기억할 수 없는 낯선 모습이 되었다.

한스는 그녀에게 레스토랑에 가자고 제안했다. 버터, 꿀, 빵 말고는 집에 먹을 것이 별로 없어서 그랬는지도 모른다. 쿵쾅거리는 계단실에서 그들이 비테킨트 집을 지나갈 때까지 그는 발소리를 죽였다. 그는 그 부부의 무표정한 문을 살그머니 지나가는 동안 자기들이 완전히 포위되었다고 생각했다. 비테킨트 부부가 어젯밤 이후에 사라져 없어질 의무라도 있는 것처럼 걱정스러운 마음에 또한 상당한 분노의 감정도 섞였다.

한스는 저주받은 집이라는 이나의 말을 기꺼이 들었다. 즉흥적으로 행해진 것이긴 하지만 사실 방들을 정리하는 데 이미 적지 않은 돈이 들었고, 이나는 필요한 물건을 사는 기회를 놓치지 않았다—이 모든 것은 함부르크에 있는 마분지 상자 안에 이미 들어 있었다—그래서 가재도구라 부를 수 있는 것들이 몇주 만에 잔뜩 쌓이게 되었다. 베네딕트 수도사의 생활 원칙과 결별하는 자, 즉 침대, 탁자, 의자, 옷 두 벌, 거기에다가 나이프, 포크, 스푼 및 냅킨을 사는 데 충분하다고 생각하지 않는 자는, 그가 비록 가난하다 해도 얼마 안 가 놀랄 만치 많은 물건을 소유하게 될 것이다, 비록 비웃음을 살 만한 역설이긴 하지만, 더욱이 가난한 사람의 경우에 특히 그러할 것이다. 제정신이 아니게 된 부랑자들이나 속을 가득 채운 봉지를 든 많은 여자들도 그중에 속할 것이다 ─그중에 약삭빠른 여자들은 슈퍼마켓에서 쇼핑카트를 끌고 오기도 하는데, 그래봤자 가지고 온 봉지의 양만 늘어날 뿐이다─ 이것이 우리 존재의 참된 실질적 상징이다. 우리는 그들처럼 살면서 무수히 많은 대상들을 끌고 다니며, 절실히 필요해 보이는 물건을 끊임없이 쌓아두고, 그것들을 가지고 곳곳을 돌아다니고, 그것들을 애써 간신히 보관하고, 모든 삶의 걱정을 그것들에 허비하도록 스스로를 짐 지운다. 재판이 벌어지는 날이 되면, 가령 이사를 하거나 가정이 해체되는 날이면 잠시 동안 현혹되어, 국가와 경제를 유지하는 수집욕이라는 미혹이 눈에 보이게 된다.

하지만 한스는 관대했고, 이나는 빈궁하지 않았다. 한스는 폰 클라인 부인이 그녀에게 송금한 것을 알려고 하지 않았다. 그리고 그는 장모의 의사에 따라서 그래서도 안 되었다. 장모는 사실 딸이 결혼한 것에 지금은 만족해하고 있지만, 그러는 게 자신의 의무라고 보았으며, 그녀가 사실 동의한, 다시 느슨해져서는 안되는 유대감이라고 보았다. 한스는 애당초부터 이나가 어머니의 마음에 드는 새 집을 구하려 한다는 느낌을 받았다. 왜냐하면 이나는 이딸리아에서 돌아온 후부터 마음을 답답하게 짓누른 언짢은 기분에서 찬란하게 탈출하려고 마음먹었기 때문이다. 그녀가 쌜러드 앞에 앉아 있을 때 그녀의 기운을 북돋우기 위해 한스는 집주인도 수상쩍은 한 마리 새가 분명하다고 말했다.

그러자 그녀는 뜻밖에도 그의 말에 반박했다. 아니야, 결코 아니야, 우르반 지거는 존중할 만하다고. 그녀는 그를 정말 좋아하고, 되도록 그의 마음을 상하지 않게 하려고 한다고. 그는 그녀에게 솔직했다고 한다—그렇게 솔직한 사람들이 많지 않다며, 이때 한스를 바라보는 그녀의 시선이 어두워졌다. 그리고 지거가 불행하다면서, 그는 그런 불행을 당해서는 안될 것 같다고 한다. 불행을 당해도 싸다는 말이 어떻게 성립될 수 있겠는가. 사실 불행을 당해도 되는 사람이 누가 있단 말인가? 조금만 부주의하고 잘못을 범해도 우리에게 드러나는 계산서가 얼마나 되는지 누가 자신에게 분명하게 설명할 수 있겠는가? 진작 잊힌 것은 가혹하고도 엄격하게 죗값이 치러져야 한다는 것이다—어쨌든 사정이 그러하다는 것이다. 그녀의 눈에 다시 눈물이 글썽거렸다. 그녀는 약간 떨어져 앉았고, 눈물이 방울져 떨어져도 옆 사람은 신경쓰지 않을지도 모른다. 옆 사람들은 한 아름다운 소녀의 이러한 슬픔을 확실히 그녀의 동반자의 무정함 탓으로 돌릴 것이다.

*

지거가 공감과 동감의 이러한 고백을 들었던 것처럼—멀리 떨어져서 누군가에 대해 칭찬하는 말을 하면, 이는 어떤 사람의 귀에 일반적인 생각처럼 들린다. 그리고 지거는 정말 코

끼리처럼 예민해서 이러한 일이 결국 실제로 그에게 일어나게 되었다—그는 다른 날 다시 이나의 문 앞에 섰다. 그녀는 이미 젖빛 유리창에 비친 거대한 그림자로 누가 벨을 눌렀는지 알았다. 그의 넓은 어깨 위의 머리가 그녀에게 깊은 인상을 주었다. 그는 계단을 올라오면서 너무 지친 바람에 가쁜 숨을 들이쉬면서 그녀 앞에 서서, 이렇게 말하려는 듯 말없이 손가락만 들어올릴 뿐이었다. "쉿! 내가 말할 상태가 되면 말하기 시작하겠어요."

그는 다시 흰 셔츠에 검은 바지를 입고 있었는데, 언젠가부터 그는 그런 복장을 하기 시작한 것 같았으며, 겨울에는 거기에 검은 양복 상의가 첨가되었다. 집에 들어온 그는 자리에 앉아 물 한 잔을 달라고 요청했다. 그리고 조그만 통에서 색색의 알약을 꺼내 입을 벌려 집어넣고는 그녀가 보기엔 터무니없는 이유로 왔다고 하면서 그 특유의 애원하는 듯한 정중한 태도로 말했다. 그가 이나의 마음을 사로잡은 것도 그러한 태도 때문이었다. 그는 처음에는 부모와, 그다음엔 어머니와만, 그 다음에는 전적으로 혼자 이곳에서 살았다고 한다—그리고 그는 이런 날이 오기를 고대했음을 고백했다—"난 내 부모님을 사랑했고, 그들에게 사랑받는 아들이었지만, 마음속에서 그들을 살해했어요"—언젠가 이곳에 전적으로 혼자 살고자 했던 이 소망을 달리 해석해서는 안돼요—이처럼 혼자 사는 것은 결국 부모의 죽음을 전제한 것이었다—그러므로 마음속으로 살인자가 되었던 것이라고. 나쁜 소망은 언제나 실현되었다—당신은 그런 사실을 아는지?

이나는 이를 알지 못했지만, 그 말은 그녀에게 깊은 충격을 주어, 그녀는 그것을 마음에 새겨두게 될 것이다. 지거 씨의 목은 거의 눈에 띄지 않았다. 그의 턱에는 살이 디룩디룩 쪘고, 작은 머리는 어깨 위에서 이리저리 굴러다니는 것 같았다. 그는 남달리 몸이 비대했지만 어이없을 정도로 약해 보였다. 이나는 이제 차를 끓여주었다. 그녀는 더운 날씨에는 차를 마시는 게 좋다면서, 자기를 감동시키는 이 남자에게 자상하게 교훈적인 말을 해주었다. 물론 그녀는 남이 한 말을 그냥 생각 없이 따라했을 뿐이었다. 더울 때 차가 좋다는 것, 그녀는 그런 문제에 대해 건강한 젊은이가 다 그렇듯이 아직 제대로 생각해본 적이 없었다. 지거 씨가 이나의 아름다운 잔을 입에 들어올렸을 때 잔의 손잡이가 완전히 사라져, 잔은 마치 골무처럼 보였다.

지거 씨는 자신이 바라던 고독을 얻었지만, 그다음에 이러한 공허로 인해 생긴, 그로서는 상상하지 못한 소용돌이도 알게 되었다고 말했다. 그리고 이러한 소용돌이가 이 위의 그에게로 한 여자를 데려왔다고 한다. 그것은 바로 물리적인 과정이었다. 그녀는 그보다 나이가 많았고, 경험이 많고 총명한 여자여서 자신의 의지를 꼭 가져야 했지만, 그는 자신의 의지를 갖는 게 중요하지 않았으므로 이 점은 그에게 전혀 방해되지 않았다. 그는 자신에게 의지란 게 있는지 가끔 의심할 때가 있다고 한다. 그들 사이의 견해 차이가 컸다. 한쪽은 날카로운 의지, 다른 쪽은 완전히 무기력한 의지 ─그 자신은 이렇게 표현했다─ 한 쪽은 무자비하게 미워하는 능력, 다른 쪽은 아무래도 상관없단 식의 미워할 줄 모르는 성격을 지녔다. "나는 나 자신이 좋은 사람이라고는 결코 주장하지 않을 겁니다. 스스로 좋게 보이는 것이 실은 약점일 뿐입니다. 좋은 사람들의 경우에는 좋은 것이 강점에서 나옵니다." 지거 씨가 말했다.

하지만 그렇다고 미워하는 힘을 지닌 그의 부인을 나쁘다고 해서는 안된다고 한다. 아니, 결코 그렇지 않고, 말할 수 없이 쉽게 상처를 받는 것이다. 그녀에게는 그녀가 좋지 않게 말하는, 첫번째 남편의 딸이 있었다. "그녀는 다른 사람에게 너무나 관심이 있었는데, 그게 그녀의 결점이었어요. 그렇게 정면으로 바라보려는 자는 아주 끔찍한 일을 당할 각오를 해야 해요." 멀리 가버려 독일에 살지 않는다는 의붓딸이 ─더이상 거의 없는 거나 마찬가지인 그녀가─ 자신의 아내에게 미리 인사말이 인쇄된 크리스마스카드를 보내는 무성의한 행위를 저지른 것을 그는 결코 잊지 못한다고 한다. 그는 이 카드를 손에 쥐고 혼자 중얼거리는 아내를 발견했다고 한다. "악마의 집에서 요리나 하라지." 그러면서 그녀는 그 문구를 영원히 머릿속에 새겨넣으려는 것처럼 타는 듯한 눈빛으로 인쇄된 문구를 찬찬히 들여다보았다는 것이다.

"두 사람이 잘 어울리지 않았다는 말인가요?" 눈을 동그랗게 뜨고 그의 말에 귀기울인 이나가 물었다. 그녀의 마음을 짓누르던 것이 ─아무튼 그녀는 그것을 뭐라고 이름붙일 수 없었을지도 모른다—지거가 곁에 있는 동안 날아가버렸다. 그의 말을 경청하는 동안 그녀는 마음속의 현(絃)이 진동하는 것을 느꼈다.

"그 반대지요." 어떤 비밀을 폭로하기라도 하듯 지거가 말했다. "우리는 서로를 보완해왔습니다. 좋은 부부란 하나의 커다란 전체를 이루거나, 또는 서로를 지양해 플러스 마이너스 제로가 되어야 합니다—당신이 즐겨 쓰는 수학적인 표현을 쓰자면. 하지만 두 가지 다 맞는 말입니다. 다른 사람들은 둥근 모양의 커다란 전체를 뚫고 들어갈 수 없어서 그 전체가 외부세계에는 이미 제로와 가까워지는 바람에, 두 사람은 나머지 세계에 존재하지 않게 됩니다. 우리는 잠시 동안 아마 그런 사실을 체험하지 못했을 겁니다. 나는 그녀를 잘 알았고, 너무나 잘 알게 되었습니다—난 그녀를 알게 되었습니다. 그녀가 없었더라면 난 지금의 내가 되지 않았을 겁니다. 그녀가 없었더라면 지금의 내가……"

그는 말을 중단했고, 공처럼 움직이던 머리를 약간 힘들여 젖먹이 같은 두 손 안에 넣었다—그것은 실제로 얼굴을 은폐하려는 몸짓 이상의 행위였다. 왜냐하면 그의 두 팔은 뚱뚱한 몸을 담기에는 너무 짧았기 때문이다—"아, 내가 존재하지 않으면 좋으련만." 그는 완성되지 않은 문장을 새로운 절망적인 방향으로 계속 발전시키면서 한숨지었다.

이나는 이처럼 어떤 공간을 필요로 하는 사람은 자신이 존재하지 않기를 바랄 수 있다는 생각을 해보았다. 그의 짐을 짊어진 지구가 놀라워하도록 그의 소망이 이루어져야 했다. 이는 어쩌면 지거 씨가 땅이 꺼져라 한숨을 쉬면서 유도한 하나의 사고의 실험에 불과할지도 몰랐다. 그가 이미 충만된 상태로 한번 존재했으므로 이나는 그가 흔적도 없이 다시 사라진 것으로 생각될 수 없을 거란 결론에 이르렀다.

지거는 마음을 가다듬고, 다시 말하기 시작했다. 이처럼 쉬지 않고 상대방 속으로 들어가는 중에 서로 일치하지 않는 어떤 부분이 남게 되었다고 한다. 이는 그녀의 경우에는 당연한 일이었다. 그녀는 특별한 인물, 그의 표현에 따르면 실물보다 크다고 할 수 있는 인물이었기 때문이다. 그녀는 어느날 결혼반지를 그의 발 앞에 던져버렸다. 그는 그것을 줍기 위해 바닥에 엎드려야 했다고 한다. 하지만 그는 그녀가 가버린 후에야 비로소 그런 행동을 했는데—이는 그런 모습을 보임으로써 그녀에게 부담 주는 일을 하지 않으려고 했기 때문이다.

이나는 결국 둘 사이의 침묵을 깨뜨려야 했고, 그것은 그녀의 힘에 부치는 일이었다. 그녀는 냉장고에서 레몬맛 아이스크림을 가져왔고, 지거 씨가 그의 손에 비해 너무 작아 보이는 숟가락으로 이 아이스크림을 맛있게 먹는 것을 흡족한 마음으로 지켜보았다. 달콤한 것을 가져오길 잘했다. 이제 대화의 주제를 바꿀 수 있었다. 그사이에 집세의 입금이 해명되었는지요? 지거 씨는 그것이 해명되긴 했지만, 자기는 유감스럽게도 아직 그것을 손에 넣지 못했다고 한다. 쑤아드가 돈을 한푼도 내놓지 않았다고 한다. 그가 쑤아드에게 전화를 했지만, 쑤아드는 화제를 다른 쪽으로 돌렸다고 한다.

이나는 앞으로 지거에게 직접 집세를 보내야 하는지 물었다. 그러자 그는 불안해하고 흥분하며 아니, 결코 아니라고 말했다. 그런 일에 흔들려서는 안된다고 한다. 쑤아드가 그 돈이 더이상 자기에게 오지 않는 것을 알게 되면 노발대발할 수 있다고 한다. "그렇게 되면 당신에게도 좋지 않아요."

그는 그토록 힘든 일을 많이 겪었다는 자신의 집에서 이처럼 마음편히 아이스크림을 먹는 이런 즐거움이 찾아온 것에 대한 충분한 명분이 되기는 하지만, 오늘 그가 그녀에게 폐를 끼치는 다른 이유가 있다고 했다. 그는 자신의 아내에게 거창한 말을 하지 않고 결혼반지를 돌려주기로 마음먹었다는 것이다─이런 행위를 어떻게 평가할지 그녀 자신이 결정해야 한다는 것이다. 최종적인 결렬이든 아니면 재결합으로써─두가지 다 이 선물에 들어있을 수 있다는 것이다. 그 자신은 그녀가 여러 가지 의미로 해석할 수 있게 내버려둘 거라고 한다. "나는 사실 내가 원하는 게 무엇인지 모르기 때문에, 그것이 가장 솔직한 행동입니다." 그가 이 집에서 이사를 간 후 어디다 반지를 두었는지 더이상 생각이 나지 않을 뿐만 아니라 오랫동안 찾았지만 허사였다고 한다. 그러다가 잠을 못 이루던 간밤에─"당신은 이렇게 더운데 잠들 수 있나요?"─동전이 든 유리병에 그 반지가 있을지도 모른다는 생각이 불현듯 떠올랐다고 한다. 이 유리병이 이 방에 아직 돌아다니고 있다는 것은 그 자체로 이미 기적이라는 것이다─그러니 두번째 기적이 일어나지 말라는 법이 있겠는가? 그가 한번 살펴보는 것을 그녀가 허락할는지?

이나는 즉각 일어나 부엌으로 가서 그 유리병을 가져왔다. 기둥 모양의 다리가 달린 책상에 그녀는 동전들을 들이부었다. 지거는 몸을 일으켜서 먼지 낀 동전 더미를 바라보았다. 서로 겹치는 동전들이 없을 때까지 그는 손가락 끝으로 밀어 그것들을 떼어놓았다.

"실망스러운데요." 그는 나지막하게 말했지만, 자기 자신을 설득해야 한다는 듯 계속 열심히 말했다. "그래요, 그보다 더한 것은 실망의 끝입니다. 저는 밤 시간엔 아주 기꺼이 착각에 사로잡히긴 하지만, 낮은 이러한 유령을 사라지게 하지요. 그들이 내게 이 문제에 대해 확신을 심어준 것에 당신께 무한히 감사드립니다."—그녀에게 자신의 의지와 의도가 없음을 고백했을 때 그가 진실을 말한 것이라면—그리고 그는 그것을 확신한다고 한다—그는 지금 슬퍼해서는 안된다는 것이다. 그는 가능성으로 열린 특정한 길이 막혀버렸으니, 그것은 자신에게 정해진 길이 아니라고 한다. 그런 말을 하며 그는 복도를 향해 몸을 흔들며 어기적어기적 걸어갔다. 그는 작은 눈으로 이나를 다정스레 바라보며 그녀에게서 떠나갔다. 그녀는 그의 몸속에 병 속의 작은 악마처럼 잘 움직이는 조그만 정령이, 그의 두 발과 머리 사이에서 아주 가벼운 압박을 받아 위아래로 춤추며 돌아다니는 정령이 갇혀 있다고 생각했다.

이나는 혼자가 되자 곰곰이 생각에 잠겨 복도를 이리저리 거닐었다. 이는 이 집의 경계가 지어진 범위 내에는 확실히 있을 것으로 추정된 장소에 이미 무언가가 없었다는 표시가 아니었을까? 반지를 다시 찾는 것이 별로 뜻깊은 일이 아니라는 듯, 반지가 사라졌다는 것을 지거가 차분하게 받아들인 데에 그녀는 놀랐다. 꿈결처럼 생각에 잠긴 그녀는 소파에 누워 집주인이 찾아온 일을 아무렇지 않게 넘겨버리려고 했다. 그는 사랑을 주는 사람이었고, 그녀는 그 점을 의심하지 않았다. 이런 생각을 하며 그녀의 눈에 다시 눈물이 고였지만, 이번에는 격하게 솟아나오지 않았다. 그러니까 그것은 지난번처럼 마구 쏟아지지는 않고, 아름다운 눈썹에 잠시 달라붙어 있다가 관자놀이와 뺨을 거쳐 방울져 흘러내렸다. 그녀는 깊은 자기연민에 사로잡혔다. 어떤 시에 이런 구절이 있었다. "너 가련한 아이야, 네게 무슨 일이 얼어났느냐?" 지거의 사랑에 직면해 그녀는 무한히 버림받고 손해본 느낌이 들었다. 그녀는 이와 비슷한 일을 다시는 체험하지 못할 것이다.

그런 다음 잠에 빠졌을 때 그녀는 꿈을 꾸고 있다는 것을 얼른 알아채지 못했다. 왜냐하면 그녀는 눈을 감고도 집을 돌아다니며 문을 열고 청소된 방들을 들여다보았기 때문이다. 그 안에 있는 것은 다 그녀에게 친숙한 것이거나, 그녀가 구입해 직접 그 자리에 놓아둔 것이었다. 낮의 현실에서의 모습처럼 간단하게 화장한 귀여운 그녀는 꿈의 집도 체험했다. 그녀는 양탄자와 가로대가 달린 창 대신에 쏘아드가 설치한 새로운 창들을 보았다. 건물 관리인인 그는 난방을 특히 중요하게 생각했기 때문인데, 이는 그가 남쪽 나라 출신이라 독일에서 추위에 너무 떨었기 때문인지도 모른다.

그럼 이것이 무엇 때문에 그토록 마음을 불안하게 하는, 그러니까 깜짝 놀라게 하는 꿈이란 말인가? 인물이 등장하지 않았고, 그것은 수리된 방들을 그냥 훑어보는 것에 지나지 않았다. 그녀가 놀란 것도 꿈에서 본 영상 때문이 아니라, 오히려 이 공간에서 중요한 문제로 드러난, 잠자는 그녀가 알고 있는 사실 때문이었다.

커다란 신식 침대에 비해 그 방이 너무 작기 때문에 집에서 가장 예쁘지 않은 그녀의 침실에서, 실제 방바닥과 하나도 다르지 않은 꿈에 나타난 방바닥을 바라보는 동안 그녀에게 어떤 목소리가 들렸다. "이건 악마의 집이야." 그리고 그 순간 그녀는 모든 것이 친숙하다는 것을 다시 알아보았음에도 그 목소리가 분명 진실을 말하고 있다는 생각이 들었다.

그렇다, 그것은 그녀 자신의 집과 똑같아 보였다. 그렇지만 이곳 상황은 완전히 절망적이었다. 여기서는 절망적인 상황에서 호소할 수 있는 것과 연관을 맺을 수 있는 것이 하나도 없었다. 여기서는 자신의 의사를 전달할 수 있는 언어를 생각할 수 없었고, 어떠한 관습이며 규칙과 지속도 존재하지 않았다. 여기서는 모든 사고가 용해되어 사라져서, 그러한 것을 눈으로 볼 수 없었다. 볼품없이 지어진, 희게 새로 칠한 집만 있을 뿐이었다. 하지만 여기에 누가 살았는지를 아는 한 남자는 어디서나 볼 수 있는 아기자기한 방들 배후의 공허를 인식하고 있었다. 이를 받아들일 감각이 일단 열린 자는, 이런 공간에서는 불가능할지도 모르고, 그리고 또한 불가피할지도 모르는 어떤 끔찍한 것도 존재하지 않는다는 확신을 결코 다시는 잊을 수 없었다.

13

초승달이 성큼성큼 다가오는 것 같았은데, 아무튼 실제의 정확한 모양을 모르는 관찰자가 보기에는 그렇게 생각되었다. 사실 그의 눈에는 달이 낫 모양으로 점차 줄어들지 않고 아직 둥근 반달 모양으로 남아 있는 듯했다. 그녀는 이제 바람이 조금만 더 세게 불어도 날려갈 수 있을 것처럼 아주 연약했다. 뒤뜰에 모이는 사람들은 아크등의 인공적인 흰색을 신뢰했고, 달이 줄어드는 것에는 눈길을 보내지 않았다. 한스는 좀더 오래 사무실에서 참고 견뎌야 했고, 그런 다음에 몇몇 젊은 동료와 한잔 하러 가는 자리에 빠질 수 없었다. 그는 기숙사와 군대에서 사실 그러한 사교모임에 빠지는 법을 배우긴 했지만 이나에게는 그런 자리에 빠질 수 없다고 말할지도 모른다. 그

를 차지하려고 하는 패거리들은 보통 그리 쉽게 그를 붙잡을
수 없었다. 하지만 지금은 그가 집에 갈 수 없는 입장이었다.
그가 근무시간 동안 이나와 했던 통화는 불길하게 들렸다. 그
가 어둠이 걷혔다고 생각할 때마다 더 검은 먹구름이 다시 몰
려왔다. 그는 자기들 둘의 마음속에 일어난 변화를 어쨌든 이
해하기 위해서는 그것에 저항하지 말고 도움을 구해야 한다는
생각이 들었다.

"쑤아드에게는 이미 또다른 여자가 있어." 머리를 새로 텁
수룩하게 부풀린 바르바라가 말했다. 그녀는 공항에서 남편을
만나려고 하는데, 그녀의 사촌과 변호사를 데리고 갈 것이
다—"말하자면 그는 필요하면 언제라도 서명할 수 있게 서류
를 항상 주머니에 갖고 다니는 사람이야. 난 결코 서명하지 않
을 거야……"

"넌 지금이라도 서명할 수 있어." 오늘 연녹색 옷을 입고,
화난 상태에서 뚱한 표정으로 바뀐 사촌이 말했다. 그는 사촌
인 바르바라에게 이중첩자라는 인상을 주지 않으려고 아무런
노력도 하지 않았다. 어쩌면 그러는 편이 차라리 그녀에게 나
았을지도 모른다. 그녀는 위압적이며 폭력적인 남편 없이는
여전히 삶이란 걸 상상할 수 없었다.

"난 오늘 쑤아드가 그다지 젊지 않은, 약간 늙어 보이는 여
자와 있는 걸 보았어.—이봐, 바르바라, 조심해!—입이 크고
눈썹이 짙은 좀 천박해 보이는 여자였어—쑤아드, 당신은 곧
예순살이 되는데, 더이상 그 모든 일을 해내지 못할 거요."

그렇지만 쑤아드는 침착성을 유지했다. 그는 같이 공항에 가고 싶은 마음이 굴뚝같았을지도 모른다.

"왜 우리가 네 남편에게 빨리 '합스부르거 호프'를 보여주지 못하는 거지?—20분이나 걸리고 있어. 만나기로 약속하기 전에 보았던 게 분명해. 그는 내가 너에게 그렇게 좋은 충고를 해준 것을 내게 고마워할 거야. 그때는 내게 한푼도 남아 있지 않았는데, 내가 왜 그랬는지 알다가도 모르겠어." 그는 심지어 희생정신을 보여서라도 자신을 돋보이게 해서, 매력적이고 열심히 노력한다는 인상을 주려고 애를 썼다. 그리고 그는 돈문제에는 평소에 어떤 농담도 이해하지 못했다. 쑤아드가 표정을 바꾸며 저항하는 자세로 앉아 있는 한스에게 고개를 돌리자, 에티오피아인은 그가 처음에 주문했던 맥주병을 들고 즉각 달려왔다. 에티오피아인은 그런 것을 명심하고 있었다.

"지거 씨가 다시 당신네 집을 찾아갔지요." 쑤아드가 매서운 눈초리로 중얼거리듯 말했다—그는 물기 어린 유약한 밤색 눈을 뜻밖에 단단하고 작게 만드는 데 성공했다. "그가 내내 원한 게 뭐였지요? 그가 무슨 말을 하던가요?"

한스는 쑤아드의 지시를 받지 않겠다고 결심했지만, 결국 호기심이 승리를 했다.

"당신이 그에게 우리 집세를 내놓지 않는다고 하던데요."

쑤아드는 뻔뻔스러운 말이라고 했다. 그건 세입자들이 신경 쓸 일이 아니며 모든 것이 제대로 처리되고 있다는 것이다. 지거가 아무것도 받지 못하고 있다는 것도 맞지 않는 말이라고 한다.

"그는 돈이 없다고 주장하던데요." 한스가 말했다.

그는 돈이 많으면서 언제나 그런 소문을 낸다고 쑤아드가 울부짖는 소리를 냈다.

"그만해요, 쑤아드." 멀찍이 앉아 자신의 택시기사와 잡담하던 마무니 부인이 소리쳤다. "지거의 말은 사실이에요. 그는 돈이 없어요." 쑤아드는 한대 얻어맞은 것처럼 보였다. 그는 고개를 숙이고, 당황해하며 레반트 지방 출신의 뚱뚱한 노부인을 쳐다보며 눈을 깜박였다. 평소와 같은 디자인의 그녀의 옷에 오늘은 겨자색 글라디올러스와 오렌지 무늬가 찍혀 있었다. 레이스 숄이 달린 검정색 만틸라(에스빠냐, 멕시코, 이딸리아 등지에서 여성이 의례적으로 머리에서부터 어깨까지 덮어쓰는 쓰개 — 옮긴이)만 썼더라면 자주색 샌들이 썩 잘 어울렸을 것이다. 그랬다면 그녀는 고야가 그린 그림처럼 보였을지도 모른다.

쑤아드는 목소리를 낮췄다. 지거 씨와 긴밀하게 접촉하는 게 약간은 위험할 수 있다는 것이다. 그 문제에 관해 말하기가 쉽지 않지만, 한스가 사정을 알아야 하고 그런 다음에 어떤 태도를 취할지 스스로 결정할 수 있다고 한다. 이 주변 일대에 — 쑤아드는 손을 펴고 자신의 세차장과 '합스부르거 호프' 사이의 전 지역을 포함시키는 원 모양을 그려보였다 — 지거를 모르는 사람은 없다. 그런데도 그가 여기서 커피 한잔 얻어 마실 수 있는 곳은 어디에도 없고, 심지어 그는 저 건너편 레바논 식당에선 문전박대를 당하기도 했다. 지거가 간이식당에

다가가면 안에 있는 사람들이 거부한다고 한다 — 그래서 그는 아무것도 얻지 못한다. 이곳의 에티오피아인은 세계에서 가장 불행한 사람이라고 하는데, 왜냐하면 그는 어쨌거나 지거의 시중을 들어야 하고, 어차피 그의 세입자이기 때문이다. 이 남자는 언제나 트릭을 써서 고양이처럼 살금살금 걷는다고 한다. 미안하지만, 우리는 그것을 문제로 생각하지 않는다. 그 대신 당신이 원하는 것도 유감스럽게도 우리는 문제삼지 않는다. 무엇이 문제인지 한스가 알고 있다는 우아한 방법은 무엇인가?

"그는 돈을 내지 않아요."

"아, 그건 얼마 안되는 액수라서 문제되지 않아요." 쑤아드가 말하면서 눈을 크게 치켜떴다. 그는 잘근잘근 깨문 장밋빛 집게손가락을 들어올려 왼쪽 아래 눈꺼풀에 댔다.

"이제 무슨 말인지 알겠어요?" 4층에 사는 붉은 머리 여자는 비교적 오랫동안 지거와 대화를 나눈 후 낙태를 했다고 하고, 지거가 에티오피아인의 매점에서 커피를 마신 후에는 그곳의 퓨즈가 끊어졌다고 한다. 그, 쑤아드가 지거와 대화를 하고 나면 — 그건 피할 수 없는 일이라고 한다 — 항상 발기의 어려움을 겪었다며, 한스에게 그 점도 유의해야 한다고 하며 이러한 일들은 좋지 않다고 한다. 한스가 너무 혼란스러워하는 것 같아 쑤아드는 자신의 감정을 억누를 수 없었고, 원래 생각했던 것보다 큰소리를 질렀다. "눈길이 께름칙하니 무엇보다 당신 부인은 주의해야 해요. 여기서는 다들 잘 아는 일이지요."

"그만해요, 쑤아드." 이번에는 마무니 부인이 날카로운 어조로 말했다. 쑤아드는 마치 개처럼 울부짖었고, 이는 순진한 사람이 마음의 상처를 받아서 나오는 행동이었다.

"하지만 누구나 다 알고 있어요……"

"당신이 모든 사람에게 말했기 때문에 그런 거지요. 그 때문에 아직은 맞지 않는 말이에요."

"하지만 당신이 알아야 할 점은……"

"나에게는 근거가 없어요." 그녀는 객관적인 입장에서 차디차게 말했다. 한스는 마무니 부인의 손등에 돋은 푸른 혈관을 보았다. 힘줄이 불거져나온 것은 의지가 강하다는 것과 몸이 약한데도 아직 힘이 그대로 남아 있음을 보여주었다.

"물론 다른 것이 맞을지도 모르죠." 그녀가 말을 계속했다. "지거의 별점은 좋지 않아요. 그는 사실 언제나 나쁜 대접을 받거나 아예 대접을 받지 못할지도 몰라요. 그는 보지 못해서 빠뜨릴 수 없는 사람이지만 종업원들은 그를 보지 않아요. 그는 아무도 신뢰할 수 없고 그가 야기한 일은 실행되지 않아요. 그의 셔츠는 세탁소에서 분실되거나 찢긴 채 돌아오고 그의 변호사들은 늦잠을 자서 약속시간을 잊어버려요. 그는 분명 모든 일에 너무 비싼 대가를 치르고 있어요."

쑤아드는 이 말을 탄핵으로 이해했다. "나는 지거 씨에게 절대 빈틈없이 올바르게 대하고, 그는 나를 백 프로 신뢰할 수 있어요." 그는 다시 입을 삐죽이며 울부짖는 소리로 말했는데, 그러면서 자신의 정직성에 대한 공격에 방어하곤 했다.

"말도 안되는 소리예요. 당신이 그 증거인데, 재미있는 경우지요─당신은 나를 잘 대접하지만, 그를 잘 대접하지는 않아요. 같은 사람이 상이한 상황에서 완전히 상반되는 태도를 취해요. 그것은 엄연한 사실이고, 그걸 넘어서서 하나의 법칙이기도 해요. 법칙에 대해서는 왈가왈부할 수 없지요." 마무니 부인이 말했다. 부인은 마치 붉은 금색의 오페라 극장 특별석에 앉아 있는 것처럼, 그녀가 '내 친구'라고 부르는 터키인 운전기사에게 위엄있게 다시 고개를 돌렸다.

쑤아드가 이처럼 공개적인 질책을 받지 않았더라면 사람들이 중요하게 생각하는 자신의 권한을 한스에게 입증할 필요성을 느꼈겠는가? 바르바라는 복잡한 실상을 자기에게 조용하지만 엄하게 설명한 마무니 부인 쪽으로 자신이 앉은 접의자를 이동시켰다. 부부문제의 해결에 대한 마무니 부인의 전문지식은 논란의 여지가 없었다. 바르바라는 평소와 달리 진지한 표정으로 귀를 기울였다. 오늘은 술꾼만이 사촌에게 신경을 썼지만 별 성과를 거두지는 못했다. 왜냐하면 사촌은 혐오감을 느끼고 그를 쳐다보면서, 말 못하는 기념비처럼 변했기 때문이다. 그러나 그는 지금까지 인생에서 성공을 거두지 못했고, 그밖에 어떤 것에도 만족하지 못했지만 자신에게는 만족했다. 다른 사람들과 이야기 나눌 때는 지루하다고 생각될 뿐이었지만 혼자 있을 때면 욕조의 뜨뜻한 물에 들어갔을 때처럼 자족감이 들었다. 그는 세상 어디에 가도 곧 다시 요리사가 될 것이라고 스스로에게 말했다. 그리고 그렇게 되지 않더라도 상관없었다. 이런 생각을 하면서 그는 몇시간 동안 시간을 보낼 수 있었다.

"네가 그렇게 조용히 앉아 있으면 고상한 영국인처럼 보여." 바르바라는 자주 이렇게 말했다. 그녀가 어떤 영국인을 지칭하는지 확실치 않더라도 사람들은 그녀가 무슨 말을 하려고 하는지 알 수 있었다.

"이 여자가 하는 일은 좋지 않아." 쑤아드는 속삭이며, 마무니 부인이 언제부터 다시 귀기울여 들으려고 하는지 알아내려는 듯 그녀를 눈여겨보았다. "내가 그런 일에, 그런 고약한 이야기에 정통하다는 걸 그녀는 정확히 알고 있어요." 그는 다시 아래 눈꺼풀에 집게손가락을 댔다. 그리고 여자들은 이런 점에서 특히 위험하다고, 아마 마무니 부인도 이 점을 눈치챘을 테지만, 그녀는 자신이 강철처럼 단단하다는 것을 인정하지 않는다고 한다 — 말도 안되게. 여자들이 터무니없이 자주 울부짖을 때, 생리가 없을 때, 동침하는 것이 갑자기 고통스러워질 때, 소화가 잘되지 않을 때는 어떤 암시가 있는 거라고 한다. 없는 무언가를 그들이 있다고 공상하기 시작할 때, 공상과 망상을 둘러싼 이런 끝없는 말다툼이 있을 때도 어떤 확실한 암시가 — 여자들의 경우에 흔한 일인데 — 있는 거라고 한다. 병적인 질투심이 하나의 암시라면 — 이때 쑤아드는 특히 의미심장하게 바라보았다 — 그의 세계에서 무엇이 병적인 질투심이란 말인가? 어떤 여자가 계속 귀찮게 굴고, 불가피한 일에 품위있게 순응하는 법을 터득하지 못했다면? 여자들이 머리모양을 바꾼다면, 머릿니 때문에 그러는 경우를 제외하고 무엇보다 여자들이 머리를 자른다면 그것은 의미심장한 일이라고 한다. 그런데 이러한 언급은 농담삼아 하는 것이 아니었다.

이 모든 것이 무엇에 대한 암시냐고 한스가 물었다.

무슨 일이 시작되었다는 것에 대한, 더 정확히 말해 여자의 마음속에 무언가가 들어왔다는 암시라는 것이다. 그것은 여자가 더이상 혼자가 아니라는 예고이니 너무 늦기 전에 어떤 일에 착수해야 한다고 한다. 물론 사정을 훤히 아는 사람만이 효과적으로 보호할 수 있다고 한다. 그, 쑤아드는 여자들을 잘 안다고 한다―그 때문에 여자들이 그와 함께 있는 것을 목격하고 바르바라가 그들을 빈정거리며 하는 말이 우스꽝스럽다고 한다―그가 성적인 관계를 갖는다는 여자들이 그와 함께 있는 것을 그녀는 결코 보지 못할 거라고 한다. 그 역시도 결코 그녀를 보지 못할 거라는 단순한 이유 때문에. 현재는 세 명이라고 하면서, 그는 세 시간 이상 잠을 자지 못한다고 한다. 여기서 그는 공상에 잠겨 미소를 지었고 그런 다음에 다시금 진지해졌다.

앞서 묘사한 경우 사람들이 어떻게 행동할지 한스가 한번 체험을 하는 것이 어쩌면 도움이 될지도 모른다고 한다. 마침 오늘 그는 좋은 여자친구들에게 도움이 되는 곳으로 데려가기로 약속했다고 한다. 두 시간 내로 그들은 돌아올 거라고 한다.

한스는 그의 말에 귀를 기울였다. 쑤아드는 지금까지 그랬듯이 그를 언짢게 생각했다. 쑤아드가 자신의 마음을 열어 보이면서 한스에게 너무 가까이 다가오자 유명제품인 그의 값비싼 향수 냄새가 났다. 그 냄새는 한스를 훨씬 더 곤혹스럽게 했다. 이와 동시에 그는 부엌에 음식이 없다는 것을 확신할 수 있었다. 이나는 가사에 흥미가 없었고 더이상 힘도 내지 않았다. 날이 너무 더우면 입맛이 없다고 그녀는 아무렇게나 말했다. 이나가 갑자기 무언가를 준비했다 하더라도 그녀가 자기를 기다리는지의 여부는 아무래도 상관없다고 그는 고백했다. 한스는 바삐 움직이고, 가능하다면 아예 집밖을 나돌아다녔으면 좋겠다고 생각했다.

*

쑤아드는 현재 좀 오래된 대형 리무진을 몰았다. 그는 때로는 달마다 차를 바꾸었는데, 세차장을 하다보니 그런 좋은 기회가 자주 생겼다. 그는 차 거래도 약간 하긴 했지만, 사실 세차장을 운영하는 김에 그런 일을 했을 뿐이다. 길모퉁이에서—그곳으로 핸드폰이 교통 안내 활동을 했다—쑤아드가 '나의 보물'이라고 부른, 갈색의 맨 팔을 드러낸 입이 큰 어떤 여자가 차에 올라탔다. 그녀는 늘 입에 웃음을 머금고 있었고 금발이지만 이마의 일부에서는 검은 머리털이 자라기 시작하고 있었다. 이들은 많은 대화를 나누지는 않았다. 한참 동안 침묵이 흐른 후 마침내 여자가 입을 뗐다. "지금 난 무척 긴장돼요."

쑤아드는 신속하게 차를 몰았다. 얼마 안 가 벌써 한스는 어찌할 바를 모르게 되었다. 그들은 집단 건물과 그리 높지 않은 조그만 공장들이 있는 변두리의 사람이 거주하지 않는 지역을 통과해 달리다가, 마침내 한 공장의 진입로에 들어섰다. 이곳에는 '사무실 임대'라고 쓴 커다란 간판이 서 있었다. 그러므로 여기서는 더이상 아무것도 생산되지 않았지만, 뜰은 말끔히 정리되어 있었고 도로에 깔린 돌은 새것이었다. 물론 불빛은 없었다. 거리에 아크등이 켜져 있었고 뜰은 널찍했다. 모두 꽁꽁 닫혀 있는 작고 깨끗한 가건물들에는 거리 쪽으로 물건이 잔뜩 쌓여 있었다. 쑤아드의 조그만 전화기에 손전등 기능이 없었다면 그곳은 곧 어둠에 잠겼을 것이다. 이래서 그는 어떤 상황에서도 이 전화기를 신뢰할 수 있었다. 북소리가 들릴 듯 말듯 하게 들렸다. 어떤 차고 문의 틈새로 빛이 새어나왔다. 얼마 전까지만 해도 이곳에서 수압식 리프트가 조립되고 있었는데, 지금은 다른 동력장치가 자동차를 들어올리고 움직이는 일을 맡고 있었다.

쑤아드가 문을 두드렸다. 잠시 후 푸른색 두건을 쓰고, 역시 푸른색의 긴 옷을 입은 한 여자가 내다보더니 그임을 알아채고 기쁜 마음으로 들어오라고 손짓했다. 피부가 검은 그녀는 남쪽 오지 출신의 모로코 여자로, 쑤아드가 한스에게 속삭이며 말했듯 하라틴족(모로코 남부와 모리타니 등지의 사하라 사막 오아씨스에 거주하는 흑인 종족—옮긴이)이었다. 차고 안은 눈이 부실 정도로 밝았다. 삼각대 위의 써치라이트가 참을 수 없을 만치 차고 안을 뜨겁게 만들어 한스는 숨을 헐떡였다. 한정된 공간에 많은 사람들이 벽을 따라 의자에 앉아 있었다. 무엇보다 대부분 히잡을 쓴 무슬림 여자들로, 당황한 표정을 짓긴 했지만 그들 중에 남자도 두 명이 있었다. 사람들이 그들은 그냥 데려온 모양이었다. 푸른 옷을 입은 흑인 여자가 이곳의 우두머리였다. 그녀는 자신의 손님들을 안내했다. 쑤아드, 그의 여자친구, 한스가 앉을 의자가 마련되었다. 그들이 자리에 앉기가 무섭게 흑인 여자는 향로를 건네받아서 그것을 들고 새로 온 사람들의 머리와 발 주위로 돌렸다. 눈 부신 빛 속에서 귀를 멍하게 하는 소음이 지배했다. 이 가건물의 강철판은 북소리가 나지막하게 바깥으로 울리게 했는데, 이 안에서는 북채가 사람의 머리를 마구 두드리는 것 같았다. 구릿빛 얼굴을 한 다섯 남자, 늙은 셋과 젊은 둘은 수놓인 작은 두건을 쓰고, 그 지역 축구팀의 운동복을 입고, 땀을 뻘뻘 흘리며 북을 두드리고 있었다. 그다음 한 사람이 오보에의 일종인 관악기를 들고서 그것으로 귀청을 찢는 듯한, 고통스러운 동시에 아름다운 멜로디로 발전해가는 날카로운 음을 냈다. 그 멜로디는 변주되어 네 번이나 되풀이되었다. 그에 맞춰 남자들은 음을 키우기도 하고 줄이기도 하면서 밝고 날카로운 목소리로 노래를 불렀다.

쑤아드는 유명한 여자라며 그녀에게서 눈을 떼지 않고 말했다. 지금도 그는 집어삼켜버릴 듯한 눈초리를 하고 있었지만, 한스는 그것이 여기서는 어울린다고 생각했다. 그래서 쑤아드의 여자친구가 겁먹어 주눅든 시선으로 의자에 웅크리고 앉아 있는 동안 그는 놀란 시선으로 멍하니 바라보았다.

　흑인여자는 화를 내며 바라보는 어떤 뚱뚱한 여자에게 춤을 추는 듯한 발걸음으로 다가왔다. 그 여자는 거부하는 몸짓으로 손을 들어올렸지만 일어나지 않을 수 없었다. 그녀 옆의 여자들도 그녀가 그대로 앉아 있는 것을 좋아하지 않았기 때문이다. 그녀는 기분나쁜 것을 숨기지 않았고, 차고 한가운데서 싫증나고 지루하다는 표정으로 춤을 추기 시작했다. 그것은 예술적인 정교한 춤이 아니라 몸을 흔들며 이리저리 빨리 움직이는 것이었다. 하지만 잠시 후 시끄러운 종소리가 울리자 그녀 속에서 변화가 일어나 화난 표정이 사라졌다. 그녀는 모든 표정을 잃어버리고 선 채로 몸을 흔들면서 잠든 것 같았고, 그런 다음 머리를 급히 움직이며 이쪽저쪽으로 쓰러지기 시작했다. 그녀의 온몸이 마구 흔들렸고, 이제는 더는 두 다리로 몸을 지탱할 수 없었다. 그녀는 술 취한 것처럼 이리저리 비틀거리다가 넘어졌으며, 어떤 여자가 즉각 달려오지 않았다면 머리를 자꾸 콘크리트 바닥에 부딪힐 것 같았다. 그 여자는 그녀의 머리를 품에 안고 받쳐주었다. 흑인여자가 이런 기이한 모습을 보이자 합창단은 조용해졌다. 화난 그 여자는 경련에서 깨어나서 도움을 받아 자기 의자로 돌아갔다. 거기서 그녀는 멍하니 앞을 응시했다. 이제는 더이상 아무도 그녀를 신경쓰지 않았다. 그녀의 마음이 홀가분해진 것 같지는 않았다. 그녀는 어두운 구멍 속을 들여다보아서 일단 불빛에 다시 익숙해져야 하는 모양이었다. 이제 화난 표정은 사라져버렸고, 깊은 생각에 잠겨 자문하는 듯한 모습이었는데, 교통사고의 충격으로 길가에서 쉬고 있을 때 이런 표정을 지을 것 같았다.

다시 음악이 시작되자 머리에 붕대를 단단히 감은 날씬한 여자가 무리 속에 떠밀려왔다. 아무도 선뜻 춤추려고 하지 않는 것 같았다. 그러나 자기들을 기다리는 것이 무엇인지 그들이 알게 된 후에는 모두들 그런 권유에 따를 수밖에 없었는지, 푸른 옷을 입은 흑인여자의 지시에 아무도 오랫동안 저항하지 않았다. 붕대를 감은 여자는 자신의 희고 얇은 베일을 풀었다. 그녀의 관자놀이에는 붉은 머리칼이 들러붙어 있었지만, 그녀의 커다란 두 눈은 푸른 에메랄드빛을 띠고 있었다. 그녀는 피부가 무척 희고, 몸은 날씬하지만 턱은 아이처럼 부드러운 이중 턱이었으며, 마른 체구지만 살이 아주 없지는 않았다. 그녀를 격려하듯 고개를 끄덕이며, 합창단 남자들에게 좁게 빙 둘러서라고 지시하는 흑인여자를 그녀는 불안스럽게 바라보았다. 그 여자는 소음의 감옥에 갇혀 있었다. 사람들은 그녀의 동작이 도주의 시도이고, 무리가 있는 곳을 벗어나 다시 자신의 의자로 가려 한다고 생각했지만, 사실 그녀는 곧장 경련에 사로잡혔다. 그녀는 몸을 홱 돌렸고, 비틀거리며 날려는 것처럼 두 팔을 뻗었다. 그녀는 소리치려는 듯 입을 벌렸지만, 그르렁거리는 소리조차 들리지 않았고, 점점 더 거칠게 북을 치고 노래를 부르는 남자들에 의해 모든 소리가 파묻히다가 결국 쓰러지고 말았다. 그런데 이번에는 여자들이 그녀의 머리칼을 잡아 찢고 눈을 도려내야 하는 적들처럼 바닥에 쓰러져 있는 그녀에게 급히 달려갔다. 그녀도 깊은 악몽을 꾸고 난 것처럼 넋이 빠진 채 자기 자리로 되돌아갔다. 사람들은 위로하기엔 너무 큰 불행을 당한 사람에게 그러듯 그녀를 외면했다.

쑤아드는 한순간도 그녀에게서 눈을 떼지 않았다. 그는 전화를 걸 때보다 더욱 열렬히 이러한 황홀감을 만끽했다.

"내가 그녀를 이리로 데려왔어요."

하지만 이제 먼저 강요당하지 않으며, 삶의 불화에 순응할 줄 아는 측은한 표정으로 얼굴에 비해 모든 게 너무 큰 통모양의 여자가 몸을 일으켰다. 엉덩이 위에는 그녀의 상체가 마치 받침대 위에 놓인 것처럼 놓여 있었다. 그녀는 마치 상체와 무관한 엉덩이를 밑받침삼아 움직이는 것 같았다. 두 눈은 감겨 있었고, 동작은 극도로 경제적이었으며, 머리를 흔들거나 이리저리 비틀거리며 쓰러지지 않았다. 그녀는 작은 발걸음으로 하마 같은 몸뚱이가 흔들리게 했고, 두 팔을 머리 위로 올렸다. 그리고 미친듯이 울리는 음악소리에 빠져 자기도 모르게 몸을 흔들다가 음악이 그치자, 다치지 않도록 몸을 보호해야 했던 비교적 젊은 두 여자와 마찬가지로 당황해서 주위를 둘러보았다. 그 무거운 여자를 자신의 힘으로부터 어떻게 지켜줄 수 있단 말인가? 그녀는 도와주는 여자들 위를 구르며 그들의 목숨을 빼앗았을지도 모른다. 하지만 그녀도 빠져나왔다고 좋아하기에는 너무나 심각한 위험에서 가까스로 빠져나온 것처럼 어떤 상태에 빠져들었다.

"사람이란 자기 속에 있는 악에서 결코 다시는 벗어나지 못해요—악과 화해하고, 악에 익숙해져서 타협을 해야 합니다." 음악이 또다시 그치자 쑤아드가 말했다. 금화가 달린 팔찌와 목걸이를—이는 결혼식 장신구와 매우 흡사해 보였다—아름다운 한 소녀가 이제 무리에 들어왔다. 그녀는 주위를 둘러보았다. 두 남자 중의 한 명이 혹시 그녀의 남편이었을까? 한스는 재빨리 몸을 움직여 그 젊은 여자를 차고에서 데리고 나가야 한다는 생각이 들었다. 이곳에서 일어나는 이 모든 일이 너무 좋다면—기진맥진하고 어찌할 바 몰라 멍하니 바라보는 여자들의 모습을 볼 때 별로 그렇게 보이지는 않았다—그녀를 은밀히 데리고 나가야 했다. 자기 아내가 이 정도로 제정신이 아닌 모습을 다른 사람들과 함께 지켜보는 자는 어떤 부류의 남편이란 말인가? 그 남자도 아마 유사한 감정을 느끼는 것 같았다. 그 여자가 이미 자기를 완전히 잊어버리고 있는 동안 그는 불안하고 곤혹스러운 나머지 진땀을 흘렸다. 한스는 이나 생각을 했다. 쑤아드가 이나에 대해 분명하게 말하진 않았지만 그녀에 대한 그의 진단이 옳았을지도 모른다. 하지만 그는 그녀가 여기 차고에서 여자 마술사의 지시에 따라 춤추고 쓰러진다고 상상하다가 그녀에게 마치 고통을 가한 것처럼 깜짝 놀랐다.

14

쑤아드는 한스와 금발로 물들인 여자를 집에 데려다주었다.
그녀는 그곳을 떠나기를 간절히 원했다. 그녀의 얼굴에 확연
히 드러났던 흥겨움과 안정감이 사라진 것 같았다.

"그녀는 다시 올 겁니다." 쑤아드는 그들을 내려놓은 후 태
연하게 말했다. 모두들 다시 올 거라고 한다. 이것은 여자들을
위한 일이라고 한다. 그는 이제 출발하면서 자신이 여자들에
게 전적으로 헌신했다고 고백했다―그가 생각할 수 있게 된
이후로. 그는 세살 때 처음 여자의 성기를 뜻하지 않게 보았다
고 하는데, 그의 할아버지 집에서 여자 흑인노예가 그에게 자
신의 음부를 보여주었다고 한다―그날이 사실 그의 생일이
었다고 한다. 그는 전혀 음란하지 않게 말했고, 그래서 그가 불

행하게 생각되었다. 그는 '여자'가 어떤 존재인지 알고 있고, '여자'를 속속들이 알았으며, 동시에 항상 이런 지식을 새로 확인하는 것에 싫증나지 않았다고 한다. 그는 자신을 파멸시킬 최상의 도정에 있었고, 그의 결혼은 깨지고 말았다—무척 흥미진지하고 교훈적인 긴 이야기지만, 다음 기회에 하겠다고 한다—그는 전화 통화를 하지 않았다고 한다. 휴대폰이 좀더 일찍 발명되었더라면 어쩌면 그는 오늘까지 결혼생활을 계속할 수 있었을지도 모르지만, 그러나 이혼으로 제2의 청춘을 맞이하게 된 것을 불행 중 다행으로 생각한다고 한다.

여자들의 냄새, 쏘아드가 말했다. 그는 이제 정신을 집중해야 한다고 엄숙하게 말했다. 그는 여자들의 냄새를 생각하면 사고를 저지른다고 한다. 아무튼 여자들을 상대하는 것은 위험한 일이라고 한다. 여자들에게 완전히 빠져들지 않기 위해, 그들이 도망치지 않도록 남자는 여성화되어야 한다고 한다. 그는 이제 한스에게 고개를 돌리고 모든 일이 잘되어 가는지 물었다.

이런 맥락에서 볼 때 그 질문은 어떤 의미가 있는 것일까? 그는 한스가 이나와 마지막으로 잔 것이 언제인지 알려고 하는 걸까? 이날 밤 쏘아드를 통해 이런 경험을 하게 되었더라도 이는 너무 지나친 것이 아닐까? 그런데 한스에게 가장 기분나쁜 것은 쏘아드가 실상을 알고 있거나, 아무튼 이를 직감적으로 파악할 수 있을지도 모른다는 점이었다.

그가 형사처럼 특수한 성적인 문제를 캐내려고 하자 한스는 가슴이 더욱 답답해졌다. 다른 사람들은 이미 사라졌고, 밀랍처럼 창백한 얼굴의 정중하고 과묵한 에티오피아인이 접의자를 집 안으로 치우고 있었지만, 아직 쑤아드가 마지막 맥주잔을 들이켜려 한 뜰에서 외로운 술꾼은 참고 견디고 있었다. 그는 사실 접근하기 어려운 주인이 그에게 딱 잘라 거절한 마지막 잔을 쑤아드와 마시려고 했을 때 자신의 인내심이 확인되었다고 생각했다.

"신이 그 도시를 떠나려고 했을 때 이는 그의 진심이 아니었어……" 술꾼이 노래불렀다. 그가 어떤 노래를 인용했는지, 또는 이런 기묘한 구절을 스스로 생각해냈는지 그 자신은 더는 말할 수 없을지도 모른다. 바로 그때 즐거운 밤 시간을 보내고 돌아온 것으로 보이는 엘마 비테킨트와 브리타가 뜰에 들어왔다. 한스는 자리에서 일어섰지만, 두 사람은 가까이 다가오지 않았다. 그들은 서로 손을 잡고, 그가 있는 방향으로 다정하게 고개를 끄덕였으나, 악수를 할 것인지는 알 수 없었다. 비테킨트는 쑤아드에게로 고개를 돌렸고, 한스는 브리타의 조롱 섞인 시선을 견뎌야 했다. 그는 멀리 떨어져 있어 아무 말을 하지 않게 되기를 바랐다.

"왜 그렇게 의기소침해서 바라보지, 이 불쌍한 라틴족 악마 같으니!" 브리타가 특별히 큰소리를 내지 않고 주연배우 투의 목소리로 말했다. "라틴족 악마에 관한 노래를 모르나? 나는 내 여행가방에 든 피리를 잃어버렸어." 그녀는 비테킨트의 방해를 받지 않고 노래를 불렀다. 그는 그녀의 그런 엉뚱한 행위에 익숙해졌다. "난 네가 잃어버린 것을 찾았다고 생각해." 그녀는 자신의 농담을 멋지다고 생각했고, 한스가 유치원 시절부터 알던 노래를 생각에 잠겨 두번째로 흥얼거렸다.

하지만 이때 계속 어처구니없는 표정을 짓던 한스에게도 어떤 생각이 떠올랐다. 그는 오른손을 들어올려, 천장 등에 전구를 끼워넣으려는 듯 손을 돌리면서 이리저리 움직였다. 지거의 결혼반지가 사방에서 아크등 빛을 받아 번쩍였다. 브리타는 계속 흥얼거리는 것을 잊을 정도로 당황해하는 것처럼 보였다. 곰곰 생각에 잠긴 그녀의 이마에 주름이 잡혔고, 그녀는 약간 화가 나 보였다. 그녀는 인사도 하지 않고 집 안으로 들어갔다. 비테킨트는 그의 경우에 일반적으로 조롱의 의미가 담긴 것으로 보이는 인사를 하고 따라갔다 — 인사하고 헤어질 때 왜 그렇게 늘 우스운 모습을 보이는 걸까? 한스는 그가 매순간을 인용부호 속에 넣는다고 생각했다. 그가 브리타에게 승리를 거둔 데에 기뻐한 것도 잠깐뿐이었다. 곧이어 그는 그녀가 무슨 일을 할 것인가에 대한 걱정이 앞섰다. 왜 그는 그녀에게 진상을 알려주었는가?

이제 그는 그녀의 생각을 알아내려는 헛된 시도를 하느라 골치를 앓았다. 그러기 위해서는 일단 쑤아드 같은 사람이 필요했을지도 모른다. 그는 음악에 관한 대화에서 무언가를 알아내었는가? "상황을 인식하라." 어떤 유명한 헌법학자가 이 말을 자신의 슬로건으로 삼았는데, 한스의 공부는 그 정도에 머물러 있었다. 그러므로 실제로 브리타가 그에게서 반지를 빼냈다는 점에는 더이상 의심의 여지가 없었다 —그를 놀리기 위해? 그를 당황하게 만들기 위해? 그녀가 그러한 기념품들을 수집하거나 그에게서 약점을 잡으려고 하기 때문에? 그 노래, 이 뻔뻔스러운 소곡이 그 담보물을 암시하는 것이 아닌가? 이는 그가 그녀에게서 한번 찾아보려고 하한다는 뜻이 아닐까? 그가 그 다음날 당장 그녀에게 그런 사실을 알리지 않은 것에 그녀는 이미 기분이 상했을지도 모른다.

그녀는 이제 자신의 행위가 드러난 상태에서 당당하게, 자신이 만들어낸 틈을 깨닫고 이를 즉각 메웠다고 생각했다. 그녀의 조그만 악마적 행위는 무의미한 일이 되었다. 이제는 어떤 반지가 더는 너무 적은 게 아니라 너무 많이 있었다. 그런데 이러한 여분의 반지가 멋진 기념품이 담긴 조그만 상자 속에 들어가는 것이 아니라 움직이고 다니며 약간의 혼란을 야기할지도 모른다 —그런데 그것이 누구한테 효과적으로 작용할 수 있을까? 한스한테는 아니었다. 하지만 이나가 그 반지를 손에 넣고, 남편이 자기 반지를 끼고 다닐 수도 빼놓을 수도 있었던 기적에 대해 생각하기 시작한다면 그녀는 뭐라고 말할까?

한스가 자신의 추측이 어느정도 옳은지 알게 될까? 우편물은 바젤 광장에 늦게, 정오경에야 왔다. 한스가 아침 여덟시에 집에서 나갔다가 저녁에야 돌아왔다는 것을 아는 사람은 이나가 우편함을 비웠겠다는 생각을 충분히 할 수 있을 것이다.

하지만 브리타는 조금도 그런 생각을 하지 않았다. 그녀는 그의 손이 눈에 보이지 않는 전구로 그녀에게 불빛이 타오르게 하는 것을 본 후에 무엇보다 그 반지에서 벗어나려고 했다. 어쩌면 그녀는 은밀한 기대 속에서 그의 몸짓을 독립의 표명이자 그녀와 반환 협상을 시작하는 것에 대한 거부의 표명으로 해석할지도 모른다. 장난은 끝났다. 그는 그런 장난을 시작하지 말았어야 했을지도 모른다.

그녀는 반지를 다리에서 강물에 던지려고 했다. 이는 반지에서 벗어나는 올바르고 고전적인 방식이었다. 반지들은 바다에서 물고기에게 삼켜지거나 파도에 밀려 먼 해안으로 쓸려가야 했다ー그러면 새 역사가 시작된다. 하지만 진창에 처박혀 거기서 잠자고 있다 해도 그것들은 적절한 자리에 있는 것이었다. 보물은 강물 속에 자고 있어야 한다. 바깥은 물론 아주 더웠고, 햇빛이 석조건물에 무자비하게 내리쬐어서 한걸음씩 뗄 때마다 그럴 필요가 있을지 생각해보아야 했다. 다리 부근에 도달했을 때 그녀는 땀으로 목욕을 한 것 같았다. 반면에 어스름한 계단은 진홍색 인조석에서 나오는 서늘한 기운으로 그녀를 유혹했다.

그때 그녀는 반지를 즉각 한스와 이나의 우편함 속에 던져 넣었다. 이제 뜻한 바대로 되었다. 그녀는 낯선 물건을 내버린 곳에서 다시 완전히 정당한 일을 했다고 느꼈다. 하지만 그에게서 반지를 빼앗았을 때도 그녀는 정당했다. 동틀녘에 그녀는 깨어났고, 두 남자는 자고 있었으며, 한스는 그녀의 오른쪽 가슴에 손을 대고 있었다. 그는 자면서 그것을 사과처럼 잡고 있었다. 이러한 장면에서 그 반지는 번쩍이는 작은 오점이어서, 그녀는 그것을 가지고 있을 필요가 없었다.

*

이 반지를 이나의 우편함에 던져넣은 것이 어떤 효과를 일으켰을지 그녀는 아무리 기발한 상상을 해도 상세히 묘사할 수 없었을 것이다. 하지만 이나에게 자신의 눈을 믿어선 안될 이유가 있음을 기억하는 사람이라면 우편함의 온갖 편지들 사이에서 금반지를 발견했을 때 그녀의 기분이 어떠했을지 짐작할 수 있을 것이다. 쑤아드의 세차장이 갑작스레 더이상 원래 장소에 있지 않다는 것을 그녀가 확신한 직후 그것이 다시 그곳에 있는 것을 체험했을 때 무슨 일이 일어났던가? 그러는 사이 그녀는 정신이 산만하고 멍해서 그런 인상을 받은 것이 아닌지 스스로에게 물어보았다. 자신의 혼란스러운 상태 때문에 그녀는 자신이 바깥으로 내다본 창문들을 혼동하게 되었다. 그녀는 한스가 무척 신중하게 한 설명에 생각이 가까워졌지만 그런 사실을 고백하지 않았다. 하지만 그런 것이 여전히 그녀의 눈앞에 아른거리는 인상이 오래 지속되는 것을 바꾸지는 못했다. 그 후로 그녀 안의 무언가가 자신의 안정된 마음을 뒤흔드는 또다른 소식을 받아들일 것을 기대하고 있었다. 그녀는 자기도 모르게 의심에 사로잡혔는데, 즉각 그럴 만하다고 간주될 것이라고 느꼈다. 세차장 전체가 사라졌다가 다시 나타났다는 그녀의 체험을 한스가 어쩌면 충분한 근거들 때문에 받아들이지 않았을지 모른다고 추측했음에도 그녀는 이러한 상상이 완전히 옳다고 믿었다. 그녀는 자신의 마음을 진정시켜주려고 한 폰 클라인 부인한테 그 문제에 대해 상세히 말했지만, 자기가 아는 숙녀들한테서 가끔 형이상학적이고 초(超)심리학적인 것을 듣는 데 익숙한 폰 클라인 부인은 제대로 잠을 자지 못한다는 하소연을 들었을 때처럼 결코 그것에 더 큰 가치를 두지 않았다.

아무튼 이나는 조금밖에 자지 못했다는 뜻에서가 아니라 잠을 자도 피로가 풀리지 않았다는 뜻에서 제대로 잠을 자지 못했다. 그녀는 여덟 시간, 아홉 시간을 자고도 술을 잔뜩 마신 후처럼 기진맥진한 채 깨어났다. 지거가 찾아온 일이 그녀의 뇌리에서 사라지지 않았다. 오래된 동전들 속에 혹시 잃어버린 반지가 숨어 있는지 보려고 그것들을 자꾸만 옆으로 밀치던 쓸데없는 그의 행위가 그녀의 마음속에 깊이 아로새겨져 있었다. 사물들이 사라졌다가 다시 나타나는 것이 이 건물의 은밀한 법칙이었다. 그녀 주위에서 무언가가 만들어졌다.

그런데 이제 지거가 어제 윗집 아니면 그녀의 집에서 찾아낸 반지가 그녀 앞에 놓여 있었다. 그것이 다름아닌 이 반지였다는 것에는 온갖 사건이 일어난 후 추호도 의심의 여지가 없었기 때문이다. 반지가 어떻게 우편함에 들어가게 되었는지는 더이상 조사할 필요가 없었다. 그 일은 여기서 언젠가 일어난 일들처럼 그렇게 일어났던 것이다.

그녀가 지금 한 일 중에 가장 뜻깊은 것은 그 일을 한스에게 알리지 않았다는 사실이었다. 그녀가 비밀을 엄수하려는 것은 아니었을지도 모른다. 그녀가 숨기려는 것이 아니고, 그런 의도를 밝힌 것도 아니기 때문이다. 예전에 어떤 오래되고 유명한 술집에서 오른쪽으로 멀리 떨어진 곳에 도로가 건설되었기 때문에 손님이 뚝 끊긴 것처럼, 최근 들어 그녀의 삶에는 한스와 하등 관계 없이, 그의 옆을 스쳐지나가는 영역들이 있었다. 지거는 이나가 전화를 걸면 마치 기다렸다는 듯이 금방 받았다. 그녀는 그가 어디에 사는지 내내 확실히 알지 못했다. 언젠가 멀리서 그가 그 호텔을 나서는 것을 보긴 했지만, 아무튼 그가 '합스부르거 호프'에 묵는 것은 아니었다. 이나는 지거와 정신적인 유대관계가 있다고 생각했다. 대체 그 반지가 어떻게 우편함에 들어갔는지에 대한 질문은 그에게도 제기되지 않았다. 지거는 울기 시작했다. 그는 하얀 손바닥에 놓인 반지를 바라보다가 조금 힘들여 몸을 굽히고는 그것에 키스를 했다. 반지가 다시 그곳에 있었다. 그것은 어디론가 사라진 후에, 그가 부주의하게 그것을 남의 손에 들어가게 하고, 이로써 그에 대한 모든 권리를 포기한 후에 다시 그곳에 있었다.

"나에겐 더이상 이 반지에 대한 권리가 없어요." 그는 이 반지를 가지고 있던 사람을 비난해서는 안된다는 걸 이나에게 단언하려는 듯 대단히 힘주어 의미심장하게 말했다. 반지를 갖고 있던 사람은 정당했다. 결국 그것을 내놓은 자는 지거에게 선물을 한 셈이었고, 그에게 은총을 입증해주었다.

"이것은 은총입니다." 그는 단어의 의미 그대로 말했다. 그의 눈물은 흔적도 없이 말라버렸다. 그는 다시 한걸음씩 발을 떼었고, 그의 경우에 걷는 것은 굼뜬 기계장치를 철저히 의식적으로 움직이는 것을 의미했다. 그가 걸을 때면 지면이 흔들렸다. 몸이 비대해서 계단이 잘 보이지 않았기 때문에 그는 계단을 올라갈 때 조심해야 했다. 이나는 고마운 마음에 흥분해서 그의 뒷모습을 말없이 바라보았다. 적어도 이 때문에 그녀는 좋은 결말을 맺게 되었다는 느낌이 들었다. 그녀는 거실 소파에 오랫동안 가만히 있었다. 그녀는 여운이 아무리 오래 지속되더라도 자신의 체험에서 벗어나려 하지 않았고, 이런 체험을 한 집에 그대로 머무르며, 그 공기가 사라져버리지 않는 한 그것을 호흡하려고 했다. 그녀는 몇시간 후에 이 공기가 점점 희박해져 사라져버린다고 느끼자 슬퍼졌다.

그녀는 소파에서 일어나 어쩔 줄 몰라하며 방들을 돌아다녔다. 그녀는 방에 있는 게 마음이 불편해져서 주변환경에 더이상 시시콜콜하게 신경을 쓰지 않았다. 사방에 무언가가 흩어져 있었다. 사람들이 일어나면서 밀쳐놓은 것처럼 걸상과 안락의자들이 뒤죽박죽으로 놓여 있었다. 소파 커버는 반쯤 지면에 끌려 있었다. 꽃가게에 있을 때부터 아주 싱싱하지는 않았던 여름 장미들이 꽃병 속에서 말라죽어 있었다. 그녀는 이집을 꾸몄고, 그러느라 몇가지를 들여왔지만, 이제 사물들은 독자적인 삶을 영위하며, 질서에 반항하겠다는 의식에 깊이 뿌리박은 맹목적 의미의 존재로 그곳에 붙박여 살아가기 시작했다. 이 집은 겉으로 일부러 꾸며서라도 그녀에게 몸을 굽히지 않았다. 그녀는 자기도 모르게 이처럼 황폐화가 시작되어 보기 흉한 모습이 되는 것을, 그녀의 힘이 소진된 후에야 비로소 힘을 보여주는 적대적인 낯선 세력이 모습을 드러내는 현상으로 느꼈다.

*

이나는 집밖으로 나갔다. 그녀는 흰색 면직물 셔츠 같은 얇은 옷만 몸에 걸쳤고, 가방과 돈은 지니고 있지 않았다. 이렇게 그녀는 어슬렁거리며 도시를 돌아다니기 시작했다.

오랜 더위가 효과를 보이기 시작했다. 바젤 광장에는 나무가 한 그루도 없었지만, 잠시 후에 비교적 오래되고, 반쯤 보존된 거주구역에 이르렀을 때 이나는 지난 몇주 동안 밤나무 아래가 황폐해진 것을 목격했다. 여기에는 거리를 어스름한 어둠속에 잠기게 한 아름다운 가로수가 있었다. 여름날 밤나무 주위에는 뿌옇게 보이는 큰 건물들만큼 높이 자랄 수 있는 녹색의 연한 잎사귀들이 있지만 가끔 먼지 냄새가 났다. 이 나무들은 사람들이 거리에서 망쳐버린 많은 것을 보상해주었고, 밤나무들이 물결치며 장관을 이룸으로써 초라한 거리 모습을 희석하는 한 사람들이 원하는 건물을 이곳에 지을 수 있을 것 같았다. 하지만 지금 이 잎사귀들은 아직 8월이 되지 않았는데도 이미 갈색으로 말라 있었다. 산업문명은 가장 멋지고 고상한 동물들, 즉 고래와 호랑이, 황새와 청개구리를 말살해버렸지만, 지난 몇년 동안 아시아에서 날아와 밤나무 잎사귀를 말라죽게 한 나방도 독을 내뿜지는 않았다. 이 조그만 생물은 이런 식으로 자신의 작업을 마무리하기 때문에 삶을 파괴하는 화학적 수단과 어떤 계약을 맺어도 되었던 모양이었다.

이나는 한여름에 시들어가는 가로수 길을 걸어갔다. 열매가 조용히 알맞게 익기에 적절한 시점이 아니라는 것을 안 몇몇 나무들은 보통은 10월이 되어야 가지에서 거리로 떨어지는 가시로 덮인 둥근 열매를 죽을힘을 다해 지금 벌써 맺었다. 원래 모습처럼 먹음직스럽고 탐스럽게 익지 않은 열매들은 볼품없고 빈약했다. 껍질을 벗기면 마호가니 가구처럼 윤이 나는 밤이 튀어나왔다. 포석에는 시든 나뭇잎도 벌써 떨어져 있었고, 보다 조용한 거리에서는 이나가 가벼운 샌들을 신고 낙엽을 밟으며 걸어가자 바스락거리는 소리가 났다. 이나는 이곳의 많은 집들의 재료인 잡색 사암을 좋아하지 않았다. 그녀가 보기에 그것은 핏빛에다 음울한 동시에 너무 부드러웠고, 속돌처럼 푸석하고 구멍이 많았다. 아직 나무에는 거리에 계속 그늘을 드리울 정도로 나뭇잎이 많이 달려 있었다. 그녀는 천천히 걸으면서 롤 블라인드가 내려져 있지 않은 집들의 일층을 들여다보았다. 이곳에는 잘사는 사람들이 거주하는 것 같았다. 커튼에서, 그리고 거울이나 천장 등으로 어두운 실내를 약하게 비추는 빛에서도 그런 사실을 알 수 있었다.

이 거리에서 살았다면 그녀의 삶이 달라졌을까? 하지만 그것은 일시적인 생각일 뿐이었다. 두 개의 사암 문기둥 사이에 정원으로 통하는 육중한 쇠문이 열려 있었다. 그녀는 단단히 박히지 않아 흔들거리는 타일이 깔린 통로를 지나 한 그루의 우람한 밤나무가 서 있는 뜰까지 들어갔다. 그 밤나무는 사방을 둘러싼 집들에 보호받는 동시에 엄청나게 크게 자라서 아직 빛을 받고 있었다. 하지만 특혜받은 이 나무는 외풍에 노출되어 보다 많은 저항력을 키운 거리의 나무들보다 일찍 나뭇잎을 잃어야 했다. 이나는 갈색의 쪼글쪼글한 낙엽으로 이루어진 집 높이의 이 인공폭포 앞에 섰다. 나무의 높다란 뿌리들 사이에 놓인 모래 상자는 이미 시든 낙엽으로 가득 쌓여 있었다. 그녀는 뜰을 빠져나와 거리를 따라 어슬렁거리며 돌아다녔다. 여기저기 가리개를 펼쳐놓은 정원이 딸린 음식점은 텅 비어 있었다. 사람들은 여름을 즐기며 바깥에 앉아 머물고 싶은 기분을 잃어버렸고, 도시에 머물러 있는 사람들은 보다 시원한 자기들 집으로 기어들어갔다.

　이나는 아무 생각 없이 계속 걸었고, 결국에는 자신이 어디에 있는지도 더이상 알 수 없게 되었다. 그녀는 언덕에 올라가 멀리 시내를 굽어보았고, 여기서 보니 은행의 고층빌딩들이 늪 속에 처박혀 있는 것 같았다. 한스는 이 건물들 중 한 건물에서 시원한 바람이 불어오는 가운데 유리창 뒤에 앉아 그녀와 다른 생각에 잠겨 있을 것이다. 몸을 돌리면 끝이 없을 것 같은 도시가 유한한 경계를 드러내보였다. 타우누스 산맥의 나지막한 산들이 열기를 받으며 담회색으로 자리 잡고 있었다. 그 열기는 산들을 단순한 씰루엣으로, 일본 수묵화의 붓터치로 보이게 했다. 그러나 이러한 산들의 방향으로 계속 가는 자는 거기에 도달하기 전에 넓은 띠를 이룬 조밀한 거주지인 교외의 황량한 지역과 맞닥뜨리게 되기 때문에 물론 그 산들을 다시 잃어버릴 것이다.

드러난 팔다리의 피부가 무척 흰 어떤 젊은 여자가 그녀에게 다가왔다. 보기 흉한 반바지에 헐렁한 셔츠를 입고 머리에는 짚으로 짠 모자를 쓰고 있었다. 그녀는 팔에 어린아이를 안고 있었고, 다른 아이는 그녀 옆에서 걷고 있었다. 아이를 안지 않은 손에는 길고 가는 지팡이를 들고 앞에 장애물이 있는지 조심스레 더듬어 찾고 있었다. 그녀는 앞이 보이지 않았지만, 아주 안전하게 앞으로 움직이고 있었고, 아이들의 도움조차 필요로 하지 않았다. 그녀는 연석 모서리에 멈춰서서 몸을 곧추 세우고 눈으로 보지 못한 것을 보완하기 위해 귀를 쫑긋 세우고 있었다. 그런 다음 그녀는 지팡이로 아스팔트 위를 짚으며 지팡이가 내는 소리를 따라갔다. 이나는 이 여자의 숙련된 기술에 놀라워했지만, 곧 그녀가 처한 상태, 성공이나 행운을 아랑곳하지 않는 그 상태가 더 놀라웠다. 이 눈먼 여자의 옷차림이 얼마나 초라했던가 — 그런데 이나가 걸어가면서 보았던 많은 사람들은 그녀가 그러한 행색을 하고 있다고 해서 그녀를 안쓰럽게 생각할 필요는 없었다. 하지만 이 경우는 달랐다. 그 여자는 자신이 얼마나 흉하게 찌그러진 모자를 썼는지 알지 못하고, 자기가 입은 반바지 색깔을 보지 못하기 때문이다.

그녀는 짧은 다리가 드러나고 다른 옷으로는 감출 수 없었을 넓은 엉덩이를 지닌 자신의 모습이 어떠한지도 알지 못했다. 어떤 호의적인 사람들이 이런 옷가지를 여자에게 입혔는데, 그녀는 피부에 무언가 따뜻한 것이 있다는 것밖에 감지하지 못했다. 그 눈먼 여자는 어울리지 않는 여름 모자를 쓰고 모욕당한 사람처럼 도시를 돌아다닌다고 했다. 그래서 사람들이 고원 목초지에서 축사로 내몰기 위해 장식해준 암소처럼, 이러한 장식으로 자신에게 어떤 일이 일어날지 이해하지 못하는 암소처럼. 이나는 이제 그 모습을 보려고 했다. 그런데 그녀, 이나에게 정말 이 여자에게 일어난 것과 전혀 다른 일이 일어났단 말인가? 그녀가 몸에 달고 있는 것, 이것은 정말 그녀가 직접 고른 것이었다. 그런데 이제 그것은 아무래도 전혀 상관없는 사소한 일로 생각되었다. 전혀 다른 차원이긴 하지만, 그녀는 자신이 어디 가서 서 있는지, 외부에서 볼 때 자신의 모습이 어떠한지 알고 있으며 보고 있는가? 이 도시에서 한스와 사는 그 생활, 사실 그게 무엇이란 말인가? 어쩌면 그녀는 사람들이 골라준 짚모자를 쓴 눈먼 여자처럼 살기를 바랐던가?

'생활'이란 단어가 그녀 마음에 떠올라서는 안되었을 것이다. 그녀가 '그 생활'을 생각했을 때 혼란과 자기연민의 감정이 생겼다. 그녀는 벽에 몸을 기대고 훌쩍거리지 않을 수 없었다. 물론 눈물은 흐르지 않았고, 그것은 메마른 히스테리성 경련이었기 때문에 아무런 문제도 일으키지 않고 알레르기성 기침 발작처럼 서서히 약해졌다.

15

누구든 그것이 초승달이고, 우주의 블랙홀이 달의 마지막 남은 부분을 삼켜버린 밤이라는 생각을 해서는 안되었다. 사람들은 그러한 사실을 독일의 서쪽에서는 거의 체험할 수 없는 완전한 암흑이라는 생각과 연결시켰다. 진정한 밤의 암흑은 도시와 진작부터 시 외곽인 마을의 네온싸인 속에서 완화되었기 때문이다. 처음에는 도시 상공에 아직 여름날의 빛의 마법도 일어났다. 색깔을 빨아들여 곰팡내 나는 흑백사진의 담회색만을 남겨놓은, 태양이 작열하는 희디흰 대낮의 하늘은 사라져버리고, 순수한 담청색으로 빛났으며, 이제는 빛을 발하는 둥근 천장으로만 상상할 수 있었다. 안도의 한숨을 쉬고 즐기는 시간이지만, 이나에게는 슬픔과 후회의 시간이기도 했다.

무엇에 대한 후회란 말인가? 그녀가 자신의 삶에서 무엇을 후회해야 한단 말인가? 그녀는 어떤 사람의 마음을 상하게 하고 그자의 용서를 받지 않았는가? 그녀는 어떤 기회를 얻지 못했으며, 어디에서 자기에게 정해진 길을 벗어났는가? 사람들이 그녀에게 기대하는 일을 그녀는 단순히 적당한 규율로, 단순히 그녀의 본성에 따라 하지 않았는가? 그녀는 이제 혼인을 하고 결혼생활을 함으로써 자기에게 적절한 생활영역에서 너무 멀어진 것처럼 여겨졌다. 그녀가 마음의 준비를 갖추지 못한 낯선 지대에서 움직인 것처럼, 한스도 이곳에서는 그녀에게 낯선 사람인 것처럼 여겨졌다. 우리는 사람들을 그들의 환경 속에서 만나며, 그들 각자는 아주 개인적인 특성으로 인해 다만 모자이크 조각에 지나지 않아, 어떤 커다란 상의 부분임을 파악할 때에야 비로소 그 사람들을 알게 된다.

프랑크푸르트에서는 그와 반대되는 일이 일어났다. 즉 한스와 이나는 친숙한 영역을 떠났던 것인데, 한스는 어디 다른 곳에 가서 적응하는 것이 그리 어렵지 않은 모양이었다. 그가 비테킨트 부부 같은 사람들과 잘 지낸다는 것은 놀라운 발견이었다. 이로써 그를 알고 있다고 생각한 그녀는 그를 완전히 새로 보게 되었다. 그녀는 그 집에 결코 적응하지 못할지도 모른다. 그녀는 방들의 배치를 제대로 알려고 애썼고, 그것을 제 것으로 만들려고 했다. 그리고 이제 그녀는 집이 저항하기 시작해서, 말라죽은 물질처럼 그녀의 가죽을 벗긴다고 생각했다. 그녀가 사치스러운 환경에서 아무 일도 하지 않고 어머니와 나뿔리 항구에 있을 때는 얼마나 달랐던가. 수도원에서처럼 정확하게 짜여 있는 하루 일정은 수도원 바깥에서만 지켜질 수 있다. 엄청나게 많은 시간을 보내기 위해서는 그런 일정이 필요하기 때문이다.

사람들은 금방 다시 식사나 소풍을 위해 준비를 끝내야 하기 때문에 드러누워 있을 시간도 늘 부족했다. 폰 클라인 부인은 수영을 좋아하기 때문에 이전보다 더욱 신경써서 머리를 손질해야 했다—투구 같은 머리를 해체했다가 다시 세우는 데 몇시간이 걸렸다. 그녀는 특별히 좋아하는 일, 미용실 약속 날짜를 변경하는 일에도 신경을 쏟았는데, 대체로 그것은 예술사를 공부하면서 이딸리아어를 제법 잘하게 된 이나의 임무였다. 약속시간을 바꾸는 것은 성가신 일이었지만, 그러고 나면 얼마나 마음이 평안해졌던가! 중요하지 않은 일을 중요하다는 표정으로 해내고, 하찮은 중요한 일만 존재하는 세계에 머무르는 것이 그녀에게는 이제 고향감정의 진수로 여겨졌다.

그런데 그 올바른 세계, 사실 그녀가 사람으로 만들어져 태어난 세계, 그녀가 이제 관련을 맺고 있는 그 세계가 달걀껍질 속의 막처럼 아주 얇은 막을 통해 그녀와 분리된 것일까? 살면서 으레 일어날 수 있는 일이듯이—그 세계는 사라진 것이 아니라 손으로 잡을 수 있는 가까운 영역에서 그녀를 유혹했다. 내일 당장, 자신이 원하는 어떤 순간에든 그녀는 이런 영역으로 다시 들어갈 수 있을지도 모른다. 사실 그녀가 불필요한 짐을 달고 다닐지도 모르고, 언젠가 사람들은 그녀가 가버렸다는 것을 알게 되겠지만, 그녀는 분명 금방 어려움을 이겨낼 것이다.

폰 클라인 부인이 자신과 함께 살았던 사람들에게 자신의 인격이 개선될 여지가 있다고 고백한 것은 어쩌면 잘한 일일지도 모른다. 이처럼 당당한 고백은 아무튼 자신을 방어하는 행위로서 과소평가할 수 없는 일이었다. 한스는 방어가 무엇인지조차 알지 못했다. 그녀는 이제 그를 생각할 때면 그가 연속으로 꾸는 꿈처럼 생각되었다. 그는 깜깜한 늪에서 가라앉는 중이고, 그녀에게서 떨어져 노래부르고 휘파람을 불며, 그녀의 비명을 듣지 못한 채 붉은 태양을 향해 다가가고 있었다. 그는 결국 그녀의 비명 소리를 듣게 되지만 꿈에서 으레 그렇듯이 두 발이 땅에 단단히 붙어 있어 그녀에게 다가갈 수 없었다. 그는 아무것도 할 수 없다는 생각에 무기력한 심정으로 애석해할 뿐이었다.

이나는 다시 시내 쪽으로 어슬렁거리며 걸어갔다. 그녀는 땀을 흠뻑 흘린 어린 소녀가 짐짓 꾸며서 냉기를 발산할 때보다 더 예뻐 보일 수 있는 나이였다. 그럴 경우 땀은 장미 꽃잎 위의 이슬이거나 유화(油畵)에 신선함과 깊이를 부여해주는 겉치레인 것이다. 하지만 그녀는 자신을 보지 않았고, 자신을 지저분하고 비참하다고 느꼈다. 사실 그녀는 수중에 동전 몇개도 없어서 좀전에 지나친 아이스크림 가게에서 레몬 아이스크림을 살 수조차 없었다. 그녀는 삶의 여행에서 이런 지경에 이르게 되었다. 여기서는 그녀를 아는 사람이 아무도 없었고, 외상으로 물건을 사는 데 익숙해졌지만 아무도 그녀 이름으로 외상을 주지 않았다―함부르크의 아이스크림 가게에서는 이런 일이 드물다는 것을 지금 굳이 생각할 필요가 없었다.

이제 이나는 걸어가면서 이런저런 생각이 들었다. 그러는 사이에 도심의 통행량이 많고 넓은, 약간 내리막인 거리를 따라 앞으로 걸어가면서 그녀는 자신의 상상 속에서 새로운 공간에 들어섰다. 그녀는 좀더 친숙한 지역에 가까이 다가갈수록―그녀는 가끔 네거리나 어떤 건물을 알아보았다―집에 돌아갈 일이 더욱 끔찍하게 여겨졌다. 차가운 물, 욕실, 냉장고에 먹다 남은 레몬 아이스크림이 있는 곳에 이르고, 돈을 갖기 위해서는 집에 돌아가야만 했다. 폰 클라인 부인의 번호가 저장된 그녀의 전화기도 그곳에 있었다. 버튼만 누르면 충분할 것이고, 그러면 그녀는 친숙하고, 약간 화난 숙녀의 목소리, 전화 통화를 위해 사는, 중요한 용무를 보다 방해받은 것 같은 인상을 주는 여자의 목소리를 들을 것이다.

그렇지만 또 한번 그 계단실에 들어서고, 다시 한번 한스와 대화를 나누며, 또 한번 거실 창밖으로 부근의 거리를 내다보는 것, 그것은 이나의 능력 밖의 일이었다. 그녀는 지금 좀더 순수한 상태로 나아가야 한다고 생각했다. 그녀는 자신의 절망감을 감추지 않고 드러내보였다. 그녀는 더이상 핑계나 비난을 필요로 하지 않았고, 누군가를 비난하지도 않았다. 그녀는 이상적인 상태를 벗어난 것을 슬퍼하지 않았다. 그녀는 자신의 속에 든 것을 다 쏟아버려 폭발할 것 같은 심정이 되었다. 불을 붙이기 위해서는 불꽃 하나면 충분했다. 그녀는 사람들이 보기 딱할 정도로 어쩔 줄 몰라 하면서도 자신의 마음을 어떻게 진정시켜야 할지 잘 알고 있었기 때문에 아무에게도 이런 상태를 이야기해서는 안 되었을 것이다. 가령 모든 게 결코 그리 나쁘지 않다는 식으로 말이다. 그렇지만 상황은 고약했고, 지금 그녀는 벌써 화염에 휩싸여 있었다.

히잡을 쓴 한 무슬림 여자가 그녀에게 다가왔다. 그녀는 손에 종이쪽지를 쥐고서, 중앙역으로 가는 길을 시원찮은 독일어로 물었다. 그녀는 자기에게 이해되지 않는 단어를 자신의 언어감각에 따라 적당히 고쳐서 여러번 '하파나'(Happana, '중앙역'을 뜻하는 '하우프트반호프'(Hauptbahnhof)를 말하는 것으로 보인다—옮긴이)라고 말했다. 이나는 그 쪽지를 받아 읽고 난 후에 마침내 이해했다. 그 여자는 운명에 의해 이 시간에 곤경에 처한 지푸라기 신세였고, 이나가 그것을 단호하게 붙잡자 놀란 눈으로 그녀를 쳐다보았다.

이나는 여기서부터 중앙역으로 가는 길을 알고 있었는데, 물론 그것이 가장 가까운 길은 아닐지도 모른다. 그녀는 지금 그 길을 그 여자에게 알려주었다. 그녀는 중앙역이 어디 있는지 잘 알고 있고, 가깝지는 않지만 큰 가방을 지닌 그 여자가 30분이나 35분이면 갈 수 있을 거라고 했다. 그 여자는 돌아가는 길을 안내받았지만 가는 도중에 어쩌면 지름길로 가게 될지도 모른다. 처음에는 곧장 쭉 가다가 서너 번 정도 네거리를 지나는 것이 중요하다. 그다음에 비로소 어려운 길이 시작되는데, 그 중앙역은 지금 그들이 서 있는 길과 사실 나란히 위치해 있다. 그런데 중요한 것은 적당한 높이에서 몇개의 십자로를 통과해 중앙역에 측면으로 접근하는 것이라고 한다. 역이 앞에 있는 게 보이면 누가 보든 중앙역처럼 보이므로 문제 없이 그것을 찾을 수 있을 거라고 한다.

그녀는 침묵하다가 말문이 열린 것처럼 이 모든 얘기를 했다. 그 무슬림 여자는 한마디도 알아듣지 못했지만, 흥분해서 하는 소녀의 말을 이마에 주름살을 짓고 연방 고개를 끄덕이며 귀기울여 들었다. 더구나 그들은 어느정도 거리를 같이 걸어갔다. 이나가 그 여자의 가방을 들어주면서, 그들이 접어든 길을 끊임없이 묘사했다. ─그녀는 "우리는 이제 계속 똑바로 갑니다"라고 말했다. ─그들이 헤어졌을 때에야 그녀는 조용해졌다. 사실 그녀는 다시 혼자가 되자 정신이 어둠속으로 돌아가는 것을 느꼈지만, 이제 그곳에서 보다 다정하고 부드러워졌다는 생각이 들었다. 그녀 주위는 이제 밤이 되었다. 자동차의 미등이 밤에 공동묘지에서 붉게 빛나는 촛불처럼 반짝거렸고, 이런 붉고 조그만 등을 보니 그녀의 기분이 좋아졌다.

그녀는 집에 오자 시원하게 목욕을 하고 맛난 아이스크림을 먹으려던 생각을 말끔히 잊고, 냉장고 문을 열어 미네랄워터를 들이켰지만, 두모금 꿀꺽 삼키고는 쏟아버렸다. 그녀는 다시 안절부절못하게 되었다. 지금 당장 함부르크로 가야겠어! 딸이 온다는 것을 귀신같이 알고 있을 테니 폰 클라인 부인한테는 더이상 전화를 걸 필요가 없었다. 그리고 알리지 않아도 그녀는 역에 나와 기다릴지도 모른다. 이나는 흔적도 없이 어디론가 사라진 것 같은 한스 생각은 하지 않았다.

"한스는 그 일과 아무런 관계가 없어." 그녀는 갑자기 큰소리로 말하고 자신의 목소리를 듣고는 놀라워했다. 그는 그 일과 아무런 관계가 없었지만—그게 무엇인지는 더이상 묻지 않았다—사실 도움을 줄 수도 없었다. 이나가 그날 저녁 내내 마음이 무겁고 무언가 석연치 않은 상태로 있는 동안 가끔 참을 수 없고 서먹서먹한 기분으로, 하지만 결코 적의를 품지 않고 한스를 생각했다는 것은 중요하지 않았다. 사람들은 이것을 기억 속에 담아두어야 하지만, 사건을 결코 한스의 시각으로 받아들여서는 안된다. 즉 그는 양심의 가책을 받으며 어리석은 행위라며 노려 보는 메두사(그리스 신화에 나오는 여자 괴물로 그를 본 사람은 돌로 변했다고 함—옮긴이)의 무서운 눈초리로부터 잘 보호받고 있었다.

이나는 짐을 싸기 시작했다. 그녀는 여행하는 데 익숙했지만 지금은 이 일을 도저히 끝맺을 수 없었다. 그녀가 끌어내온 가방과 트렁크가 침대 위에 아가리를 벌리고 있었다. 이제 그녀는 조그만 장롱과 큰 벽장에 든 것들을 꺼내왔다. 옷가지가 트렁크 위에 잔뜩 쌓였다. 그녀는 블라우스 한 장을 치우고 거기에 스웨터를 놓았다. 그녀는 옷가지를 이리저리 끌고 다니며 아무데나 떨어뜨렸다. 얼마 지나지 않아 온 침실 바닥에 옷들이 쫙 깔렸다. 그녀는 맨발로 아무렇게나 흩어진 옷들 위를 깡충깡충 뛰어다녔다. 그녀는 마음이 한결 후련해지는 것을 느꼈다.

*

이번에는 뒤뜰의 모임이 확대된 것을 한스는 발견했다. 플라스틱 접의자에 여왕처럼 앉아 있는 마무니 부인 ─ 오늘은 익숙한 스타일의 대나무와 적도 나비 무늬가 찍힌 옷을 입고, 굽 높은 주황색 샌들을 신고 다리를 꼬고 앉아, 흡사 스스로 빛을 발하듯 무리 전체에서 두드러져 보였다 ─ 얇은 싸파리 복장을 걸친 바르바라와 담청색 옷을 입은 사촌, 커다란 타조처럼 깃털을 높이 세우고 의심의 눈초리로 앉아 있는 쑤아드에 비테킨트 씨가 합류해 있었다. 하지만 그는 얼핏 보기에 환담을 나누거나, 사람들이 그의 독백을 들어주길 바라는 게 아니라 예의 아무래도 상관없는 듯 아주 느긋한 태도를 취하는 쑤아드와 돈을 청산하는 문제를 협상하기 위해 그곳에 나타난 듯했다.

"내 사무실로 건너오세요." 쑤아드가 말하며 세차장 방향을 가리켰다. "하지만 내일 말고, 모레 다섯시에요."

"난 결코 그러지 않을 겁니다." 비테킨트가 대답했다. 그는 언제나 그렇듯이 미소 띠며 말했고, 이 모든 것을 유희로 파악한다는 듯이 행동했다. 그는 쑤아드와 만날 약속을 잡는 게 어렵다며, 모레 다섯시에 분명 그들에게서 급하게 전화 연락을 받게 될 거라고 했다. 부대비용을 청산하는 것이 중요한 문제였다. "당신도 그것에 관심이 있을지 모릅니다." 비테킨트는 지극히 당연하다는 듯 한스에게 다시 당신이라는 호칭을 쓰며 말했다. 분명 이 남자는 곤혹스러움을 알지 못하는 행복한 인간에 속했다. 그가 여기서 손쉽게 존칭을 씀으로써 계속 말을 놓았더라면 불가능했을 긴장완화라는 흔치 않은 일이 일어났다. 일반적으로 이미 일어난 일을 일어나지 않은 것으로 할 수는 없었고, 한스는 이를 고통스럽게 느꼈지만, 서로 힘을 합치면 분명 일을 해결할 수 있었다. 고마워하는 마음의 표시로 그는 사무적이나마 관심을 보이는 표정을 지었다. 쑤아드는 짜증이 나게 되었다.

이 건물에서는 대부분의 다른 임대주택에서와 마찬가지로 다음과 같은 규칙을 지켰다. 즉 세입자들은 난방비, 보험료 및 그 외에 또 발생하는 것에 — 경험상 적지 않았다 — 대해 매달 선불을 냈고, 연말에 가서 실제로 쓴 돈에 대해 정산을 했다. 그런 다음에 추가로 돈을 내거나, 또는 먼저 낸 돈으로 제해야 했다.

"우리는 2년째 이러한 청산을 기다리고 있습니다." 비테킨트가 이렇게 말하고, 선불이 부족했다면 당국에서 — 그것은 쑤아드를 말하는 것이었다 — 분명 알렸을 것으로 추측한다면서 농담조로 덧붙였다. 하지만 깊은 침묵이 흐르는 걸로 봐서 그는 반대로 틀림없이 무언가 받을 것이 있을 걸로 추측한다는 것이다. 쑤아드는 화들짝 놀라 곱지 않은 시선으로 그를 쳐다보았지만, 비테킨트는 손을 쳐들며 입을 다물라고 했다. 그러면서 지거 씨도 쑤아드가 청산하는 것을 한번도 보지 못했다고 이미 여러번 자기에게 불평했을 때, 반어적으로 표현해 여기에 '사건들'이 있을 것으로 더욱 확신했다고 말을 계속했다. 그는 여기서 그것이 중요한 문제가 아니라면서도 — 다시 그는 쑤아드의 말을 가로막았다 — 하지만 그것이 자신의 의심을 증폭시킨다는 것이다.

"그럼 우리는 어떡하면 되나요?" 이 말은 무척 상냥하고 무해한 질문이어서 쑤아드가 이런 어조에 쉽게 동의할 수 있었을지도 모른다. 하지만 그 대신에 그는 돌연 변호인의 자세를 취하고, 접의자에서 몸을 일으켜 단단히 화가 나서 소리쳤다. "뭣 때문에 내가 그렇게 해야 한단 말이오? 이 질문에 대답할 수 있겠소? 뭣 때문에?" 그런데 놀랍게도, 특히 쑤아드가 놀랐는데, 멀찍이 떨어져 있던 마무니 부인이 이제 말문을 열었다.

"뭣 때문이라고? 쑤아드, 그건 무의미한 질문이에요. 어떤 사람이 무엇 때문에 이런저런 일을 하느냐는 질문은 대체로 만족할 만한 답을 얻을 수 없어요. 재산에 대한 이해관계조차 이 문제에 확신을 주지 않아요. 종종 사람들은 자기의 이해관계나 이해관계로 추정되는 것에 따라 행동해요 — 하지만 너무 자주 또한 그렇지 않을 때도 많아요. 모든 행위에는 수많은 근거가 있는데, 그것을 다 조사한다는 건 부질없는 짓이에요. 그외에도 우리가 생각하는 것 이상으로 많은 사람들이 미쳐 있어요. 일부는 그러다가 때때로 일을 더 어렵게 만들 뿐이에요. 그들은 코감기에 걸리듯이 미쳐버릴 겁니다. 그리고 그러한 미친 상태도 코감기처럼 잠시 후에 다시 사라져버릴 거예요. 그러므로 뭣 때문에는 없는 겁니다. 어떤 사람이 이런 일이나 또는 저런 일을 할 수 있느냐는 전혀 별개의 문제입니다. 이런 질문은 좀더 의미가 있어요. 당신이 비테킨트 박사님께 청산하는 것을 거부할 수 있는지 내가 자문해보면 답변이 훨씬 더 간단합니다. 물론 당신은 그럴 수 있어요, 쑤아드."

이 짧은 연설을 하는 중에 바르바라조차 전화 통화를 멈추었는데, 그녀의 사촌은 이미 다른 지시를 받았는지 그렇게 하지 않았다. 하지만 한스는 쑤아드를 가장 의아하게 생각했다. 그는 항의의 표시로 아무런 고함도 지르지 않았던 것이다. 그는 개구리처럼 골똘히 생각에 잠겨 앉아 있었고, 사람들은 그의 목젖이 움직이는 것을 볼 수 있었다. 마무니 부인이 말을 계속했다.

"비테킨트 박사님, 제가 오늘부로 이 건물의 관리를 다시 맡을 겁니다. 나는 내 남편과 여러 가지 문제에 의견이 일치하지 않지만, 그 점은 양해가 되었어요."

"그럼 나는요?" 쑤아드는 깜짝 놀란 것 같았지만, 이례적으로 무표정하게, 그러니까 조용히 말했다.

"당신은 계속 세차장 일을 하세요." 마무니 부인이 명령했다. "하지만 단 두 달간만요. 이제 얼마 안 가 세차장은 없어질 겁니다. 사라질 거예요. 저기 건너편에 커다란 면직물 수입상이 들어옵니다. 오늘 계약이 이뤄졌어요. 그런 후에 당신은 '합스부르거 호프'를 맡게 됩니다. 남편과 나는 우리가 소유한 부동산을 통합해서 정리하기 위해 우리의 관심을 이 광장에 집중하기로 결정했어요."

"내 생각도 그래요, 쑤아드" 바르바라가 재잘대는 소리로 말했다. 쑤아드는 공허한 시선으로 오랫동안 그녀를 바라보았다. "부동산문제는 언제나 잘 생각해야 해요. 좋은 시설에는 언제나 일거리가 많거든요." 그녀는 그가 자신의 만족한 기분을 알아주기를 바라는 마음으로 말했다.

그렇게 되면 모임이 급속히 와해될 거라고 생각한 사람은 착각한 것이었다. 어쩌면 더위에 아무런 구애를 받지 않는 에티오피아인을 제외하고는 모든 사람의 불필요한 움직임을 가로막는 밤의 더위만 그런 작용을 할 것이다. 에티오피아인인은 모두에게 술병이 있는가에만 눈에 불을 켜고 살폈다. 나지막한 소리로 대화를 나누는 가운데 시간이 흘러갔다. 새로운 상황에 다 함께 익숙해진 것에 고마워하는 것 같은 분위기였다.

갑자기 쑤아드가 한스에게 몸을 숙이고 고개를 끄덕여 위를 가리키며 말했다. "당신 아내가 내내 창가에 서서 우리를 내려다보고 있어요."

이나는 사실 자신이 야기한 더이상 다스릴 수 없는 혼란스러운 상태에서 벗어나, 계단을 내려왔었다. 계단실의 마지막 창가에서, 사람들 바로 위에서 그녀는 그들을 내려다보며 창틀에 기대서 있었다. 모든 대화를 들을 수는 없었지만 많은 이야기가 그녀의 귀에 들어왔다. 사실 그녀는 비테킨트가 약간 목소리를 높여 말하는 것을 들었다. "그런데 행복하다는 것은 결코 중요한 문제가 아닙니다."

"그럼 대체 뭐가 중요한 것인데요?" 바르바라가 물었지만, 이나는 그 답변을 같이 듣지는 못하고 동의하는 목소리만 들을 수 있었다.

"맞아요, 바로 그래요." 바르바라가 소리치며, 사촌 쪽으로 고개를 돌렸다. 사촌도 고개를 끄덕였지만 이나가 생각하기에 마지못해 그러는 것 같았다. 그때 택시 한 대가 뜰 입구에 서더니 그 터키인이 내렸고, 뒷좌석에는 아주 육중한 남자가 앉아 있었다. 마무니 부인은 조심스레 일어서서 터키인 운전기사의 팔을 잡았다. 이나가 창가에서 떨어져 천천히, 그러나 망설임없이 계단을 내려오고 있을 때 쑤아드가 그녀에게 관심을 기울이게 되었다. 그녀가 문틈에 모습을 드러냈다. 모임의 사람들은 아크등 불빛을 받으며 그녀 앞에 앉아 그녀를 바라보았다. 활발하게 대화를 나누던 이들은 잠시 침묵했다. 이나가 그들 쪽으로 다가왔다. 전에는 그녀가 머리를 빗지 않고 집을 나선 적이 한번도 없었는데, 한스만이 그녀의 모습이 변했다는 것을 알 수 있었다.

그녀는 비테킨트를 향해 다가가서는 그의 인사말에는 대꾸하지 않은 채 맥주병 쪽으로 허리를 굽혔다. 그런 다음 한스 쪽으로 고개를 돌리고 커다란 몸짓으로 병으로 그의 머리를 쳤다. 병이 깨졌다. 이나는 깨진 병을 들고 가만히 서 있었다. 그의 이마에서 피가 솟아 눈으로 흘러내렸다. 모두들 놀라 꼼짝 않고 있었다. 이나는 두 눈을 감고 서 있었다. 그녀는 기다렸다. 무슨 일이 일어나리라는 것을 그녀는 알고 있었다.

16

폰 클라인 부인은 알고 지내는 사람들이 많아서 그녀와 같은 환경에 있는 적지 않은 수의 사람들이 그렇듯이 성탄절에는 그해에 일어난 사건들이 담긴 통지문을 여러 사람에게 보내는 습관이 있었다. 실제로 그런 보고를 읽는 사람이 아무도 없다는 것을 그녀는 알고 있었다. 그녀는 그와 같은 것을 대충 훑어보았지만, 그런 통지문을 보내는 풍습에 나름대로 제법 장점이 있다고 생각했다. 그녀의 통지문에서 무언가 명백한 사실을 알아내려고 하는 사람은 조종을 당하는 언론의 멋진 보도에서 실제 현실을 간파해내는 독재 치하의 시민들처럼 행간에 담긴 내용을 읽어낼 능력이 있어야 했다. 그리하여 폰 클라인 부인이 지난해의 통지문에서 그녀의 딸의 삶에 바친 몇마디 글이 여기 묘사된 사건이 있은 후 이나와 한스가 어떻게 되었는가를 조금이나마 알게 해주었다.

"저는 내 딸 이나 때문에 무척 기쁩니다." 폰 클라인 부인은 이렇게 적었다. "그녀는 저의 충고로 아버지의 유산에 손을 대기로 결심한 후에 타우누스 산맥에서 평평한 땅에 지붕이 커다란 석판으로 된 멋진 집을 발견했습니다. 한스가 현재 하는 역할로 보자면 어쩌면 너무 큰 집일지도 모릅니다—하지만 어느새 두번째 아이가 태어났습니다. 이다란 이름의 여자 아이입니다—이상한 이름이긴 하지만 이름에 '이'자가 꼭 들어가야 했습니다—그리고 아이의 얼굴은 물론 나와 판박이입니다. 두 사람은 도시생활을 만끽했고, 지금은 시골에 사는 것에 아주 만족해하고 있습니다. 아이들에게는 정원이 딸린 집이 훨씬 좋지요. 그리고 이나는 내가 사는 함부르크에 주기적으로 찾아옵니다. 이나는 한스가 책을 많이 읽는다고 합니다. 그래서 나는 딸에게 그건 좋은 일이라고 말했습니다. 남자에게 할 일이 있다는 것은 언제나 좋은 일이니까요." 이 글에 이어 폰 클라인 부인이 가을에 '친구들'과 멀리 다녀온 동남아시아 여행기가 뒤따랐다.

대도시 속 이주민들의
몽환적인 낭만을 그리다

홍성광

마르틴 모제바흐(Martin Mosebach)는 1951년 7월 31일 독일의 대문호 괴테가 태어난 도시인 프랑크푸르트 암 마인(Frankfurt am Main)에서 의사의 아들로 태어났다. 그는 장편소설, 단편소설, 영화 씨나리오, 희곡, 방송극, 오페라 각본, 르뽀, 신문 문예란 칼럼 등 거의 모든 장르를 넘나들며 글을 쓰는 문필가이다. 프랑크푸르트의 작센하우젠에서 태어난 작가는 아버지가 병원을 개업한 타우누스의 쾨니히슈타인에서 몇 년 동안 어린 시절을 보내다가, 다섯살 되던 해에 가족을 따라 프랑크푸르트의 서쪽 지역으로 되돌아왔다.

프랑크푸르트 암 마인과 본 대학에서 법학을 전공한 모제바흐는 1979년 국가고시 2차시험에 합격한다. 그런 후 판사 수습 근무를 끝마칠 무렵부터 소설을 쓰기 시작한 그는 늦은 글쓰기 작업을 빗대어 자신을 '늦깎이'라 지칭한다. 그는 1980년 토마스 만의 아들 골로 만에 의해 신예작가로 발굴되어 유르겐 폰토 재단의 장려상을 수상한 후, 하이미토 폰 도더러 상(1999) 하인리히 폰 클라이스트 상(2002) 바이에른 문예 아카데미 문학 대상(2006) 게오르크 뷔히너 상[1](2007)을 비롯하여 수많은 상을 받았으며, 생존하는 독일 최고의 작가이자 문장가로 불리고 있다.

1980년부터 프랑크푸르트 암 마인에서 전업작가로 살아가고 있는 그는 신문의 문예 칼럼과 각종 르뽀, 연설 등의 발언에서 자신이 고향도시와 애증의 관계에 있음을 밝히는데, 특히 에쎄이 『나의 프랑크푸르트』(*Mein Frankfurt*)에서는 이렇게 말하고 있다. "나는 내가 태어난 도시 프랑크푸르트 암 마인과 특별한 관계에 있다. 그 도시는 독일에서 가장 타락하고 추악한 도시일 뿐만 아니라, 도시에 대한 환상과 내 마음속의 상(像)에서는 가장 아름다운 도시 중의 하나로 각인되어 있다."

마르틴 모제바흐는 자신이 종종 프랑크푸르트 암 마인을 배

· · · · · · · · · · · · · · · · · · ·

1 1923년 독일의 요절한 천재 극작가 게오르크 뷔히너(1813~37)를 기리기 위해 만든 종합예술상으로, 1951년부터 문학상으로 바뀌어 매년 독일어로 작품활동을 한 작가들에게 수여된다. 프리드리히 뒤렌마트, 귄터 그라스, 하인리히 뵐, 토마스 베른하르트, 힐데스하이머, 잉에보르크 바흐만, 페터 한트케, 크리스타 볼프 등 명망과 비중이 높은 작가들이 뷔히너 상을 받았다. 이 상의 수상 연설문은 특히 명문으로 유명해서 작가론에서 중심적인 자료가 된다.

경으로 소설을 쓰는 것은 그 지역을 잘 알기 때문에 별도로 글을 쓰기 위한 조사를 할 필요가 없어서라고 말한다. 그렇지만 그는 수많은 외국여행에서 영감을 얻기도 한다. 가령 그는『터키 여자』(Die Türkin)에서 독자를 터키의 리키아로 데려가서 그곳 주민의 관습과 생활방식을 재미있고도 감동적으로 보여준다.『떨림』(Das Beben)에서는 시간이 멈춘 것 같지만 결국 시대의 소용돌이에 휩쓸리는 인도의 어떤 시골을 묘사한다.

독일 어문학 아카데미는 그를 "화려한 문체가 소박한 서술 욕구와 결합되어 유럽의 문화적 한계를 벗어나는 유머러스한 역사의식을 드러내고, 문학의 모든 영역에서 천재적으로 형식을 유희하는 자이자 특히 확고한 독립성을 갖춘 시대의 비판자"로 평가한다. 독일 어문학 아카데미, 바이에른 문예 아카데미, 베를린 아카데미의 회원인 마르틴 모제바흐는 특히 19세기의 주요 고전소설 같은 분위기를 풍기는『달과 소녀』로 2007년 뷔히너 문학상을 받았다. 작가는 이 작품에서 지금은 잘 쓰이지 않는 지나간 세기의 철자법을 사용하며, 휴대폰을 '가슴 주머니의 전화기'라고 칭하는 등 고풍스러운 분위기를 자아낸다. 작가는 21세기의 문명을 두려워하는 것 같은데, 바로 이러한 점이 작품의 딜레마이자 또한 매력이기도 하다.

프랑크푸르터 알게마이네 짜이퉁(Frankfurter Allgemeine Zeitung)은 마르틴 모제바흐의 '위대한 서술능력'에 대해 말하면서 그를 '단편작가이자 장편작가, 사과주 술집의 귀족, 정통 가톨릭 신자, 비정통 예술 전문가, 보수적인 무정부주의자, 문체와 형식의 거리낌 없는 수호자'로 칭하는 동시에 '순수한 이야기꾼이자 비범한 문체와 지적인 능력을 갖춘 에쎄이 작가'라고 말하고 있다. 울리히 그라이너(Ulrich Greiner)는 모제바흐가 '추한 것에 대해 예리한 시선을 가지고 있다'고 평한다. 2007년 10월 28일 뷔히너 수상식에서 이란계 작가 케르마니(Laudator Navid Kermani)는 모제바흐를 '신교적 교양소설이 지배하는 독일문단에서 유일하게 가톨릭의 목소리를 내는 작가이자 병약해진 시민계층의 세계에 세르반떼스의 정신을 느끼게 해주는 위대한 서사 작가'라고 일컬었다.

뷔히너 상의 수상연설 「최후 비상수단」(Ultima ratio regis)에서 마르틴 모제바흐는 1943년에 행한 하인리히 힘러(Heinrich Himmler)의 연설[2]을 프랑스 대혁명이 끝나가던 무렵 자꼬뱅주의자 쌩 쥐스뜨[3]가 행한 연설과 비교하여, 언론에

· · · · · · · · · · · · · · · · · · · ·

2 나찌 친위대(SS, Schutzstaffel) 총대장 하인리히 힘러가 1943년 10월 4일 폴란드 서부도시 포젠(Posen)에서 행한 유명한 연설로 그는 여기서 유태인 몰살을 '우리 역사의 명예로운 사건'이라 말했다. "사실 나찌당원이라면 누구나 '유태민족은 지상에서 사라져야 한다'고 말할 것입니다. 그리고 '그것은 강령에 속하는 사항입니다. 우리는 반드시 유태인을 제거하고 말살할 것입니다' 라고 할 겁니다."

3 프랑스혁명 때의 지도자인 쌩 쥐스뜨(Saint-Just, Louis Antoine Leon de 1767~94)는 자꼬뱅당의 로베스삐에르파 국민공회의원으로 공포정치(1793~94)를 열렬히 옹호하였다. 식량할당제, 국왕 처형 등의 연설로 주목받고 공안위원이 되었다. 지롱드파를 타도한 후 에베르파와 당똥파를 고발, 공포정치 수행에 수완을 발휘하였으나, 떼르미도르의 반동 때 체포되어 처형되었다.

서 비판의 도마 위에 오르기도 했다. 몇몇 언론은 그가 나찌를 상대화했다고 비난했고, 역사학자 빙클러(Heinrich August Winkler)는 그 비유를 민주주의와 계몽주의라는 목표에서 벗어나는 역사 왜곡이라 말하기도 했다. 이처럼 마르틴 모제바흐는 몇몇 신학자와 역사가에 의해 교황권 지상주의를 신봉하는 가톨릭 신자이자 계몽주의에 반대하고 군주제를 신봉하는 반동적인 옹호자로 인식되기도 한다.

그는 소설 말고도 다양한 분야의 글을 쓰지만 그가 가장 중점을 두는 분야는 에쎄이와 문예란의 칼럼과 아울러 장편소설과 단편소설이다. 그의 단편소설에서는 성과 위주의 사회에서 성공을 거두지 못하고 실패를 맛보는 인간군상이 등장한다. '소극적 주인공'으로 지칭되는 그의 작중 인물들은 영웅적으로 행동하기보다는 종종 무력하게 항복하는 것을 선호한다.

마르틴 모제바흐는 몇년이 흘러도 광채를 잃지 않는 신비스러운 작품이자 진정한 걸작인 『침대』(*Das Bett*, 1983)를 발표한 이후 현재까지 왕성하게 작품활동을 해오고 있다. 섬 공화국 루퍼츠하인의 향락적인 주민들 이야기를 그린 두번째 장편소설 『루퍼츠하인』(*Lupertshain*, 1985)은 사실적 묘사와 환상적인 착상이 섞여 독자에게 페이지마다 긴장과 재미를 준다. 『빨간 모자와 늑대』(*Rotkäppchen und der Wolf*, 1988)에서는 동화의 인물들뿐만 아니라 식물과 돌들도 다성(多聲)의 풍부한 음향효과를 냄으로써 동화가 생생하게 다시 살아난 느낌을 준다. 『서쪽 지역』(*Westende*, 1992)은 모제바흐의 거장다운 솜씨가 드러나는 극도로 완성도 높은 소설이고, 역시 대가다운 글솜씨를 보여주는 소설집 『어릿광대들의 무덤』(Das Grab der Pulcinellen, 1996)은 포스트모던 시대의 수면용 독서로 추천되기도 하지만, 유려한 문장은 가벼운 잠을 자면서 꿈을 꾸는 듯 독자의 마음을 뒤흔들어놓기도 한다. 『터키 여자』(1999)는 안정된 생활을 뒤로 하고 애인을 따라 그녀의 고향인 터키의 해안 도시 리키아로 좇아가는 프랑크푸르트 출신 한 남자의 이야기를 다루고 있다. 이 작품은 화해할 수 없어 보이는 동서 문화의 차이를 아이러니하고 거의 낭만적인 방식으로 다룬다. 웅장한 작품 『긴 밤』(Die lange Nacht, 2000)의 줄거리는 19세기의 위대한 사실주의 작가의 소설을 상기시켜주고, 빌헬름 시대의 상류층을 사칭하는 사기꾼을 다룬 역사소설 『안개 영주』(Der Nebelfürst, 2001)는 은총을 받은 문장가 마르틴 모제바흐의 가장 성공한 작품 중 하나이다. 여기서 형식과 내용, 역사주의와 사기행각, 싸구려 감상과 가짜가 시대의 기호로서 행복하게 일치하고 있다.

『너는 너 자신의 상을 그려야 한다』(Du sollst die ein Bild machen, 2005)는 예술가에 대한 이야기 기술을 터득한 모제바흐가 과거와 현대의 새로운 거장들을 누구보다도 재미있게 서술한 작품이다. 사랑 이야기와 인도 여행을 연결시킨 『떨림』(2005)에서 더욱 깊어진 작가의 시선은 형이상학적인 색채를 띠면서 현존하는 독일과 서구의 문화와 반대되는 세계를 묘사한다. 그는 이러한 '다른 세계'를 그리면서 우리의 도덕적 허

위에 대한 환멸을 표현하며 유머러스하고 익살스러우며, 아이러니하고 풍자적으로 반성적인 감성을 창조한다. "우리의 현실세계에서 성스러운 소〔聖牛〕로 남을 수 있는 것은 얼마 되지 않을 것이다"라고 말하는 그의 세계관은 비관적으로 보인다.

『달과 소녀』(2007)는 갓 결혼한 젊은 중산층 부부가 그들의 결혼생활을 만들어가기 위한 과정에서 뜻하지 않은 어려움과 혼란을 겪는 이야기이다. 주인공들이 사는 세상은 단순하면서도 기묘하다. 여러 균형 잡힌 인물들이 등장하는 이야기는 매력적이며 멋지고 가벼운 유머가 있다. 작품은 무더운 여름 프랑크푸르트에서 한스와 이나의 삶을 중심으로 전개된다. 한스가 함부르크에서 공부를 마치고 프랑크푸르트에서 첫 직장생활을 시작하기 전에 그들은 결혼한다. 그러나 한스의 업무일정 때문에 그들은 신혼여행을 가지 못한다. 이나는 항상 매사를 주도하는 그녀의 어머니와 함께 남쪽으로 여행을 가고 한스는 먼저 프랑크푸르트로 가서 신혼집을 구하러 다닌다. 이것은 보통의 신혼부부가 결혼 초기에 보여주는 모습이 아니며 전혀 낭만적이지도 않은 일처리이다. 이 소설 전체를 이끌어가는 배후 인물의 한 사람이 이나의 어머니 클라인 부인이다. 모든 걸 자기중심으로 해석하고 이끌어가려 하며 자신의 의견과 방식만을 고집하는 클라인 부인이 두 사람에게 문제의 원인이 되는 것이다.

직장을 잡고, 매혹적인 이나와 갓 결혼한 한스는 자신을 행복하다고 여긴다. 그는 아내가 장모와 남쪽으로 여행간 동안 프랑크푸르트 역 주변에 초라한 셋집을 마련한다. 여행에서 돌아온 이나는 침실에 죽은 비둘기가 있는 것을 보고 깜짝 놀란다. 그뿐 아니라 결혼반지가 사라지고, 같은 건물에 사는 세입자들은 주술적인 인물들로 드러나고, 그들과의 술자리는 마녀들의 파티로 변모한다. 결국 여배우인 아랫집 여자 브리타의 유혹에 한스의 결혼생활은 시련에 처한다.

한스가 평소에 생각하고 원하던 집을 구하는 것은 매우 어렵고 힘들다. 마침내 그가 살 집을 결정했을 때 그것은 딱히 어떤 장점이 있어서라기보다는 우선 값이 쌌기 때문이다. 그 집은 시끄러운 시장 가까이 있는 건물의 5층인데 기차역이 가깝고, 길 건너에는 사창가가 있다. 그 집에는 이전 세입자의 물건들이 아직 남아 있었는데 수완 좋은 아파트 관리인 쑤아드가 사람을 시켜 모든 물건을 치우고 페인트칠을 다시 해준다. 그래서 한스는 짐을 정리하면 그 집이 더 나아질 거라 기대하며 이나에게는 그저 당분간만 살 곳이라고 한다.

그런데 이나가 프랑크푸르트에 도착하기 전 갑자기 천둥 번개가 치고 많은 비가 내린다. 그 결과로 이나가 그 집에 들어가서 처음 본 것은 침실에 갇혀 몸부림치다 죽은 비둘기이다. 이나가 세상에서 가장 무서워하는 것이 바로 죽은 비둘기이다. 그러니까 이 사건은 두 사람의 출발이 순조롭지 않음을 나타내는 하나의 장치이다. 또한 그 집에 이전에 살던 사람들은 결혼에 실패한 사람들로, 그들의 결혼이 파경에 이른 장소가 그 집이며, 이제 이전 주인인 지거가 신혼부부인 이나와 한스의 일상에 끼어들게 된다.

한스는 이 도시에서의 직장생활뿐만 아니라 자신의 인생에서 시작되는 모든 변화에 쉽게 적응한다. 그는 아래층에 사는 여배우 브리타와 그녀의 남자친구인 닥터 비테킨트와도 쉽게 친해진다. 그리고 밤마다 열기를 피하기 위해 에티오피아인이 운영하는 식당 뒤뜰에 모이는 여러 사람들과도 잘 어울린다. 달의 형상이 변함에 따라 행동이 영향을 받는 듯, 그들은 현실성 없는 여러 이야기들을 끊임없이 늘어놓는다. 반면 지극히 단순하고 순진한 이나는 평범하지 않은 이웃들에게 적응하지 못한다. 그러나 집주인인 지거에게만은 동정심을 느낀다.

이웃에 대한 이나의 위축된 접근방식과 대조되게 한스는 이웃들을 열린 마음으로 대하며 그래서 문제가 일어난다. 직장 동료가 여는 파티에 하루 늦게 갔다는 것을 알았을 때 이미 그것은 그렇게 놀라운 일이 아니었다. 브리타가 한스를 유혹하고 그에게서 빼낸 결혼반지가 일을 더 복잡하게 만든다. 여기서 두 개의 결혼반지가 문제가 되는데 하나는 세입자가 바뀌어도 운명적으로 아직 부엌 창가의 유리병에 남아 있는 지거의 결혼반지이고 다른 하나는 한스가 끼는 걸 귀찮아하던 그의 결혼반지이다. 이나는 세차장과 반지 문제로 혼란을 겪고 판단력에 자신을 잃는다.

달빛은 이 소설에서 중요한 기능을 한다. 이야기는 달의 변화주기에 따라 전개되는데, 이러한 달의 변화는 이나의 결혼생활의 혼란을 나타낸다. 사건들은 점점 더 예상치 못하는 방향으로 나아가게 되고, 한스와 이나의 관계가 위협을 받는다. 그들은 계속 함께 살아가는 것이 불가능해 보인다. 마침내 이나는 결심을 한다. 그런데 그 변화가 얼마나 극적인지에 대해서는 우리의 상상력을 발동해야 한다. 마지막 장이 아주 일반적인 인상만을 기술하기 때문이다. 전체적으로 동화 같은 이 작품은 결말 또한 동화의 끝맺음처럼 표면상으로는 그저 흐릿한 어두움을 독자들에게 애매하게 상기시켜줄 뿐이다.

이 작품에서 모제바흐의 문체는 마법과 같은 방식으로 현재를 다른 모습으로 드러나게 한다. 셰익스피어의 『한여름 밤의 꿈』[4]에 바치는 존경으로 읽히기도 하는 이 작품은 셰익스피어의 작품과의 관계를 유추할 수 있게 해줌으로써 특별한 매력

· · · · · · · · · · · · · · · ·

4 셰익스피어 4대희극 중 하나인 『한여름 밤의 꿈』은 셰익스피어가 1595~96년에 완성한 작품으로, 꿈과 환상적인 요소가 많아 대중의 사랑을 가장 많이 받는 희곡 가운데 하나이다. 이 작품은 어긋난 사랑의 운명에 눈물 흘리는 젊은 남녀와 이들에게 마법을 거는 요정들이 어우러져 벌어지는 소동을 유쾌하게 그려내 『말괄량이 길들이기』, 『좋으실 대로』, 『십이야』와 함께 '셰익스피어 4대희극'으로 불린다. 드미트리우스와 결혼하라는 아버지 이지우스의 기대를 저버리고 라이샌더를 선택한 허미아는 그와 함께 몰래 오베론의 숲으로 달아난다. 드미트리우스는 허미아를 좇아, 헬레나는 라이샌더를 좇아 역시 오베론의 숲으로 온다. 한편, 요정의 왕 오베론은 여왕 티타니아를 골려주려고 부하 퍽에게 심부름을 시키지만, 그가 잘못하여 라이샌더의 눈에 잠에서 깨어나 처음 본 사람을 사랑하게 되는 풀즙을 넣음으로써 사랑의 관계에 큰 혼란이 일어나 허미아를 향하던 라이샌더와 드미트리우스의 마음이 일순간 헬레나에게로 향하게 된다. 또한 티타니아는 말의 탈을 쓴 바틈에게 반해 시중을 든다. 이렇듯 사랑의 관계가 꼬여버린 상황에서 떠들썩한 소동이 벌어지고, 마침내 퍽이 다시 개입하여 세 쌍은 행복한 결말을 맞는다.

을 부여한다. 특히 비평가 파울 얀들(Paul Jandl)은 이 소설을 크게 칭찬하며 "결혼식을 올린 직후 프랑크푸르트의 한 은행에 취직하여 역과 고속도로 구역 사이의 낡은 건물로 이사한 젊은이를 둘러싼 이야기는 셰익스피어의 『한여름 밤의 꿈』과 독일 현실이 섞인 것 같은 분위기를 자아낸다"[5]고 평한다. 그리고 울리히 바론(Ulrich Baron)은 "이 매혹적인 소설의 매력은 현실과 환상, 공포물과 창작동화 사이의 미묘한 변주에 있다"[6]고 말한다. 19세기의 위대한 고전작품의 면모를 풍기는 『달과 소녀』는 한 장 한 장 넘길 때마다 독자에게 몽환에 잠기게 하는 환상과 스릴을 느끼게 해준다. 이러한 점은 요즈음의 대부분의 책이 독자에게 제공해줄 수 없는 보기 드문 강점이라 할 수 있다.

••••••••••••••••••••

5 노이에 쮜리허 짜이퉁(*Neue Züricher Zeitung*), 2007년 8월 7일.
6 벨트 암 존탁(*Welt am Sonntag*), 2007년 8월 12일.

달과 소녀

초판 1쇄 발행/2010년 7월 26일

지은이/마르틴 모제바흐
옮긴이/홍성광
펴낸이/고세현
책임편집/김정혜
펴낸곳/(주)창비
등록/1986년 8월 5일 제85호
주소/413-756 경기도 파주시 교하읍 문발리 513-11
전화/031-955-3333
팩시밀리/영업 031-955-3399 · 편집 031-955-3400
홈페이지/www.changbi.com
전자우편/literat@changbi.com
인쇄/상지사P&B

한국어판 ⓒ (주)창비 2010
ISBN 978-89-364-7190-3   03850

* 이 책 내용의 전부 또는 일부를 재사용하려면
  반드시 저작권자와 창비 양측의 동의를 받아야 합니다.
* 책값은 뒤표지에 표시되어 있습니다.